RIEN QU A TOI

JENNIFER SUCEVIC

1

LILAH

—Où es-tu, chérie ? Tu vas manquer le début du match, me demande tante Evelyn tandis que je me précipite à travers les portes de l'immeuble dans lequel je travaille comme avocate depuis les trois dernières années.

— Je sais, je sais.

Je passe mon sac Louis Vuitton sur mon épaule tout en fouillant à l'intérieur pour trouver ma carte clé.

— J'ai juste besoin de faxer des documents à un client pour Devon. J'ai trouvé le dossier sur le plan de travail. Je suis presque certaine qu'il a oublié de le faire ce matin. Ça me prendra deux minutes maximum. Promis. Ensuite, je viens.

— Cet homme a de la chance de t'avoir, réplique-t-elle à la légère. J'espère seulement qu'il s'en rend compte.

Elle ne dit rien de plus, même si je suis certaine qu'elle en meurt d'envie.

Ma marraine n'est pas la fan numéro un de Devon Peterson.

— Bien sûr que oui.

Je réplique avec bien plus de confiance que j'en ressens actuellement. Le son de ma voix résonne dans le couloir désert quand je fais un signe de la main à Mike, le gardien de nuit, en m'avançant jusqu'aux ascenseurs pour me rendre au vingt-cinquième étage où se trouve notre cabinet d'avocats.

— Il travaille sur une affaire importante, toute son attention est concentrée là-dessus en ce moment.

— C'est toujours comme ça, Lilah, proteste-t-elle doucement à l'autre bout de la ligne. Peut-être que, juste une fois, son attention devrait être concentrée sur toi.

— C'est le cas, rétorqué-je un peu trop brusquement.

Mon mensonge m'échappe avant que je ne puisse m'en empêcher. Je grimace.

Il y a une brève pause entre nous. Le genre qui m'informe qu'elle a entendu tout ce que je ne dis pas.

— J'espère bien que oui, ma chérie. Tu le mérites. Peu importe avec qui tu es, tu devrais avoir l'impression d'être la personne la plus importante du monde.

— C'est le cas avec lui.

Alors même que les mots franchissent la barrière de mes lèvres, je réalise qu'ils ne sont pas vrais. La vie de Devon tourne autour de son travail. Ça a toujours été le cas. Je le savais avant même que nous ne nous mettions en couple. Nos familles nous ont poussés à nous unir depuis que je suis assez âgée pour comprendre ce que ça signifie de sortir avec quelqu'un. Une fois que j'ai commencé à travailler dans son cabinet d'avocats, notre histoire était inévitable. Comme si les pièces avaient été assemblées à l'avance pour nous, et que tout ce que nous avions à faire était de suivre le rang.

— D'accord, soupire-t-elle en décidant de laisser tomber le sujet.

C'est une chose que j'aime chez ma marraine. Elle perçoit toujours quand il est temps de reculer, pour m'offrir le temps et l'espace dont j'ai besoin. Ce qui est tout le contraire de mes parents.

Même si j'ai vingt-huit ans, ils ont énormément de choses à

dire sur ma vie. Et la plupart de leurs commentaires ne sont pas agréables. Dès que cette pensée me traverse l'esprit, je la repousse. J'ai déjà eu une longue journée. J'ai hâte de me détendre en assistant au match, de regarder les Railers de Chicago battre les Baddies de Baltimore.

— As-tu déjà mentionné à Devon que tu n'es pas très heureuse et que tu envisages de faire autre chose ? me demande Evelyn, sa préoccupation maternelle réchauffant mon cœur. Tu sais bien que je t'offrirai un travail à l'arène en un clin d'œil. Ne serait-ce pas amusant ? De bosser ensemble toutes les deux ?

— Je doute qu'Hugh soit très heureux à ce sujet.

Ma tante possède 48 % des Railers, et Hugh Landry détient une part égale dans l'équipe. Depuis plus de vingt-cinq ans, ils sont en désaccord tous les deux, raison pour laquelle les 4 % restants, sont détenus par un investisseur tiers, et servent souvent à les départager. Evelyn n'en parle jamais, mais par le passé, elle était fiancée à Hugh.

Jusqu'à ce que tout s'effondre.

— Ce n'est qu'un bonus pour rendre cette offre encore plus attrayante, ricane-t-elle.

— Tu es mauvaise, tatie.

— Je sais. Ça fait partie de mon charme.

— Essaie-t-il toujours de racheter tes parts ?

— Bien sûr. Bien que ça ne soit pas sur le point d'arriver. C'est mon équipe. Le nom de ma famille est inscrit sur la façade du bâtiment. Je ne compte aller nulle part. Tôt ou tard, il devra bien finir par le réaliser.

— Il gèlera d'abord en enfer.

Elle grimace.

— Retournons à Devon... tu devrais simplement lui avouer que tu n'es pas heureuse. S'il t'aime, il voudra le meilleur pour toi.

— Je n'ai pas encore pris de décision.

Je mordille ma lèvre inférieure. Les portes de l'ascenseur s'ouvrent. J'entre dans le couloir.

— Ce que je dois d'abord faire, c'est trouver quelque chose qui me passionne, parce que ce n'est très certainement pas le cas du droit.

— Qu'en est-il de la cuisine ? Tu adores passer du temps en cuisine.

C'est plus un passe-temps qu'un travail.

— J'ai besoin de trouver une activité qui me fasse gagner de l'argent.

Je marque un temps d'arrêt, puis j'ajoute :

— Aussi reconnaissante que je le sois pour ton offre d'emploi, je ne pense pas que travailler à l'arène soit fait pour moi. J'aimerais que ce soit le cas. Ça me rendrait la vie beaucoup plus facile.

— Ma chérie, ce n'était qu'une idée. Ce que je veux le plus pour toi, c'est que tu sois heureuse. Tu trouveras une solution. Accorde-toi juste un peu de temps.

— J'ai presque trente ans. J'ai l'impression que je devrais avoir ma vie en main à l'heure qu'il est.

Je baisse d'un ton.

— Je pensais qu'à ce stade, je serais mariée, que j'aurais des enfants, peut-être même une maison en banlieue.

— Je t'en prie, ricane Evelyn. Tu es encore jeune. Tu as toute la vie devant toi. Nous réfléchirons à quelques idées quand tu arriveras ici. À ce sujet, je connais quelqu'un qui sera très contrarié si tu n'arrives pas bientôt.

Malgré la lourdeur de notre conversation, je ne peux m'empêcher de sourire.

— Steele survivra sans son porte-bonheur au match pendant cinq minutes.

Même en le disant, je peux imaginer l'expression blessée de la star de l'équipe. Il m'appelle son porte-bonheur depuis que j'ai commencé à assister à ses matchs à l'université. Bien que, je suis presque certaine que son talent et sa capacité naturelle ont plus à voir avec ses compétences qu'avec ma présence dans les gradins.

— Je serai là dès que possible, dis-je en attrapant la poignée de la porte du bureau de Devon et en l'ouvrant.

La vision qui m'accueille fait basculer mon monde entier de son axe. La pièce est peut-être faiblement éclairée, mais il y a plus qu'assez de lumière pour que je puisse voir tout ce qui se passe à l'intérieur.

Et je veux dire, absolument tout.

Marissa, l'une des avocates du cabinet, est installée sur le bureau de Devon qui la pénètre par-derrière. Il a une prise ferme sur sa queue de cheval alors que son autre main est posée sur sa taille. À chaque coup de reins, un gémissement s'échappe d'entre ses lèvres. Elle ferme les yeux pendant qu'il continue de la baiser.

— Oui, bébé. Ça fait tellement de bien.

Il lui claque les fesses, et le son de cette fessée résonne dans toute la pièce.

— Tu aimes ça, pas vrai ?

— Mon Dieu, oui, gémit-elle. Personne ne m'a jamais baisé comme ça.

Mon cœur fait cette chose bizarre où il s'arrête simultané-ment de battre et essaie de s'échapper de ma poitrine, quand il lui donne à nouveau la fessée. Le téléphone dans ma main ressemble à une brique, qui retombe à mes côtés.

Je cligne des yeux, incapable de croire à ce que je vois.

C'est impossible. Ça ne peut pas être réel.

Je laisse échapper un cri étouffé. Devon ouvre les yeux, croi-sant mon regard. Il s'immobilise. Je suis figée sur place alors que nos regards restent ancrés l'un à l'autre.

— Merde, murmure-t-il.

— C'est ça, bébé. Baise-moi si fort que je ne pourrai pas marcher demain matin, exige Marissa.

Le pire dans tout ça, c'est le conflit qui traverse son visage.

Je me racle la gorge.

— Bien sûr, Devon, je t'en prie, termine, et assure-toi de faire de ton mieux.

Avec un halètement, Marissa se redresse brusquement. Cependant, elle ne va pas loin avec la prise ferme de Devon sur ses cheveux. Alors que je les contemple avec une fascination morbide, une pensée continue de tournoyer dans mon esprit...

Toutes les fois où nous avons fait l'amour, il ne m'a jamais touché ainsi.

Pas une seule fois.

Peut-être que les choses entre nous auraient pu être différentes s'il l'avait fait.

— Qu'est-ce que tu fais ici, Lilah ? Je pensais que tu serais au match, déclare-t-il.

Ma bouche s'ouvre en grand.

La question me frappe plus durement que la fessée qu'il a assenée à Marissa.

Ce que je fais ici ?

Il n'essaie même pas de se défendre en disant que ce n'est pas ce à quoi je pense, ce qui, soyons honnêtes, est exactement ce à quoi je pense.

— Sérieusement ? C'est tout ce que tu as à dire quand je te surprends en train de baiser une autre femme ?

Il se retire d'elle avant de ranger son sexe ramolli à l'intérieur de son pantalon et de le remonter. Marissa tente du mieux qu'elle peut de renfiler sa jupe froissée et de la remettre en place. Son chemisier en soie est ouvert, son rouge à lèvres étalé partout sur son visage. Elle détourne le regard sans même s'excuser.

Au lieu d'essayer de limiter les dégâts, Devon soupire lentement et délibérément.

Mon cœur bat douloureusement dans ma poitrine en l'attente d'une explication.

— Lilah ? Ma chérie ? Qu'est-ce qui se passe ?

C'est à ce moment précis que je réalise qu'Evelyn est toujours au téléphone. Mon regard fixé sur Devon, je plaque mon portable à mon oreille.

— Je te rappelle.

Je raccroche d'une pression tremblante de mon pouce. La rage qui s'abat sur moi est presque aveuglante. Devon se racle la gorge en réajustant sa cravate.

— Que veux-tu que je te dise ?

Je me crispe face à son manque de contrition.

— Et si tu commençais par dire que tu es désolé de m'avoir fait du mal ?

Ce pourrait être un bon point de départ. Il s'avance.

— Est-ce que ça changerait quelque chose ?

Je secoue la tête, tandis que la vérité s'abat sur moi.

— Non.

— Alors, à quoi bon ?

Je grimace tandis que je répète ma question.

— Quel est l'intérêt ? Me poses-tu vraiment la question ?

Il s'appuie contre le coin de son bureau.

— Écoute, je suis désolé que tu sois entrée et que tu nous aies surpris. Je sais que ça a dû te faire du mal.

Ma bouche s'ouvre en grand.

— Est-ce que c'est ta tentative de me présenter des excuses ?

Il se passe une main dans ses cheveux déjà ébouriffés, ne ressemblant en rien à l'homme que je pensais connaître et aimer.

— Je suppose que oui, réplique-t-il tranquillement.

Un rire nerveux m'échappe. C'est creux, ridicule, et empli de tellement de douleur que je ne veux l'admettre. Je me force à soutenir le regard de Devon avant de fixer l'autre personne dans la pièce.

Marissa.

— Depuis combien de temps est-ce que ça dure ?

Ses yeux se posent sur Devon avec une panique silencieuse.

— La moindre des choses est de m'offrir une réponse honnête après avoir baisé l'homme avec qui je vis.

Elle humidifie ses lèvres de sa langue.

— Quatre mois.

Ça dure depuis quatre mois ?

Les mots résonnent dans ma tête.

Puis, elle chuchote :

— Je suis enceinte.

— Tu es... enceinte ?

Elle hoche la tête, et se rapproche de Devon.

— Il voulait te l'annoncer ce week-end.

— Oh mon Dieu.

Je recentre mon attention sur lui, même si ma tête continue de tourner.

— Est-ce que c'est vrai ?

Pour la première fois depuis que je suis entrée dans ce bureau, le rouge lui monte aux joues, et il détourne le regard.

— Oui, c'est vrai.

— Quatre mois ?

Je secoue la tête, en sentant mes genoux faiblirent. D'un moment à l'autre, je vais m'effondrer sur le sol.

— Pourquoi ne me l'as-tu pas dit ?

— La situation est compliquée, soupire-t-il.

— Compliquée ? Tu vas avoir un bébé avec une autre femme, tout en vivant avec moi.

Quand il grimace, j'élève la voix.

— Comptais-tu me le dire un jour ? Où allais-tu simplement continuer à vivre une double vie ?

Il se passe une main sur la nuque, la frottant comme s'il préférait être n'importe où sauf ici. Nous sommes deux.

— J'essayais simplement de trouver un moyen de rompre sans te faire du mal.

Un rire m'échappe.

— Félicitations. Tu as lamentablement échoué.

— Il semblerait.

Marissa se racle la gorge en fronçant les sourcils. Apparemment, il y a plus.

Pour l'amour de Dieu, comment les choses pourraient-elles empirer ?

— Nous en avons discuté tous les deux, et nous pensons que, compte tenu de la situation, il serait préférable que tu donnes ton préavis.

J'ouvre grand les yeux.

— Tu... veux que je démissionne ?

Marissa s'approche de Devon et enroule son bras autour de lui.

— Ce serait gênant de te voir dans les parages alors que ce devrait être un moment heureux et sans le moindre stress pour moi.

Sa main se pose sur son ventre.

— Et notre bébé.

— Tu as tout à fait raison. Je peux voir comment ma présence serait un rappel inconfortable que tu as baisé mon petit ami dans mon dos pendant des mois.

Devon fronce les sourcils avant de déposer un baiser sur le sommet de la tête de Marissa.

— Il n'y a aucune raison pour que nous ne puissions pas gérer cette situation comme des adultes.

— Tu as eu des mois pour réfléchir à ce que vous avez fait tous les deux. D'un autre côté, ça vient de me tomber dessus. Donc, tu devras m'excuser si j'essaie encore de rattraper mon retard.

Le regard qu'il me jette est compatissant. Je déteste ça.

— Soyons honnêtes, Lilah. Nos parents nous ont convaincus de nous lancer dans cette relation, et pendant un moment, elle a été facile et confortable.

Je hoche la tête, ma colère est remplacée par une clarté que je ne possédais pas avant de franchir cette porte. Il n'a pas tort. Notre lien familial m'a aidé à décrocher ce poste, puis nos parents n'ont eu de cesse de nous mettre ensemble à la moindre occasion.

— Si tu ne voulais pas être en couple, tu aurais dû dire quelque chose au lieu de me mentir, tout en fricotant dans mon dos avec une de nos collègues.

— Ce n'est pas comme si nous étions amies, intervient Marissa.

Comme si cela améliorait les choses.

Ou la dédouanait.

— Je suppose que c'est la raison pour laquelle tu avais tous les droits de prendre ce qui était à moi.

— Il n'a jamais été à toi pour commencer, réplique-t-elle.

— Waouh. D'accord, je suppose que nous en avons terminé.

Même s'il y a tellement plus à en dire, je décide du tout garder à l'intérieur de moi. À la place, je tends la main et j'arrache mon badge de travail de mon chemisier avant de le jeter sur son bureau. Alors que je tourne les talons et que j'arrive au niveau de la porte, Devon me dit :

— Je vais faire ranger toutes tes affaires à l'appartement. Fais-moi savoir où je dois les envoyer.

Putain d'incroyable.

Je me redresse.

— Une fois que j'aurai accusé le coup, tu seras le premier à le savoir.

Même s'il est très tentant de claquer la porte derrière moi, je la referme tranquillement.

Je l'emmerde.

Je les emmerde tous les deux.

Oh mon dieu... Devon et Marissa n'ont pas seulement une liaison ensemble, ils vont avoir un bébé. J'ai envie de me dédoubler de la douleur qui m'inonde de toutes parts.

Est-ce vraiment le même homme qui, il y a à peine six mois

de cela, riait quand j'évoquais la possibilité d'avoir des enfants avant même de me faire savoir que la parentalité n'était pas dans son plan quinquennal ?

Et maintenant, il va avoir un bébé avec une autre femme.

Mon esprit s'agite dans tous les sens, mes mains tremblent lorsque je regagne l'ascenseur. J'ai l'impression qu'il met une éternité à descendre jusqu'au hall.

Quand je passe devant Mike pour la deuxième fois, il jette un coup d'œil au maillot des Railers que je porte sous ma veste.

— Amusez-vous bien au match ce soir, Madame Monroe.

— Merci, je le ferais.

Je suis à peine capable de retenir les larmes qui me brûlent les yeux.

Quand je gagne finalement la rue, l'air frais de la nuit s'abat sur moi, m'ancrant juste assez pour que je réalise que ma vie vient de changer en un clin d'œil.

Je suis sans emploi.

Sans-abri.

Et l'homme que je pensais épouser un jour est à présent mon ex.

Le poids de tout cela s'abat sur moi en un instant, me laissant figée et incapable de penser à ce qui va se passer pour moi par la suite. L'émotion fait rage en moi, menaçant de se déchaîner. C'est la dernière chose que je veux. Je refuse de m'effondrer dans cette ruelle, devant les inconnus qui se précipitent face à moi. Je refuse de m'effondrer là où Devon et Marissa peuvent sortir du bureau à tout moment et voir les dégâts qu'ils m'ont infligés.

Même si ça paraît impossible, je redresse mes épaules et m'avance dans la rue jusqu'à un petit coin de verdure avec un banc. Quand mon téléphone sonne, je le mets sous silence sans même regarder l'écran.

Il n'y a aucun moyen que je puisse parler à quelqu'un pour le moment.

Pas quand je me sens si à l'étroit.

Pas quand je me fais l'impression d'être une telle idiote.

Pendant tout le temps que je passe assise-là sur ce banc, à contempler le vide, je ne peux m'empêcher de passer en revue les derniers mois à la recherche d'indices de son infidélité. Je me rejoue tous les regards et les conversations entre eux, à me sermonner sur le fait d'être jalouse. Clairement, j'avais de nombreuses raisons de me méfier, et j'aurais dû écouter mes plus bas instincts. Peut-être qu'alors je n'aurais pas été autant prise au dépourvu.

J'aurais été plus à même de me protéger.

Ce n'est que lorsque je me retrouve bercée par une obscurité totale que je me bats pour sortir du brouillard qui s'est abattu sur moi, et que je jette un coup d'œil à mon portable.

C'est un choc pour moi de réaliser que trois heures se sont écoulées et que j'ai complètement raté le match.

Je dois y aller.

Il n'y a pas moyen que je m'attarde ici.

Mais où est-ce que je vais aller ?

L'appartement de Devon n'est plus une option. Ils sont sûrement là-bas en cet instant précis, en train d'emballer joyeusement mes affaires comme si c'était une sorte de célébration.

Même si je suis dehors avec la brise fraîche qui s'abat sur mes joues, j'ai l'impression d'être à l'étroit dans ma propre peau. D'une minute à l'autre, je crains d'avoir une crise de panique.

Je ferme les yeux et me concentre sur ma respiration. Je la retiens l'espace de quelques battements de cœur avant de la relâcher progressivement dans l'atmosphère. Je répète le processus quelquefois jusqu'à ce que mon rythme cardiaque se stabilise et que je parvienne à réfléchir un peu plus calmement.

Je sors alors mon portable de ma poche pour commander un taxi. Je remarque une multitude de messages et d'appels manqués de la part de Steele.

Je grimace.

Il doit être très inquiet à l'heure qu'il est.

L'espace d'une seconde, j'envisage de l'appeler, mais ensuite je range mon portable dans ma poche. Je sais pertinemment qu'au moment où j'entendrai sa voix, je finirai par craquer. Et c'est la dernière chose que j'ai envie qu'il se passe. Cette conversation doit être faite en personne.

Dès que le véhicule arrive, je me glisse sur la banquette arrière et j'indique l'adresse.

2

STEELE

J'enfile mes gants et roule mes épaules avant de prendre position au centre de la glace. L'énergie dans l'arène de Kingston Landry est électrique. C'est le genre d'ambiance qui se propulse habituellement tout droit dans mes veines et aiguise ma concentration.

Mais ce soir, quelque chose ne va pas.

Je peux le sentir dans mes os.

Mon regard se lève vers la suite où Lilah s'assoit toujours, seulement pour découvrir qu'elle n'y est pas.

Je me dis que ce n'est rien.

Qu'elle est juste en retard, ou peut-être bloquée au travail. Bien qu'elle n'ait jamais mentionné qu'elle serait en retard lorsque nous avons discuté plus tôt cet après-midi. J'ai passé les six dernières années à suivre sa présence dans l'arène avec la même précision que j'utilise pour atteindre le fond du filet.

Ce soir, elle n'est pas là.

Elle n'a pas manqué un match à domicile des Railers depuis que nous avons déménagé tous les deux à Chicago après l'université.

— Concentre-toi, Sanderson ! Tu fais du tourisme aujourd'-hui ? aboie le coach.

Je suis déjà en mouvement, ma crosse se connectant au palet alors que je le fais passer devant l'épaule de Laiken et droit dans le but.

Notre gardien de but titulaire jure.

Normalement, cela suffirait à me faire sourire.

Je jette un coup d'œil à l'horloge. Il reste huit minutes avant que le match ne débute. Les deux équipes participent au dernier échauffement alors que la foule s'amasse dans les gradins. Mon estomac se noue d'une manière qui n'a rien à voir avec la nervosité d'avant-match.

Knox McNichols, notre ailier droit, patine à côté de moi.

— Tu recommences.

— À faire quoi ?

— À prétendre ne pas être en train de chercher Lilah.

Il frappe mes protège-tibias de sa crosse.

— Alors que tu es très visiblement en train de la chercher.

— Je ne suis pas...

Ma protestation se meurt dans ma gorge tandis qu'Evelyn Kingston, l'une des propriétaires de l'équipe et la marraine de Lilah, croise mon regard depuis la suite.

Elle est seule.

Oliver Van Doren vient se poster à nos côtés, frappant sa crosse contre la mienne.

— C'est presque l'heure du spectacle, Sanderson. Tu es prêt à ridiculiser ces types ?

Je me force à sourire.

— On ne peut pas être plus prêt.

Les lumières s'abaissent, et la foule éclate en acclamations. Vingt mille fans se lèvent quand notre vidéo d'introduction illumine le jumbotron. C'est le même générique que j'ai déjà vu cent fois auparavant, mais ce soir, la vidéo des moments forts me paraît lointaine. Comme si je la fixais à travers un tunnel. Je ne peux pas me débarrasser de l'inquiétude qui continue à me ronger vivant.

Le projecteur illumine le centre de la glace, la voix du commentateur bondit dans l'arène.

— Et maintenant, veuillez accueillir les Baddies de Baltimore !

Les membres de l'équipe adverse patinent un à un pour annoncer leur formation. La foule offre un mélange standard d'applaudissements polis et de huées sans conviction, tout en attendant que le véritable spectacle commence.

Au moment où le dernier joueur prend position, la musique change, les basses vibrent à travers mes patins. Des lumières bleues et argentées balaient la glace, et le volume à l'intérieur de l'arène explose.

— Et maintenant, Mesdames et Messieurs, veuillez accueillir vos Railers de Chicago !

Je roule mes épaules, secouant mes membres alors que mes coéquipiers s'alignent. Knox rebondit sur ses patins à mes côtés, un sourire arrogant plaqué sur son visage.

— Protecteur de nos buts, numéro trente-cinq, Laiken Lennox !

Laiken s'avance, levant sa crosse sous les chants tonitruants de « Lai-ken ! Lai-ken ! ».

— En défenseur droite, numéro vingt-trois, River Thomson !

River s'avance sur la glace sous les sifflements et les encouragements.

— En défenseur gauche, numéro quatre, Jaxon Wilder !

La lumière balaie notre zone, captant Jaxon qui tourne en rond. Six ans de ces introductions, et mon regard se pose toujours sur Lilah. Habituellement, elle se tiendrait debout avec tout le monde, mais c'est moi qu'elle regarderait, pas les autres.

— Ailier droite, numéro onze, Knox McNichols !

Knox me lance un regard avant de s'avancer, comme s'il savait exactement où se perdent mes pensées.

— Ailier gauche, numéro quatre-vingt-onze, le grand O, Oliver Van Doren !

Les rugissements s'élèvent alors qu'Oliver patine vers l'avant, heurtant le poing de Jaxon en passant. Un nom de plus.

— Et votre capitaine, au centre, le numéro dix-neuf, Steele Sanderson !

J'avance, ma mémoire musculaire prenant le dessus alors que je fonce sur la glace. Le projecteur me suit, la foule scande mon nom. Je réalise mon petit tour habituel autour de notre zone, mes yeux s'élèvent automatiquement vers la suite.

Lilah n'est pas là.

C'est tout ce qu'il faut pour que mon calme apparent se fracture.

Mais où est-elle ?

Je me positionne au centre de la glace alors que mes coéquipiers se déploient autour de moi.

Knox m'assene un coup d'épaule.

— Mets ta tête dans le jeu, Cap.

Je hoche la tête, j'agrippe plus fermement ma crosse, et me force à afficher une expression neutre.

Le visage du capitaine.

Ma face de jeux.

L'arbitre patine, palet à la main.

Je me penche en avant, prêt pour le drop, mais mon regard se pose une dernière fois sur la suite.

Mon porte-bonheur est toujours présent.

La rondelle tombe, je me précipite vers l'avant, ma crosse entrant en collision avec celle de mon adversaire. Normalement, je suis concentré sur ce qui doit être fait. Ce n'est pas le cas ce soir. Sans la présence de Lilah, je me sens mal.

Je déteste ça, putain.

Je tire, manquant le filet de quelques centimètres.

— Putain, murmure River en patinant à proximité. Qu'est-ce que c'était que ça ?

Je serre les dents, patinant plus rapidement, essayant de ravaler cette frustration qui rend mes mains maladroites, et qui disperse ma concentration.

Au moment où nous arrivons dans le vestiaire entre deux périodes, je peux sentir le poids du regard de mes coéquipiers sur moi, ces questions silencieuses qui débordent de leurs yeux.

Oliver me lance une serviette.

— Est-ce que tu joues comme une merde pour t'amuser ou tu le fais exprès ?

— Va te faire foutre, grogné-je, en passant la serviette sur mes cheveux trempés de sueur.

Il renifle.

— Ce que je dis, c'est que peut-être tu fais semblant de te soucier du match.

Comment puis-je répondre quand ils ont raison ?

Il faut que je me sorte la tête du cul. Dès que le match sera terminé, je pourrais trouver Lilah et m'assurer que tout va bien pour elle. En attendant, il faut que je me concentre.

Je ne joue pas beaucoup mieux pendant la troisième période. Dieu merci, mes coéquipiers sont présents pour prendre le relais. Le buzzer final sonne, et la foule rugit. Mes coéquipiers balancent leurs mains en l'air alors que les crosses s'abattent contre la glace pour annoncer la victoire.

Même s'il s'agit là d'une autre victoire à notre actif, je n'ai pas le moindre plaisir à célébrer. D'habitude, je suis pris dans la frénésie d'après match avec eux. Mais ce soir, alors que je patine hors de la glace, il n'y a qu'une chose qui domine mon esprit.

Lilah.

J'observe les tribunes une dernière fois, cherchant son visage dans la foule.

Elle m'a promis qu'elle viendrait.

Son siège vide m'atteint bien plus durement que je ne veux l'admettre.

Où est-ce qu'elle est, putain ?

Avec son connard de petit ami ?

La simple pensée de Devon Peterson suffit à me faire grincer des dents.

Elle mérite tellement mieux.

Encore une fois, je ne suis pas certain qu'il y a un gars sur Terre qui soit assez bien pour Lilah Monroe.

Elle est comme le soleil qui se lève à l'horizon, impossible à ignorer et encore plus difficile à oublier.

Quand Lilah est proche de moi, je ne vois qu'elle.

Elle est tout ce que je ressens.

Tout ce que je veux.

C'est comme ça depuis notre première année d'université, et rien n'a changé. Au contraire, mes sentiments pour elles n'ont fait que s'approfondir, devenant plus forts avec chaque année, chaque instant, chaque regard.

L'idée qu'elle puisse un jour se marier avec ce salaud suffit à me donner la nausée.

Pas seulement parce que je la perdrais.

Mais parce que je sais au fond de moi qu'elle ne lui appartient pas.

Elle m'appartient.

Elle est à moi.

La dernière fois qu'elle avait « de grandes nouvelles » à me partager, j'ai presque manqué d'avoir une crise cardiaque.

J'étais convaincu qu'il lui avait fait sa demande.

Au lieu de ça, elle avait obtenu une promotion travail.

Ça a été un tel soulagement pour moi...

Mais cette peur ne s'en est plus jamais allée...

Knox me tape dans le dos de sa main gantée.

— Haut les cœurs, enfoiré. Nous avons gagné ce soir.

Je grogne en réponse.

Il n'y a pas grand-chose qui passe avant le hockey.

Lilah est l'exception.

À la seconde où j'entre dans le vestiaire, je retire mes gants et je les jette sur le banc pour atteindre mon casier. Les battements de mon cœur s'accélèrent alors que mes doigts se resserrent autour de mon portable et que je déverrouille l'écran.

Il n'y a pas un seul message ou appel manqué de sa part.

En fronçant les sourcils, je vérifie ma boîte de réception.

Toujours rien.

— C'est quoi ce bordel ? marmonné-je en lui envoyant un message.

Moi : Où es-tu ?

Je retire mon maillot, prends une serviette et vérifie à nouveau.

Nada.

Moi : Tout va bien ?

Pas de réponse.

Ma mâchoire se crispe. Je me force à respirer calmement à travers le malaise qui s'abat sur moi.

Moi : Lilah. Appelle-moi. Tu commences à me faire flipper.

Je le jure devant Dieu, quand j'aurai enfin mis la main sur cette femme, je vais lui foutre la fessée de sa vie. Je grogne quand une image d'elle courbée sur mes genoux, tandis que j'abats ma main sur la courbe arrondie de ses fesses, se fraie un chemin dans mon esprit. La dernière chose dont j'ai besoin, c'est d'avoir la trique, dans le vestiaire avec mes coéquipiers.

Je n'en entendrai jamais la fin.

Jaxon Wilder me regarde avec un sourire en coin.

— Merde, dit-il en se penchant contre son casier. Je n'avais pas réalisé à quel point tu étais épris.

— Ferme ta gueule, craqué-je, en fourrant mon équipement dans mon casier avec plus de force que nécessaire.

Jaxon lève ses mains en guise de reddition, mais son sourire reste fermement en place. C'est le dernier membre à avoir rejoint l'équipe, venu tout droit d'une équipe de la ligue mineure.

— Détends-toi, mec. Elle a peut-être été retenue au travail.

Peut-être.

Bien que mon instinct me dise qu'il y a bien plus derrière cette histoire.

Au moment où nous entrons dans le Rail Yard trente minutes plus tard, je suis tellement tendu que je peine à rester en place. L'endroit est rempli de la foule habituelle d'après match, bourdonnant d'énergie. Une enseigne au néon clignotant indique « Da Bar » en lettres bleu. À l'intérieur, des murs de briques et un éclairage tamisé lui confèrent un charme brut. C'est le genre d'endroit caché que l'on ne trouve que si on sait où chercher. Un ours en peluche portant un maillot de l'équipe monte la garde dans un coin, et des souvenirs de hockey – palets signés, crosses vintage, maillots encadrés – remplissent chaque centimètre d'espace sur le mur. De la musique s'élève à travers les haut-parleurs, masquant le bruit des conversations.

La seule chose sur laquelle je parviens à me concentrer, c'est le poids de mon portable dans ma main. Je me dirige vers notre banquette habituelle et je m'installe sur mon siège. La serveuse me tend une bière que je touche à peine alors que mon genou rebondit sous la table. Je ne peux m'empêcher de vérifier mon téléphone toutes les deux minutes.

— Pas encore de nouvelles ? me demande Knox, en s'installant face à moi, ses bras étalés sur l'arrière de la banquette.

Quelques filles rivalisent pour attirer son attention. Il n'y a jamais de pénurie de fanatiques, qui bourdonnent, espérant capter son intérêt. Tout comme son frère aîné, Colby McNichols, Knox est le favori de ces dames. Il est peu probable qu'il se pose bientôt. Sa carrière a explosé au cours de la dernière saison, lui conférant encore plus d'attention qu'avant, sans parler des accords de parrainage. Il est en train de devenir un nom familier.

En secouant la tête, mon regard parcourt la foule pour ce qui semble être la millionième fois de la soirée.

— Non.

— Je suis certain qu'elle va bien.

Il marque un temps d'arrêt.

— Elle est toujours avec son petit ami avocat ? Le pompeux ?

Je ne peux dissimuler le tic nerveux de ma mâchoire.

— Oui.

Malheureusement.

— C'est possible qu'elle soit avec lui. Ce qui serait un comportement normal pour une petite amie.

Je plisse les yeux.

— Elle ne rate jamais un match à domicile.

Oliver s'abat sur le siège à côté de Knox.

— Voici une idée. Peut-être qu'il est temps pour toi d'arrêter de te languir d'elle et de passer à autre chose.

Parfait.

Juste ce dont j'ai besoin.

Une autre opinion indésirable.

Knox encourage notre coéquipier.

— Aïe. Tu es un peu dur là.

Oliver hausse les épaules.

— Regarde autour de toi, Sanderson. Il n'y a pas une seule fille ici qui ne ferait pas tomber sa culotte si tu regardais dans sa direction. Tout ce que tu as à faire, c'est de leur donner le feu vert. Ça fait combien de temps que tu n'as pas couché avec quelqu'un ? Quelques semaines ?

Quand je reste silencieux, il hausse les sourcils.

— Je t'en prie, dis-moi que ça ne fait pas plus longtemps que ça.

Je grimace, et recentre mon attention sur nos coéquipiers qui s'amusent à proximité du bar.

— Tu n'as pas quelqu'un d'autre à faire chier ?

Un sourire se répand sur son visage.

— Allez, Cap. Tu sais que tu es le seul que j'aime faire chier.

Knox, ce connard, décide de suivre la tendance.

— Merde. Je ne m'étais pas rendu compte que ça faisait si longtemps. Pas étonnant que tu sois aussi tendu.

Avant que je puisse leur dire à tous les deux de s'occuper de leurs foutues affaires, Knox attrape par le poignet une femme qui passe à proximité.

— Hé, ma chérie.

Quand elle le regarde, il affiche un sourire plein de fossettes. Elle se met immédiatement à se pâmer sur place.

Je ne peux pas m'empêcher de lever les yeux au ciel.

L'effet qu'il a sur les femmes devrait venir avec une étiquette d'avertissement. Son frère agissait de la même manière à l'université avant que la future Madame McNichols ne lui botte le cul. Knox me désigne d'un geste du menton.

— Une idée de qui est ce type ?

Elle est à peine capable de détacher ses yeux de Knox assez longtemps pour croiser mon regard.

— Bien sûr. Je sais tous qui vous êtes.

— Parfait, réplique-t-il. Est-ce que tu aimerais...

Et voici mon signal de départ. Je me lève de mon siège avant que la question ne lui échappe. La dernière chose dont j'ai besoin, c'est du sexe par pitié. Ces imbéciles ne savent pas que ça fait bien plus de quelques semaines que j'ai couché avec une femme.

Ça fait bien plus de dix-huit mois.

Je me passe une main sur le visage, incapable de croire que ça fait aussi longtemps.

— Je vais chercher une autre bière, marmonné-je, voulant m'éloigner de cette conversation.

Aucun de ces types ne parvient à comprendre la profondeur de mes sentiments envers Lilah. Une fois que j'ai finalement accepté cela moi-même, il ne me semblait pas y avoir beaucoup d'intérêt à convoiter d'autres femmes.

Même pour décompresser un peu.

— Allez, Sanderson, ne t'enfuis pas comme ça, m'appelle Knox, avec une pointe d'humour.

Je lui présente mon majeur en continuant à avancer.

3

———————

LILAH

L'odeur de la bière, de la nourriture frite et de quelque chose de sucré – peut-être des oignons caramélisés – s'enroule autour de moi quand je franchis la lourde porte en bois de The Rail Yard.

Normalement, cet endroit est réconfortant pour moi.

Ce soir, les images et les sons autour de moi s'enregistrent à peine. J'ai l'impression que mes jambes sont faites de plomb, et que mon corps fonctionne sur pilote automatique, alors que mon esprit se remémore le moment où je suis entrée dans le bureau de Devon. Mes mains tremblent tellement que je les enfonce dans les poches de ma veste, non pas pour les éloigner du froid, mais pour maintenir mes émotions sous contrôle.

Dans quelques secondes, je vais m'effondrer.

Je scanne la foule à l'intérieur. Ce n'est pas une surprise de découvrir que cet endroit est bondé. Les soirées de match, c'est toujours comme ça. Tous les fans inconditionnels veulent célébrer avec l'équipe. Pendant un instant, mon cœur se serre de peur qu'il ne soit pas là.

Que ferais-je alors ?

Même si j'ai opéré jusque-là en pilote automatique, je dois

trouver Steele. Quand mon monde s'effondre, il est le seul capable de me réconforter.

Ça ne m'a jamais traversé l'esprit que je pourrais ne pas être capable de le trouver.

Où qu'il pourrait être occupé autrement. Cette pensée s'abat sur mon estomac comme une chape de plomb. C'est suffisant pour que la bile remonte le long de ma gorge.

Je marque un temps d'arrêt quand mon regard se pose sur quelques-uns de ses coéquipiers. Le premier est Laiken, le gardien des Railers. Il est plus âgé, peut-être vers trente-trois ou trente-quatre ans. Il est beau de manière bourrue, et silencieuse. J'ai toujours trouvé son visage brut attirant. C'est le genre de gars qui aime rester seul. C'est en réalité une surprise pour moi qu'il soit ici, d'autant plus depuis qu'une femme est entrée dans sa vie. Une femme qui a réussi à faire fondre son cœur, alors qu'il donnait l'impression d'être fait de pierres.

Puis j'aperçois River Thomson. Blond, les yeux bleus, musclé. Nous n'avons pas fréquenté la même université, mais sa sœur jumelle est désormais mariée à Maverick McKinnon, l'un des anciens coéquipiers de Steele de l'époque de l'université. River est plongé dans une conversation avec Knox alors qu'une poignée de femmes se dispute pour obtenir leur attention.

Sans grande surprise.

Je ne peux qu'imaginer que leurs deux appartements sont une porte tournante pour les femmes. Oliver « le grand O », comme il est connu par les fans de l'équipe, Van Doren et Jaxon Wilder ricanent tous les deux. Quelques groupies sont accrochées à leurs bras.

Au moment où j'envisage de faire demi-tour et de quitter le bar, j'aperçois Steele. Il fronce les sourcils en fixant son téléphone. Laiken lui tape sur l'épaule en me désignant de la main. Steele redresse la tête et pivote vers moi. Dès que nos regards se croisent, tout en moi se détend.

Le soulagement traverse son visage avant qu'il ne bouge, se

frayant un chemin à travers la foule. Le temps que je reprenne mon souffle, il se tient debout devant moi. Le fouillis dans mon esprit se dissipe, mon cœur martèle mes côtes, ma gorge se serre de cette émotion que je refoule.

En silence, il analyse mon visage. Je ne peux qu'imaginer à quoi je dois ressembler après avoir pleuré pendant des heures. Il y a tellement de tension dans mes épaules que le poids de celle-ci s'abat sur moi. C'est un miracle que je ne cède pas sous la pression.

Même si un muscle de sa mâchoire tressaute, il ne pose pas de questions, il ne cherche pas à obtenir des réponses. Au lieu de cela, il tend ses mains, et les pose doucement, mais fermement sur mes bras. C'est tout ce qu'il faut pour m'ancrer dans l'instant présent. Sa chaleur s'infiltre à travers ma veste et jusque sous ma peau. C'est à la fois solide et stable, comme une ancre qui m'empêche de partir à la dérive.

— Lilah.

Mon prénom glissant d'entre ses lèvres suffit à fissurer cette carapace à laquelle je me suis accrochée. Mes yeux me brûlent, mon corps tremble, l'émotion me ravage alors que je niche mon visage contre la force tranquille de son torse.

Il m'attrape immédiatement. Il glisse un bras dans mon dos et m'attire plus près, et pose son autre main sur le sommet de ma tête comme si je n'étais qu'une petite fille. Son corps est chaud, fort, stable.

Je n'avais pas réalisé à quel point j'avais besoin de sa force jusqu'à cet instant précis.

Mes doigts agrippent le tissu de sa chemise, mes épaules tremblent sous le poids de mes sanglots.

Même maintenant, il ne me bombarde pas de questions.

Sa prise se resserre, me tenant plus près de lui.

Pour la première fois depuis que je suis tombée sur Devon et Marissa, je laisse la tempête se déverser.

Je n'ai pas la moindre idée de combien de temps nous

restons ici enlacés dans les bras l'un de l'autre. Quand je suis enfin capable de retrouver ma voix, elle est éraflée :

— Je suis tellement désolée d'avoir manqué ton match.

— Que s'est-il passé ? J'étais incapable de me concentrer sans toi. J'étais tellement inquiet.

Je gémis, détestant que mon drame personnel l'ait tant affecté. Le hockey a toujours été la priorité numéro un de Steele. La dernière chose que je veux faire, c'est interférer avec son jeu.

Quand je ne réponds pas, il s'éloigne juste assez pour sonder mes yeux.

— Vas-tu me dire ce qui s'est passé ? Ou dois-je te forcer à me l'avouer ? Parce que nous savons tous les deux que je le ferai.

Honnêtement, je préférerais ne jamais raconter à Steele ce qui s'est passé. Je peux déjà prédire comment il va réagir. Il n'a jamais aimé Devon.

Oh, bien sûr, Steele a toujours été poli, mais après toutes ces années, je le connais assez bien pour réaliser quand il fait semblant. Non pas que je l'ai déjà mentionné, mais Devon se plaignait constamment que Steele et moi passions trop de temps ensemble. Il me disait que l'amitié homme femme était impossible. J'ai toujours été en désaccord, insistant sur le fait que Steele était comme un frère pour moi que quoi que ce soit d'autre, même si au fond de moi je savais que c'était un mensonge.

Depuis toutes ces années, je ne l'ai jamais considéré comme un frère ou une sœur.

Il pose ses doigts sous mon menton, me ramenant au moment présent.

— Dis-moi ce qui s'est passé.

Sa voix s'estompe, devient plus rauque. Ce baryton profond suffit à faire naître un frisson le long de ma colonne vertébrale. Je le chasse rapidement. Aussi tentant que cela soit de minimiser la situation, la dernière chose que j'ai envie de faire, c'est de couvrir ce sac à merde.

— Je viens de voir Devon en train de baiser Marissa dans son bureau.

Un léger frisson me traverse alors que j'ajoute :

— Sur son bureau, si je veux être précise.

Je n'arrive toujours pas à croire qu'il la baise. L'image est gravée dans mon esprit, je ne peux m'empêcher de la rejouer en boucle, peu importe à quel point j'essaie de ne pas le faire.

Je revois l'abandon total sur son visage.

Steele se fige. Sa prise sur moi se resserre, sa mâchoire se crispe.

— Tu es sérieuse ?

— Et ce n'est même pas le pire de toute cette histoire, chuchoté-je, désespérée de tout lui révéler.

— Qu'est-ce qui pourrait être pire ?

— Elle est enceinte.

La manière dont ses yeux s'écarquillent est presque comique. D'un moment à l'autre, ils vont tomber et rouler au sol. Il m'attire plus près avant de déposer un baiser sur le sommet de ma tête.

— Je suis tellement désolé, Lilah. Tu ne méritais pas ça. Tout ça. Je sais à quel point tu tenais à lui.

Dès que les mots franchissent ses lèvres, je réalise à quel point ils sont faux. C'est vrai, je me souciais de Devon, mais il y avait beaucoup de fissures dans notre relation que je n'ai jamais partagée avec lui.

— Merci. Je suis certaine que c'est douloureux pour toi de dire ça.

Il renifle alors qu'un léger sourire étire ses lèvres.

— Nous savons tous les deux qu'il n'a jamais été assez bien pour toi. Je te le dis depuis le début.

— Vrai. Mais tu dis ça de chaque garçon que je te présente.

— Et j'ai chaque fois raison à 100 %. Aucun d'entre eux n'a jamais été assez bien pour toi.

Il marque un temps d'arrêt.

— Alors, que se passe-t-il maintenant ? Tu ne vas pas continuer à travailler pour lui, pas vrai ?

Je peux presque voir la manière dont il se prépare à combattre.

— Non, je démissionne.

— Merci, putain. Il n'y avait aucune chance que je te laisse y retourner.

— Il serait sûrement plus précis de dire que Devon a demandé à ce que je ne revienne pas.

— Putain de fils de pute. Quel lâche, grogne-t-il.

— À peu près.

— Alors, où est-ce que tu vas aller ?

L'émotion s'abat sur moi. Je secoue la tête. Je ne pense pas m'être jamais sentie aussi perdue ou seule dans ma vie.

— Je ne sais pas. Je n'en suis pas encore là. Je suis certaine que je pourrais rester avec Rina ou peut-être Ev...

— Pas question. Tu vas rester avec moi, m'interrompt-il. Fin de la discussion.

Je secoue la tête, manifestement déjà, prête à lui dire que je le découvrirai par moi-même. Qu'il n'a pas besoin de se précipiter pour me sauver.

— Ne discute pas, porte-bonheur.

Sa voix est stable. Inébranlable.

— C'est une affaire conclue.

Son surnom me frappe dans tous les sens du terme.

C'est exactement le baume dont j'avais besoin après les dernières heures.

En inclinant le menton, je cherche son regard.

— Je ne veux pas me mettre sur ta route.

Il renifle.

— Accorde-moi une chance. Mon appart est immense. Tu

la dis toi-même quand tu m'as aidé à le choisir. C'est l'endroit parfait pour que tu fasses le tri dans tout ça.

Il n'y a pas le moindre soupçon de doute en lui. Je déglutis tandis que mon estomac se tord. Mes émotions sont sens dessus dessous, je ne sais plus quoi en faire. Même si je devrais refuser, ma résistance est d'ores et déjà en train de s'effilocher.

— Est-ce que tu en es certain ? Je ne sais absolument pas combien de temps il me faudra pour trouver un autre emploi, ou un autre endroit où vivre.

— Il n'y a pas de pression. Prends tout le temps dont tu auras besoin.

Il attrape ma main, et entremêle nos doigts avant de m'attirer juste assez pour me faire savoir que ce n'est pas une option.

Il a déjà pris sa décision

Je déteste admettre à quel point il est réconfortant de savoir que, peu importe ce qui se passe dans ma vie, Steele représentera toujours mon endroit sûr, mon cocon.

4

STEELE

Les routes luisent sous la lueur des lampadaires, des suites d'une averse. Chicago est une ville qui ne dort jamais vraiment. Je perçois le bourdonnement de la circulation au loin, le léger sifflement d'une sirène qui traverse la nuit, la lueur des panneaux de signalisation projetant des reflets vacillants contre le trottoir humide. Tout pulse autour de moi, stable et vivant.

À l'intérieur de la voiture, il n'y a que le silence.

Une de mes mains s'agrippe au volant, l'autre se pose sur ma cuisse. L'énergie qui bouillonne en moi me rend quasiment impossible le fait de rester immobile. Lilah est blottie contre le siège passager, son corps légèrement orienté vers la vitre, son visage illuminé par le néon rouge d'un feu arrière. Elle n'a pas dit grand-chose depuis que nous avons quitté The Rail Yard.

Je suis certain qu'elle est encore en train de revivre ce qui s'est passé. D'analyser tout ce qui concerne leur relation et comment elle s'est terminée.

— Ça va ? lui demandé-je.

Son soupir est à peine audible.

— Je ne sais pas.

Cette réponse ne me convient pas, mes doigts se crispent autour du volant.

— Il te faudra juste du temps pour faire la paix avec ce qui vient de se passer. Voilà tout. Une fois que le choc se sera dissipé, tout ira bien.

— Tu as raison.

Elle me jette un coup d'œil.

— Je sais que je te l'ai déjà dit, mais je veux vraiment que tu saches à quel point j'apprécie que tu me laisses rester chez toi. Tu as toujours été présent quand j'avais besoin de toi.

Même si ces paroles ne devraient pas être un poignard dans mon cœur, c'est exactement ce qu'elles sont. Je me force à sourire en réponse. Lilah a toujours été inconsciente de mes sentiments à son égard. Et j'ai été trop poule mouillée pour les mettre sur le devant de la scène. J'ai eu peur de la mettre mal à l'aise. Par peur de la perdre.

Qu'est-ce que je ferais si cela arrivait ?

Sa présence dans ma vie est la seule chose que je ne veux pas risquer de perdre.

— Peu importe ce qui se passe, je serai toujours là pour toi, dis-je en enclenchant mon clignotant juste avant de pénétrer dans le garage privé sous mon immeuble.

La structure du parking souterrain est faiblement éclairée, et l'air est épaissi par l'odeur de béton, de l'huile et de pluie apportée par la rue.

Le trajet en ascenseur jusqu'à mon appartement se fait en silence. Du coin de l'œil, j'observe Lilah qui s'agite, se dandinant d'un pied sur l'autre alors qu'elle mordille sa lèvre inférieure. C'est tellement tentant pour moi de l'attirer dans mes bras pour lui offrir du réconfort.

Quelques secondes plus tard, les portes s'ouvrent doucement, révélant le vaste penthouse que j'ai acheté il y a deux ans lorsque j'ai signé un autre contrat avec Chicago. Les fenêtres du sol au plafond s'étendent sur toute la longueur du mur en face de nous, offrant une vue scintillante et ininterrompue sur le lac Michigan. L'eau au loin est sombre et vaste, la ligne d'horizon de la ville se reflétant sur sa surface. Depuis cette hauteur, Chicago paraît presque paisible, le bruit de la rue atténuée, et ses lumières clignotantes n'étant plus que de petites tâches contre la nuit.

Lilah hésite dans l'entrée, ses doigts s'enroulant autour de la sangle de son sac à main.

— Dernière chance, Sanderson. Es-tu absolument sûr de toi ? Evelyn m'autorisera à rester chez elle jusqu'à ce que je puisse reprendre pied.

J'en ai marre qu'elle me pose cette question.

Je m'empare de son sac à main et le pose sur le meuble près de l'ascenseur.

— Je t'ai déjà dit que je veux que tu restes ici.

Avec un soupir, elle frotte ses bras tandis que son regard se promène dans l'appartement.

— Je suis sérieuse quand je dis que je n'ai pas envie d'empiéter sur ton espace.

Je lève les yeux au ciel et glisse mon bras autour de sa taille pour la diriger vers le salon. J'ai presque peur qu'elle tente de s'enfuir. Je ne suis pas d'accord avec l'idée de la plaquer au sol. Dès que j'entre en contact avec elle, un fourmillement d'électricité gagne la pulpe de mes doigts. Comment ne peut-elle pas ressentir l'énergie que nous semblons toujours générer ?

Il n'y a aucune chance pour que ce soit unilatéral.

— Tu ne le feras pas. Regarde autour de toi. Il y a énormément d'espace. Ne m'as-tu pas dit quand j'ai acheté cet endroit qu'il était assez spacieux pour une famille de six personnes ?

Elle grimace quand je lui renvoie ses propres mots au visage.

— C'est vrai.

— D'autant plus que tu adores les vues sur le lac, ajouté-je, en essayant d'ajouter tout avantage auquel je peux penser pour obtenir son accord. Sans parler de la salle de sport au cinquième étage. T'ai-je déjà dit qu'ils ont ajouté un sauna ?

— Hmm. Ça m'a l'air pas mal.

— Je l'ai utilisé l'autre jour. C'est le paradis. Surtout après un entraînement.

— D'accord. Tu m'as convaincue. Je vais rester.

Elle me désigne du doigt.

— Mais seulement à cause du sauna.

Juste comme ça, la tension en moi s'apaise. Au lieu de lui laisser le temps de réfléchir, ou pire, de changer d'avis, je la mène vers la chambre d'amis située directement en face de la mienne.

Est-ce que je préférerais que Lilah partage mon lit ?

Bien sûr.

Mais ça n'arrivera pas.

Ce dont elle a besoin en ce moment, c'est de temps.

Du temps pour réaliser que Devon n'a jamais été le garçon fait pour elle.

Du temps pour réaliser que peut-être la bonne personne pour elle a toujours été debout devant elle.

J'ouvre la porte de la chambre d'amis et lui fais signe d'entrer.

— Te voilà chez toi.

Elle fait un pas en avant, puis se dirige vers le lit king size. Ses doigts suivent la tête d'oreiller.

— J'adore ces draps.

Je hausse les épaules.

— Encore heureux. C'est toi qui les as choisis. Tu m'as dit que c'étaient les meilleurs. Tu as parlé de quelque chose comme un milliard de fils.

— Mille. C'est du coton égyptien, me corrige-t-elle avant de se tourner vers la commode où il y a un panier de produits soigneusement disposés.

Elle s'empare d'une petite bouteille et la fixe en fronçant les sourcils.

— C'est drôle. C'est la même marque de shampooing et d'après-shampooing que j'utilise.

Je me passe une main le long de ma mâchoire, embarrassé qu'elle puisse l'avoir remarqué. Comment quelqu'un peut-il être si inconscient dans certains domaines de sa vie et si attentif aux détails dans d'autres ?

C'est un putain de mystère pour moi.

— Oui, j'en ai toujours apprécié l'odeur.

— Huh.

Elle ouvre le capuchon et en hume une bouffée.

— Moi aussi. Il y a quelque chose de si réconfortant à propos du tee trea et de la menthe.

Je détourne le regard.

— J'imagine que je pensais que tu pourrais en avoir besoin à un moment donné.

Avec un soupir, elle penche la tête et m'observe, comme si c'était seulement maintenant qu'elle réalisait que j'étais un puzzle pour lequel elle ne possédait peut-être pas toutes les pièces.

Elle déglutit. Et l'espace d'un moment, l'air devient chargé entre nous. Je détourne le regard le premier, ne voulant pas qu'elle déchiffre trop de choses dans mon expression.

— Tu peux les utiliser en te détendant dans un bain chaud. Ça te va ?

C'est exactement ce dont elle a besoin pour décompresser.

Sans attendre de réponse, j'entre dans la salle de bain attenante et je tourne les boutons, versant de l'eau chaude dans la baignoire profonde. Il ne faut pas longtemps avant que de la vapeur remonte dans l'air, ainsi que le parfum des sels de bain à l'odeur de gingembre et d'Orange que je viens d'y verser.

Encore ses favoris.

— Steele, je peux...

— Tu as eu une journée difficile, porte-bonheur. Laisse-moi juste m'occuper de toi pour une fois.

Je m'empare d'une serviette duveteuse dans le placard et la dépose sur le meuble en marbre. Lilah s'adosse contre l'encadrement de la porte, m'observant en silence. Quand elle reprend finalement la parole, sa voix est à peine plus audible qu'un murmure.

— Mes sels de bain préférés aussi ? Tu vaux mieux qu'un hôtel cinq étoiles. Peut-être que je ne déménagerai plus jamais.

Elle n'a pas la moindre idée comme j'aimerai ça.

Je hausse les épaules. Il me faut fournir de gros efforts pour continuer à parler d'un ton léger.

— Comme le shampooing et l'après-shampooing, ils sentent bon.

Elle cligne des yeux, puis se met à fixer l'eau tourbillonnante. Je recule d'un pas, en désignant la baignoire d'un geste du menton.

— Prends un bon bain. As-tu dîné ?

— Non, mon plan était de prendre quelque chose au match.

Elle fronce les sourcils, la tristesse faisant scintiller ses yeux.

— Mais je n'ai jamais atteint l'arène.

J'ai l'impression que quelqu'un a enroulé sa main autour de mon cœur.

Je déteste la voir aussi bouleversée, putain.

Surtout à cause de ce connard.

Il n'en vaut pas la peine.

Le fait qu'il ait pu tromper Lilah me dépasse.

Comment un homme pourrait-il même regarder dans la direction d'une autre femme en sachant que Lilah Monroe lui appartient ?

Cela confirme simplement mon point de vue qu'il n'a jamais été digne d'elle. Il ne l'a jamais traitée comme il l'aurait dû. Cette fille mérite d'être choyée et adorée. Avant que je ne puisse y réfléchir à deux fois, je réduis l'espace qui nous sépare et l'attire dans mes bras. Dès qu'ils sont enroulés autour d'elle, elle se crispe.

Je pose mon menton contre le sommet de sa tête.

— Tout ira bien. Je te le promets.

Elle hésite une seconde avant que ses muscles ne se détendent.

— Je sais. C'est juste...

— Ça fait mal, finis-je à sa place.

— Oui. Je ne m'y attendais vraiment pas. Je n'ai jamais pensé que Devon était le genre de type qui allait me tromper. Tout ce que ça fait, c'est remettre en question mon propre jugement, tu vois ?

L'espace d'un battement de cœur, je la rapproche encore plus de moi. Ce que j'ai vraiment envie de faire, c'est traquer ce connard qui lui a fait du mal et lui faire ressentir juste une fraction de la douleur qu'il lui a causée, qu'il a causée à une femme qui mérite tellement plus.

Même si la dernière chose que je veux faire est de la libérer, je force mes bras à s'écarter et recule d'un pas.

— Prends ton bain, je me charge du dîner.

Je caresse mon ventre.

— Je suis affamé.

Une partie de sa tristesse s'estompe lorsqu'elle sourit.

— Quoi de surprenant ? Tu as toujours faim. Je ne sais pas comment tu arrives à garder une telle silhouette.

Je hausse un sourcil et décide de la taquiner :

— Alors comme ça tu surveilles ma silhouette, hein ?

Un rougissement teinte ses joues, elle détourne le regard.

— Ne sois pas ridicule.

Ses mots me font bien plus de mal que je ne le pensais. Et pourtant, je souris comme je le fais toujours, même si quelque chose se contracte en moi. Parce que peu importe le nombre de fois où je me dis qu'il est temps d'aller de l'avant, il est clair qu'elle ne me perçoit que comme un ami.

Peut-être que je suis le genre de gars accro aux punitions. Peut-être qu'une partie de moi préfère rester proche et me languir secrètement d'elle plutôt que de m'éloigner de la seule femme que j'ai jamais aimée.

Je me racle la gorge, ayant besoin de ramasser les morceaux en lambeaux de mon égo et de sortir d'ici.

— Prends autant de temps que tu en as besoin. Quand tu seras prête à manger, ton repas t'attendra.

— Merci encore, Steele. Tu es un ami merveilleux.

Les coups ne cessent de pleuvoir...

Après dix ans, peut-être qu'il n'est plus possible de sortir de la friendzone.

Je disparais dans la cuisine pour essayer de voir ce que je peux préparer.

Trente minutes plus tard, Lilah sort de la chambre en ayant l'air beaucoup plus détendue que lorsqu'elle est entrée dans le Penthouse. L'humidité s'accroche à sa peau sous la forme de minuscules gouttelettes, et elle porte le tee-shirt de hockey gris des Western Wildcats que j'ai préparé pour elle puisqu'elle n'a pas de vêtements de rechange. Il est trop grand pour elle, suspendu à une de ses épaules alors que l'ourlet effiloché frôle ses cuisses.

Elle tire sur le rebord de la matière usée.

— Les pantalons que tu as laissés étaient beaucoup trop grands et ne cessaient de tomber.

Eh bien, merde.

Je déglutis fortement avant de me tourner vers le plan de travail de la cuisine.

— Est-ce que je devrais te trouver autre chose ?

— Nah.

Il y a un moment de silence avant qu'elle n'ajoute :

— Tant que tu es d'accord avec ça.

— Ça ne me dérange pas du tout, murmuré-je. Je peux augmenter la température si tu as froid.

— Tout va bien, dit-elle.

— Bien.

Je détourne mon regard du long étirement de ses jambes nues.

— Je, euh, j'espère que tu as faim.

Elle s'approche, s'arrêtant au niveau de l'îlot en marbre où j'ai installé deux assiettes et des plats à emporter.

— Hmm, chinois. Mon préféré.

J'acquiesce, satisfait du changement de sujet.

— Je me suis dit que tu avais besoin de nourriture réconfortante. Du riz frit, du poulet au sésame et des aubergines.

Elle pince les lèvres et pendant une seconde, j'ai l'impression qu'elle est sur le point d'éclater en sanglots. Au lieu de cela, elle prend un moment pour se ressaisir avant de se glisser sur le tabouret en cuir et de ramasser ses baguettes. Un silence confortable nous entoure.

— Je ne suis pas certain de l'avoir mentionné auparavant, mais j'ai pensé à embaucher un assistant personnel.

Elle s'immobilise et tourne la tête dans ma direction.

— Vraiment ? Je ne crois pas que tu l'aies fait.

— Oui, dis-je doucement en attrapant ma bière. Nous savons tous les deux que je suis nul pour garder mon emploi du temps en ordre, et Rina n'arrête pas de me harceler à ce sujet.

Je marque un temps d'arrêt, avant d'avancer avec mon plan.

— Je pensais que peut-être tu pourrais m'aider. Temporairement, bien sûr.

En plissant les yeux, elle pose ses baguettes sur son assiette.

— Tu viens de l'inventer ?

Je secoue la tête.

— Bien sûr que non. Beaucoup de gars dans l'équipe en ont.

Quand elle pivote vers moi, je garde mes yeux rivés sur les siens au lieu de les laisser tomber là où le tee-shirt en coton chevauche ses cuisses, dévoilant encore plus de chair appé-tissante.

Ce n'est pas facile.

Surtout quand une image de moi tombant à genoux en train d'écarter ses jambes s'infiltre dans mon esprit. Elle peut profiter de son poulet au sésame, tandis que moi je vais juste...

Putain.

Je rejette cette idée dans un coin de ma tête et me recentre sur la nécessité d'obtenir son accord.

Une grimace étire ses lèvres.

— Sérieusement, Steele. Tu n'as pas besoin de me sauver. Je suis plus que capable de me débrouiller seule. Et j'ai de l'argent en réserve. Je pourrais m'en sortir pendant quelques mois.

— Hé, je suis totalement d'accord avec ça. Tu es plus que capable de prendre soin de toi. Je viens juste de me dire que puisque tu es entre deux opportunités de carrières et que je cherche quelqu'un pour m'aider, ce serait gagnant-gagnant pour nous deux. En plus, tu es amie avec Rina. Ce serait une transition sans heurt pour toutes les personnes impliquées. Quand tu y réfléchis ainsi, ça ressemble un peu au destin, non ?

— Ou peut-être que tu cherches juste une excuse pour me garder près de toi, murmure-t-elle.

Je plaque une main sur mon torse en mimant une fausse attaque.

— Aïe. Je ne pensais pas avoir besoin d'une excuse pour te garder près de moi, porte-bonheur.

Ses doigts jouent avec l'ourlet de son tee-shirt.

— Désolée, ça n'est pas sorti comme je l'avais prévu. Tu sais que je ne voulais pas dire ça de cette façon.

— Oui. Tu adores me donner des ordres. Qu'est-ce qui pourrait être mieux que d'être payé à le faire ?

Même si elle lève les yeux au ciel, un petit sourire étire le coin de ses lèvres.

— Ne vas-tu pas en avoir marre de m'avoir sur le dos tout le temps ? Nous travaillerons et vivrons ensemble. Ça ressemble à la parfaite recette d'un désastre.

Le vrai problème, c'est que je ne suis pas certain que passer tout mon temps avec Lilah serait suffisant pour satisfaire le besoin insatiable que j'ai d'elle.

Bien que, il soit certainement préférable de garder cette pensée pour moi.

Pas besoin de la faire flipper.

— Non, pas possible.

Quand elle regarde son assiette en fronçant les sourcils, j'ajoute :

— Alors, un intérêt à pourvoir le poste ? J'ai entendu dire que ça paye bien, et que si tu fais du bon travail, tu auras sûrement une augmentation en un rien de temps. De plus, le patron est vraiment sympa. Ça semble être un arrangement plutôt correct, si tu me poses la question.

Un soupir lui échappe, elle secoue la tête.

— Steele...

— Ne le dis même pas.

Il y a un moment de silence.

— D'accord.

Je hausse un sourcil, mon cœur bat à tout rompre.

— Vraiment ?

— Oui, vraiment. Mais, comme tu l'as dit, ce n'est que temporaire jusqu'à ce que je trouve un nouveau plan.

— Bien sûr, bien sûr. Pas de problème.

À ce stade, je dirais n'importe quoi simplement pour obtenir son accord.

Au moment où nous finissons de manger, la tension semble s'être évacuée de son corps. Pour la première fois depuis que je l'ai retrouvée au bar, Lilah ne donne pas l'impression d'avoir peur de ce qui va arriver ensuite.

Et merde, si ça ne ressemble pas à ma vraie première victoire de la soirée...

5

LILAH

Je me réveille enveloppée dans les draps les plus luxueux imaginables, baignée de chaleur. Mon corps s'enfonce dans le matelas comme s'il avait été fait juste pour moi. Pendant l'espace d'une seconde heureuse, j'oublie tout ce qui s'est passé hier.

La trahison.

Mon cœur brisé.

Le fait que je ne suis pas dans l'appartement que j'ai partagé avec Devon, mais toute seule dans la chambre d'amis de Steele.

Au moment où j'ouvre les yeux, tout me revient comme un tsunami.

L'image de Devon penchant Marissa sur son bureau, la baisant par-derrière, lui claquant le cul et lui tirant les cheveux alors qu'il lui murmurait des choses perverses à l'oreille qu'il ne m'a jamais dite.

Mais qui était cet homme ?

Parce que ce n'était sûrement pas celui que je pensais connaître.

Pour couronner le tout, Marissa attend le bébé de Devon, et

on m'a demandé de quitter mon poste afin de ne pas contrarier la future maman. C'est tentant de plaquer mon oreiller sur mon visage et de crier jusqu'à ce que tout l'oxygène me déserte.

Comment cette émission de merde est-elle devenue ma nouvelle réalité ?

L'idée d'avouer à mes parents que je suis maintenant sans emploi, sans abris et célibataire me retourne l'estomac. Je suis une femme adulte. Ce que mes parents pensent ne devrait pas avoir d'importance.

Pourtant, c'est le cas.

Ils adorent Devon et sa famille. Ils disaient que nous étions un couple puissant, convaincus que nous étions destinés à prendre le contrôle de Chicago.

C'est une conversation que je vais reporter aussi longtemps qu'humainement possible.

Le simple fait d'avoir à chercher un autre poste en tant qu'avocate d'entreprise me déprime énormément. C'est tellement sans âme.

Et, oui, ennuyeux.

Pour la première fois de ma vie, mon chemin n'est pas clairement indiqué. Je ne fonctionne pas en pilote automatique.

Au lieu de paniquer, je suis juste fatiguée.

Fatiguée de poursuivre quelque chose que je ne suis même pas certaine de vouloir.

Fatiguée de prétendre que je n'ai pas l'impression de vivre la version du succès de quelqu'un d'autre.

Peut-être que je désire quelque chose de différent.

Quelque chose que mes parents ou Devon ne m'ont pas poussé à faire.

Cette rupture n'a pas seulement brisé ma relation.

Elle a également ébranlé tout le fondement de tout ce que je pensais vouloir.

Maintenant, je me tiens dans les décombres, essayant de comprendre si j'en ai construit pour moi. Avec un gémissement, je me jette sur le côté et enterre mon visage dans l'oreiller. Même si ce n'est pas la chambre de Steele, les draps sentent vaguement comme lui. Propre et boisé, avec une touche de cèdre. C'est un parfum si familier qu'il attire quelque chose de profondément enfoui en moi. J'inhale son odeur avant de pouvoir m'en empêcher alors que mes doigts agrippent le bord de l'oreiller comme si cela allait en quelque sorte pouvoir m'ancrer dans cet instant.

C'est à ce moment précis que je me rappelle que je porte encore le vieux tee-shirt de Steele. Peut-être que c'est la raison pour laquelle son parfum m'enveloppe comme une couverture chaude. À l'époque, je le volais dans sa chambre et je refusais de le lui rendre. Je plaisantais en disant que c'était mon tee-shirt porte-bonheur, quelque chose que j'aimais porter quand j'avais besoin de réconfort. Mais cette fois, je n'ai même pas eu besoin de le lui voler.

Après mon bain de la nuit dernière, je l'ai trouvé soigneusement plié sur le lit.

D'une certaine manière, cet homme sait toujours ce dont j'ai besoin. Même quand je ne le réalise pas moi-même.

Avec un soupir, je me relève et passe mes mains sur mon visage, et c'est à ce moment précis que je remarque la tasse de café fumante posée sur la table de nuit.

Juste à côté se trouve une assiette de petit-déjeuner recouverte qui est encore chaude.

Il y a un petit post-it collé sur le côté de l'assiette avec l'écriture désordonnée de Steele dessus.

Mange. Tu te sentiras mieux. J'ai l'entraînement ce matin, mais je repasserai plus tard. Ne pense même pas à essayer de t'en aller. — S

Je cligne des yeux, ma gorge soudain trop serrée.

Devon n'a jamais rien fait de réfléchi comme préparer le petit-déjeuner au lit ou m'apporter du café. Je prends la tasse et en avale une gorgée, sa chaleur se répandant en moi. Je ferme les yeux en savourant le délicieux goût de cannelle.

Devon n'a certainement pas non plus prêté attention à la façon dont j'aimais mon café.

C'est le cas de Steele.

Je fais défiler mon téléphone en mangeant, rattrapant l'épave qui est maintenant devenue ma vie. J'ai reçu une demi-douzaine d'appels manqués de ma tante hier, ainsi qu'un bombardement de textos dans la discussion de groupe avec les filles. Aucune chance que je puisse tout garder pour moi hier soir.

Callie : Passe à la boulangerie. Nous prendrons un café, des pâtisseries, et découvrirons un endroit sûr pour préparer la fin de Devon.

Rina : Je suis d'accord avec ça. Sans jugement. Seulement la caféine, les glucides : la thérapie féminine.

Sloane : J'apporterai la crème fouettée. Et peut-être une batte de base-ball. Il te suffit de dire le mot.

Callie : Sérieusement, Lilah. On s'occupe de toi. Viens traîner avec nous. S'il te plaît ?

Une nouvelle vague d'émotion me submerge. C'est différent d'hier. Celle-ci me semble plus légère.

Pleine d'espoir.

Je tape une réponse.

Moi : Je serai là. Merci.

Il y a aussi un message non lu de la part de Steele.

Steele : Tu ferais mieux de manger ce petit-déjeuner.

Incapable de m'en empêcher, je ricane en secouant la tête.

Bien sûr qu'il allait vérifier.

Comment suis-je passée de sortir avec un homme qui n'a jamais rien remarqué, à me réveiller dans la maison de quelqu'un qui connaît mon petit-déjeuner préféré jusque dans les moindres détails ?

À part le fait que Steele est mon meilleur ami depuis la dernière décennie, je ne possède pas la réponse.

Plus que cela, ce n'est pas quelque chose sur lequel je veux m'attarder.

Pas quand je me sens aussi à vif.

Endommagée.

Après mon petit-déjeuner, je prends une longue douche avant d'enfiler un nouveau tee-shirt et un caleçon de Steele.

La première chose à l'ordre du jour est de contacter Devon pour lui dire où faire envoyer mes affaires. Marissa et lui les ont sûrement mises en carton hier soir. Même si je n'ai pas quitté mon travail selon mes propres conditions, c'est un soulagement pour moi de savoir que je n'aurai plus à les revoir.

Au moment où j'essaie de décider quoi porter, mon téléphone vibre avec un nouveau message de la part de Steele.

Steele : Tommy à la réception t'apporte une livraison. Il la laissera dans l'entrée.

Je perçois le bruit lointain de l'ascenseur ainsi qu'un autre bruit avant que les portes ne glissent à nouveau. Je marche pieds nus dans le couloir avant de jeter un coup d'œil pour découvrir trois grands sacs de courses de l'un de mes magasins préférés.

En fronçant les sourcils, je me rapproche et fouille dans les sacs. Ils sont remplis de jeans, pulls, tee-shirts, culottes, soutien-gorge, chaussettes et trois paires de chaussures. Je vérifie les étiquettes, émerveillée de découvrir que tout est à ma taille.

Comment savait-il ?

Encore plus surprenant, c'est qu'il n'y a rien que je n'aime pas ou que je ne porterai pas.

Je ne comprends vraiment pas comment une femme n'a pas encore craqué pour Steele. Cet homme serait parfait comme mari.

Une heure plus tard, j'entre dans Lakeshore Sweets. Les senteurs de cannelle, d'espresso et de vanille m'enveloppent confortablement. Il est encore assez tôt pour que la boulangerie bourdonne d'une énergie faible et chaleureuse. Les pâtisseries refroidissent sur des grilles en fil de fer, je perçois le léger sifflement de la machine à café derrière le comptoir. Callie, Sloane et Rina sont rassemblées à une table d'angle avec leur café à la main.

Elles sont plus que juste mes amies. Elles sont mon peuple. Ce sont ces personnes qui se présenteraient avec des battes de base-ball ou des bouteilles de vin, selon ce que la situation exige. Callie me remarque la première, ses yeux marron chaleureux inondés d'inquiétude. Elle se lève sans un mot puis m'attire dans une étreinte si forte que cela fait presque craquer mes côtes.

— Ma chérie, murmure-t-elle contre mes cheveux. Je suis tellement désolée.

Le barrage en moi menace de se briser, mais je la serre contre moi, et je recule avec un petit sourire.

— Merci.

Rina, habillée d'un blazer noir bien ajusté, recule dans son fauteuil et hausse un sourcil.

— Devons-nous aller crever quelques pneus ? Parce que j'ai apporté un objet pointu, et je n'ai pas peur de m'en servir.

Sloane, allongée avec sa tasse de café équilibrée entre deux doigts, sourit.

— Ou nous pourrions laisser une bombe de paillettes dans son sac de sport. Des dommages émotionnels et un cauchemar à nettoyer.

Je ris, le premier vrai rire dans ce qui me semble être une éternité. Je me glisse dans le siège vide qu'elles ont mis de côté pour moi.

— Merci pour les offres, mais aucun sabotage nécessaire.

— Pour l'instant, réplique sombrement Rina, en sirotant son latte.

Callie pousse une assiette à travers la table. Il y a ma pâtisserie préférée dessus, un croissant chaud aux amandes arrosé avec juste la bonne quantité de glaçage.

— Mange d'abord. On conspire ensuite.

Je cligne des yeux en sentant mes yeux me brûler.

— Je ne sais pas ce que je ferais sans vous toutes.

— C'est une bonne chose que tu n'as jamais à le découvrir, réplique Sloane en souriant.

Je casse un morceau de croissant, plus pour occuper mes mains que le fait que j'ai réellement faim.

— Je suis toujours sous le choc.

— Personne ne peut t'en blâmer, me rassure doucement Callie. Ce que tu traverses est horrible.

J'absorbe le parfum riche et beurré de la pâtisserie, apaisant quelque chose en moi.

— Je n'aurais jamais pensé qu'il me trahirait comme ça.

— C'est un bâtard, murmure Rina, abaissant sa tasse plus fort que nécessaire sur la table.

— Oui.

Je laisse échapper un rire creux.

— Et la pire partie dans tout ça ? Il ne m'a pas seulement trompé, il avait avec elle de meilleurs rapports sexuels qu'avec moi.

Elles clignent toutes des yeux dans ma direction avant que Rina ne laisse échapper un rire sans filtre.

— Eh bien, merde. Dis-nous ce que tu ressens vraiment.

Callie pince les lèvres, en essayant, et échouant à ne pas sourire.

— Je suppose que ce genre d'enthousiasme n'était pas quelque chose que tu as déjà vu chez lui ?

— Même pas proche.

J'avale une gorgée de café.

— Honnêtement. Le voir comme ainsi m'a fait réaliser que je ne l'avais jamais vraiment connu.

Sloane se penche en avant, ses yeux verts perçants.

— Ce n'est pas ta faute. C'est entièrement la sienne. C'est un choix qu'il a fait.

Rina hoche la tête, l'expression féroce.

— Exactement. Tu es incroyable. S'il était incapable de le voir, c'est lui qui perd quelque chose. Ne t'avise pas de penser autrement.

Callie tend sa main par-dessus la table et serre la mienne.

— On dirait que ce n'était pas seulement à propos de la tromperie. C'était tout un ensemble.

— Oui.

Je fais lentement tourbillonner ma tasse.

— Je pense que j'essayais de vivre une vie qui semblait bien sur le papier. Devon. Le travail. L'appartement. Tout avait un sens. Mais je ne pense pas que tout cela ne m'ait vraiment jamais rendue heureuse.

Le sourire de Sloane s'adoucit.

— Parfois, il faut que tout tombe en morceaux pour comprendre ce que nous voulons vraiment.

— Et que veux-tu, Lilah ? me demande tranquillement Callie.

J'ouvre la bouche, et la ferme à nouveau.

— Je ne sais pas. Pas encore.

Pour la première fois de ma vie, cette incertitude ne me terrifie pas.

— Je suis en train de le comprendre. Un croissant à la fois.

Elles sourient toutes à cela. Ce n'est pas un grand moment. Ce n'est pas une parade ou une grande révélation.

Mais c'est en début.

Une avancée.

Je jette un coup d'œil autour de la table à ces femmes qui ont toujours été là pour moi sans la moindre hésitation.

Sans jugement.

Sans condition.

Juste de l'amour.

Peut-être que c'est ce dont j'ai le plus besoin dans ma vie.

Des gens qui restent.

Des gens qui sont présents.

Comme elles.

Et Steele.

Son visage s'imprime dans mon esprit. Son sourire légèrement tordu, la manière dont il sent le pin et le cèdre, la force tranquille de son contact. La manière dont il me donne l'impression de ne plus être sur un sol en ruine.

Une lente chaleur s'épanouit en moi, chassant une partie de ma lourdeur.

Peut-être que je n'ai pas encore tout compris.

Mais encore une fois, peut-être que je n'en ai pas besoin.

Tout ce que j'ai à faire, c'est de passer à l'étape suivante.

Puis à une autre.

Un battement de cœur.

Un choix.

Un petit acte de foi à la fois.

Et si j'ai de la chance, je trouverai quelque chose de mieux qui m'attend de l'autre côté.

6

STEELE

J'avale la dernière gorgée de mon shake protéiné et je fais la grimace. C'est épais, crayeux, et ça a vaguement un goût similaire à celui de la vanille artificielle.

Derrière moi, je perçois des bruits de pas dans la cuisine.

— Qu'y a-t-il dedans ? me demande Lilah, sa voix rauque du sommeil.

Je pivote et secoue la bouteille presque vide.

— Voyons… protéines en poudre, lait d'amande, une demi-banane, créatine, et quelques autres choses que je ne peux pas prononcer.

Elle s'approche, soulève le récipient du plan de travail et fronce les sourcils devant l'étiquette.

— Ça contient plus de produits chimiques qu'un laboratoire scientifique.

Je hausse les épaules, rinçant le shaker dans l'évier.

— Ça fait l'affaire.

— À peine, murmure-t-elle en reposant le contenant. Tu es un athlète professionnel. Tu devrais être plus prudent avec ce que tu ingères.

Je fronce les sourcils.

— Offres-tu d'être également ma nutritionniste, porte-bonheur ?

Elle lève les yeux au ciel.

— Eh bien, apparemment je suis ta nouvelle assistante. Et c'est le moins que je puisse faire. Je vais commencer à te préparer des smoothies.

Je cligne des yeux.

— Tu sais comment faire ça ?

Elle hausse les épaules.

— J'ai essayé quelques recettes. J'aime bien après les entraînements. Ça m'aide à me sentir plus équilibrée.

Je m'adosse contre le plan de travail, la voyant relever ses cheveux en un chignon désordonné, ses yeux scrutant la cuisine comme si elle cataloguait déjà des ingrédients potentiels. Je perçois une légèreté dans sa voix qui n'a pas été présente depuis des jours, et je ferai à peu près n'importe quoi pour la maintenir.

— Tu sais, dis-je. Si tu continues comme ça, tu vas me ruiner pour mon ennui habituel après l'entraînement.

Elle sourit.

— De rien.

Je ne l'ajoute pas à haute voix, mais j'aime l'idée qu'elle me fasse quelque chose rien que pour moi. J'apprécie encore plus qu'elle canalise son énergie dans quelque chose qui n'a rien à voir avec son ex. Mon téléphone vibre, l'écran s'illumine avec le numéro de la réception du bâtiment, juste au moment où j'essuie mon shaker.

Je réponds.

— Sanderson.

— Bonjour, monsieur Sanderson, répond Tommy. J'ai une livraison ici pour miss Monroe. Vous voulez que je l'apporte ?

Je jette un coup d'œil vers le couloir où Lilah a disparu il y a une minute.

— Oui, merci, mec.

— Pas de problème. Je serai là dans cinq minutes.

Je raccroche juste au moment où Lilah revient dans la cuisine, pieds nus et tenant un petit cahier à spirales dans sa main.

— Qui était-ce ?

— Tommy. Il ramène quelque chose pour toi.

Elle s'arrête brusquement en fronçant les sourcils.

— Pour moi ?

Je hoche la tête.

— Oui. Il a dit quelque chose à propos d'une livraison à ton nom.

Ses yeux vacillent de confusion pendant un battement de cœur.

— Oh. Devon a dû envoyer mes affaires.

J'ouvre la bouche, ne sachant pas quoi dire, mais l'ascenseur sonne avant que je ne puisse le faire. Une seconde plus tard, les portes s'ouvrent et Tommy apparaît, manœuvrant un chariot rempli de cartons.

— Bonjour, dit-il, en m'offrant un hochement de tête poli.

Deux gars suivent avec leur propre chariot.

— On dirait que vous avez tout un appartement ici.

Lilah croise fermement ses bras devant sa poitrine, le regard fixé sur les cartons. Ils sont griffonnés sur le côté avec un marqueur noir épais.

— Merci, Tommy, dis-je tandis qu'il se dirige vers l'ascenseur.

— Nous avons une autre charge, et ensuite nous disparaissons. Faites-moi savoir si vous avez besoin d'aide pour vous débarrasser des cartons plus tard.

Lorsque les portes de l'ascenseur se referment, je pivote en direction de Lilah. Elle n'a pas bougé d'un centimètre.

— Je ne sais pas pourquoi ça recommence, chuchote-t-elle.

Je veux dire, nous avons rompu. C'est terminé. Mais voir toutes mes affaires emballées, c'est difficile.

Quelque chose en moi se tord face à l'expression de son visage. Comme si cette livraison était en quelque sorte une preuve supplémentaire de son échec.

— Ce ne sont que des affaires, dis-je tranquillement. Pas ta vie. Pas toi. Prends juste ce dont tu as besoin, et nous mettrons le reste dans l'une des chambres d'amis jusqu'à ce que tu sois prête à attaquer le tri.

Elle m'adresse un petit signe de tête, mais sa mâchoire se crispe.

— Il y a beaucoup d'affaires.

— Hé, ajouté-je, tout en en prenant son visage entre mes mains.

Ses yeux croisent les miens, brillants et incertains.

— Tu as fait confiance à quelqu'un qui ne le méritait pas. C'est sa faute, pas la tienne. Peut-être que tu n'as pas encore de plan, mais tu en auras un. Tu retombes toujours sur tes pieds. Et en attendant, tu m'as, moi.

Je la vois déglutir.

— Tu le penses sincèrement ?

— Oui, porte-bonheur. Je suis là pour toi. Toujours.

Elle entre en collision avec moi, enroulant ses bras autour de ma taille et pressant son visage contre mon torse. Je l'étreins fortement, glissant mes doigts dans ses cheveux, mon autre main reposant dans son dos. Pendant un long moment, aucun d'entre nous ne bouge alors que les cartons restent intacts à quelques mètres de nous.

C'est seulement dans mes bras que Lilah s'autorise à se libérer du fardeau qu'elle porte.

Elle laisse échapper un soupir, suivi par un rire silencieux et gêné.

— D'accord. Je dois trouver mes vêtements.

Elle s'écarte de moi, et s'agenouille à côté d'un carton étiqueté « affaires du placard ». Ses doigts s'activent sur le ruban adhésif. Je prends un cutter dans le tiroir et m'accroupis à ses côtés.

— Tiens, dis-je, en coupant le dessus.

À l'intérieur, il y a un jean plié, quelques chemisiers et un vieux sweat à capuche Wildcats datant de nos jours à l'université. Elle le sort, les yeux écarquillés.

— Je l'avais oublié, murmure-t-elle, les doigts lissant le tissu délavé.

Elle attrape une petite boîte à bijoux et la pose sur le côté avant de plonger plus profondément et de se figer.

— Oh mon Dieu.

— Qu'est-ce qu'il y a ?

Elle soulève un cadre photo, et mon cœur rate un battement.

C'est une photo de nous dans le couloir de notre dortoir en deuxième année de fac. J'ai un bras enroulé autour de ses épaules, et nous riions tous les deux. Nos yeux sont plissés et nos têtes rejetées en arrière. Il y a une tache de glaçage sur sa joue et un diadème en plastique sur ma tête à cause d'une blague que quelqu'un a faite pendant mon anniversaire.

Nous étions tellement jeunes.

— Je n'ai pas vu cette photo depuis des années, murmure-t-elle en passant son pouce sur le verre. Je la gardais sur mon bureau quand j'ai commencé l'école de droit.

— Tu l'as conservée pendant tout ce temps ?

J'essaie de la jouer cool même si mon cœur fait des sauts périlleux dans ma cage thoracique.

Elle hoche la tête.

— Tu as toujours été une présence constante dans ma vie. Je suppose que cette image me le rappelait.

L'émotion fait rage en moi.

Sans réfléchir, je lui prends le cadre des mains et me dirige vers la commode près de la fenêtre pour la poser soigneusement dessus.

Elle penche la tête en croisant mon regard.

— Qu'est-ce que tu fais ?

— Je lui donne une nouvelle maison. Elle a l'air plutôt bien ici, tu ne trouves pas ?

Son regard se réchauffe, et elle baisse d'un ton.

— Oui.

Elle vient me rejoindre, et pendant un moment, nous fixons tous les deux la photo. Son épaule effleure la mienne. Il y a un changement dans l'air, l'émotion crépitant juste sous la surface.

— Tu étais vraiment toujours là, murmure-t-elle. Pas vrai ?

Je plonge mes yeux dans les siens.

— Toujours.

Elle m'adresse un petit sourire. Il est un peu triste, mais il est plus sincère qu'avant. Elle cogne alors sa hanche contre la mienne.

— Allez, dit-elle. Voyons qu'elles autres explosions du passé nous pouvons déterrer.

Je ricane alors que nous revenons au désordre de cartons et de papier de soie froissés. Elle entreprend de trier ce qui lui appartient, ce qui vaut la peine d'être gardé et ce qui est à remiser dans le passé.

Et moi ?

Je m'assure simplement qu'elle n'a pas à le faire toute seule.

7

LILAH

Steele et moi sommes blottis l'un contre l'autre sur le canapé alors que la télévision projette une lueur chaude et vacillante à travers la pièce. Nous avons d'une manière ou d'une autre été entraînés dans une émission de compétition de cuisine, prétendant tous les deux que nous ne nous en soucions pas tout en soutenant discrètement des équipes opposées.

Son bras est posé sur l'arrière des coussins, ses doigts jouant distraitement avec une mèche de mes cheveux.

Au cours de la semaine passée, nous nous sommes installés dans une routine facile et confortable. Pour la première fois depuis que ma vie à imploser, j'ai l'impression d'aller bien.

Je suis frappé par ses pensées quand mon téléphone sonne sur la table basse.

Maman.

En gémissant, je m'enfonce contre le coussin du canapé.

— Ugh. J'espérais vraiment éviter cette conversation pendant quelques jours de plus.

Ou, idéalement, le restant de ma vie.

Steele jette un coup d'œil à mon écran, puis à moi.

— Tu n'as pas besoin de répondre.

— Oui, je sais, répliqué-je en mordillant ma lèvre inférieure. Mais si je ne le fais pas, elle va simplement continuer à appeler. Et à m'envoyer des messages. Puis des e-mails. Et si elle comprend où je me cache, elle va se pointer.

Il renifle.

— Nous pouvons fournir à Tommy sa photo et des instructions pour la jeter dehors si elle tente quoi que ce soit.

Cette image mentale me fait rire avant que je ne puisse m'en empêcher.

— Nous savons tous les deux qu'elle déposerait une plainte formelle auprès de l'association de l'immeuble.

Steele s'empare de ma main. Son pouce trace un cercle sur le dos de cette dernière pour m'ancrer dans l'instant présent.

— Je suis là, porte-bonheur.

Même si ce geste est simple, il signifie énormément.

Cet homme est toujours là pour moi. Chaque fois que les choses s'effondrent, c'est lui qui se tient à mes côtés, rassemblant les morceaux pour moi. Peu importe le nombre de fois où je me dis que c'est juste la personne qu'il est, il n'empêche que ça fait battre mon cœur plus vite.

Après m'être calmée, je me penche pour répondre.

— Salut, maman. Comment ça va ?

— Oh, Lilah, soupire-t-elle. Honnêtement ? Ça a été un véritable cauchemar toute la semaine. Le teinturier a ruiné mon chemisier en soie préférée, les voisins sont de retour avec leur chantier, et le swing de golf de ton père... ne me lance même pas. Toutes ces leçons avec le pro du country Club, et il ne peut toujours pas atteindre les quatre-vingt-dix. Parfois, je dois me demander ce que nous faisons de nos vies.

Je me mords l'intérieur de la joue pour ne pas éclater de rire.

— Et nous n'avons même pas eu de tes nouvelles depuis des

semaines. Es-tu vivante, ma chérie ? Ou as-tu finalement fui pour rejoindre cette secte en Oregon dont je t'ai averti ?

En face de moi, Steele, hausse un sourcil, clairement amusé. Je lui tire la langue, et murmure silencieusement : « arrête ça ».

— Je suis vivante. J'avais juste beaucoup de choses à gérer.

— Quel genre de choses ?

C'est tout ce qu'il faut pour que mon ventre se noue. Steele glisse sa main dans la mienne et me donne une légère pression.

C'est parti.

— Devon et moi avons rompu.

Il y a une pause suivie d'une profonde inspiration.

— Qu'est-ce que tu veux dire, vous avez rompu ?

— Exactement ce que ça veut dire. Nous avons mis fin à notre relation.

— Lilah Jane, réplique-t-elle, son mécontentement audible à travers le téléphone. Arrange les choses.

J'ouvre grand la bouche. Peu importe le type de réponse que j'attendais, ce n'était clairement pas ça.

— Excuse-moi ?

— Tu m'as entendu, jeune fille. Appelle-le et excuse-toi. Profusément, si nécessaire. Quoi qu'il en soit, je suis certaine que ce n'est rien qui ne peut être résolu. Dois-je te rappeler que Devon Peterson vient d'une famille très respectable ?

Je cligne des yeux, stupéfaite par sa réaction.

— Maman, il m'a trompé.

Il y a un bref silence puis un sifflement.

— Eh bien, les hommes commettent des erreurs. Cela ne signifie pas que tu doives gâcher toute une relation pour une petite indiscrétion.

Je jette un coup d'œil à Steele en secouant la tête, incapable de croire les paroles qui s'échappent de sa bouche. La mâchoire de mon meilleur ami est crispée, ses yeux sont brûlants comme s'il était à une seconde de s'emparer de mon portable pour dire à Caroline Monroe ce qu'il pense réellement.

— Maman, déclaré-je lentement. Il va avoir un bébé avec une autre femme. Une des associées du cabinet.

Le silence qui s'ensuit est assourdissant. Il s'étire suffisamment longtemps pour que mon cœur commence à s'emballer et que mes paumes deviennent moites. Steele pose sa main dans mon dos, chaude et rassurante. C'est sa façon silencieuse de m'assurer que je ne suis pas toute seule, de m'inciter à arracher le pansement.

— Et... je ne travaille plus là-bas.

Ma mère soupire brusquement.

— Oh, mon dieu, tu as été licenciée ?

— Quoi ? Non. Pas exactement.

— Tu viens de dire que tu ne travailles plus là-bas.

— Parce que Devon pensait qu'il serait préférable que je ne revienne pas. Et honnêtement ? Il n'avait pas tort. Après tout ce qui s'est passé, il n'y avait aucun moyen pour que je reste là-bas.

Nouveau silence.

— Lilah, tu ne peux tout simplement pas jeter ta carrière pour quelque chose de si...

— C'est lui qui l'a jetée, craqué-je, tandis que l'émotion gonfle dans ma gorge. Pas moi.

Un autre silence s'ensuit, mais celui-ci est différent.

Plus lourd.

Empli de finalités.

Je m'agrippe plus fermement à mon portable, me forçant à rester calme alors que c'est tout le contraire.

— Je sais qu'il te plaisait et que tu espérais que nous nous marions un jour, mais les choses n'ont pas été correctes entre nous depuis un moment. Et j'ai continué à essayer de tenir bon, à essayer de forcer le destin, parce que je ne voulais laisser tomber personne...

Je cligne des yeux en sentant ces derniers me brûler.

— Mais au final, c'est moi qui ai fini blessée. Je suis désolée si tu avais cette image en tête d'à quoi devait ressembler ma vie. Mais cette vision ? Ce n'est pas à toi de la façonner. C'est à moi. Et pour une fois, je fais ce qui est juste pour moi.

Elle garde à nouveau le silence avant de me demander doucement :

— Est-ce que ça va ?

Je jette un coup d'œil à Steele et lui adresse un petit sourire.

— Oui. Je pense que oui.

Elle fait un vague bruit et murmure quelque chose à propos de lui parler plus tard. Puis nous nous faisons nos adieux, et je raccroche. Mes épaules s'affaissent tandis que je pose mon portable. Steele enroule son bras autour de mes épaules et m'attire doucement contre lui.

— Tu vas bien ?

— Oui. Merci de m'avoir tenu la main pour traverser ça.

Ses lèvres se posent sur le sommet de ma tête.

— N'as-tu pas encore compris que je serais toujours là, à te tenir la main chaque fois que tu en auras besoin ?

Je reste à ses côtés, la télévision fredonnant en arrière-plan, en un flot de sons et de couleurs que j'enregistre à peine.

Pour la première fois dans ce qui semble être une éternité, j'ai dit ce qu'il fallait dire.

Et ça faisait du bien. Me libérant d'une manière dont je n'avais pas réalisé en avoir besoin. Comme si je commençais enfin à retrouver mon chemin vers moi-même.

8

———————

STEELE

L'odeur me frappe à la seconde où je quitte l'ascenseur et entre dans le Penthouse. Quelque chose de savoureux et beurré, assez riche pour faire grogner mon estomac après un entraînement brutal de deux heures sur la glace.

Mais c'est le fredonnement qui me touche vraiment.

Doux, sans mélodie, et encore plus que ça.

Je laisse tomber mon sac d'épicerie sur le banc dans l'entrée et je suis l'odeur comme un chien de chasse. Dès que j'aperçois la cuisine, je me fige.

Lilah danse pieds nus et porte un pull de taille moyenne avec les manches roulées jusqu'aux coudes. Ses cheveux sont ramenés sur le dessus de sa tête en un chignon désordonné, il y a de la farine saupoudrée sur sa joue et le plan de travail. Une porte d'armoire est ouverte, une spatule repose contre une casserole sur la cuisinière.

On dirait qu'une bombe a explosé ici.

J'adore ça.

C'est exactement ce à quoi ressemble Lilah quand elle est heureuse.

Vraiment heureuse.

Ce n'est pas le genre de calme qu'elle portait comme une armure quand elle était avec Devon. Elle se comporte naturellement, sans effort. Elle a l'air d'être à sa place ici, en se déplaçant dans ma cuisine.

La dernière chose dont j'ai envie c'est de l'interrompre.

J'ai simplement envie de m'imprégner de cette vision pendant quelques minutes.

Mais c'est à ce moment-là qu'elle pivote sur elle-même et que son regard croise le mien. Un petit couinement de surprise lui échappe alors qu'elle retire l'un des écouteurs de son oreille.

— Mon Dieu, Steele ! ricane-t-elle. Tu m'as fait peur.

Je hausse un sourcil et désigne son tablier.

— Tu mets ma cuisine en désordre.

Elle sourit, complètement impertinente.

— Les cuisines sont faites pour être en désordre.

— Vraiment ?

— Mm-hmm.

Son regard se pose sur mes bras.

— Attends. Qu'est-ce que c'est ?

Je tiens dans mes bras un petit chaton gris, qui miaule.

— Ça ? fais-je avec désinvolture. C'est un chaton.

Lilah cligne des yeux en se rapprochant.

— Un il ou un elle ?

— Elle, dis-je, en faisant courir doucement ma main sur le petit dos du chaton, veillant ainsi à ne pas l'effrayer. Elle appartenait à un des membres du personnel de l'arène. Leur chatte a eu des petits, et ils étaient à la recherche d'un foyer.

Lilah croise mon regard avec confusion.

— Et pourquoi tu la tiens dans tes mains ?

Je souris, effleurant d'un doigt l'arrière de l'oreille du chaton.

— Parce que je sais à quel point tu as toujours voulu un animal de compagnie.

Elle ouvre la bouche, ses mots tardant à venir.

— Mes parents... et ensuite, Devon étaient allergiques, ajoute-t-elle tranquillement, comme si c'était une confession.

Une réalisation.

— D'accord, murmuré-je. Maintenant, tu peux en avoir un.

Son regard tombe sur la petite boule de poils.

— Mais est-ce que tu veux un chaton ? me demande-t-elle, sa voix douce, presque incertaine. Que se passera-t-il quand je déménagerai ? Et si je ne peux pas la garder ou que je vais ?

Je ne détourne pas le regard.

— Dans ce cas, je la garderai. Tu n'as pas à t'inquiéter. Parfois, c'est solitaire de vivre ici.

Une guerre silencieuse fait rage sur son visage. Joie, surprise, gratitude et un sentiment plus profond. Quelque chose qui ressemble énormément à de l'amour. Elle soulève le chaton dans ses bras, berçant son petit corps contre sa poitrine, appuyant sa joue contre sa tête qui ronronne déjà.

— Je n'arrive pas à croire que tu as fait ça, murmure-t-elle, sa voix rendue rauque par l'émotion.

Je me rapproche.

— Je savais que ça te rendrait heureuse. C'est tout ce que je veux.

Le sourire qu'elle m'offre en retour est éblouissant. C'est le genre qui me sépare en deux et me recoud d'un même battement de cœur.

— Merci.

Attiré par elle, je pose mes doigts contre sa joue recouverte de farine.

— Avec plaisir, porte-bonheur.

Mon cœur se gonfle. Depuis que j'ai rencontré cette fille à l'université, tout ce que j'ai toujours voulu faire, c'est la rendre heureuse.

Après le dîner, Lilah s'installe sur le canapé avec le chaton.

Une fois que la cuisine est nettoyée, je m'installe à ses côtés et pivote pour pouvoir les observer toutes les deux. Les pieds nus de Lilah sont repliés sous elle, tandis qu'elle caresse le petit chaton.

— Tu es douce avec elle, dis-je après un long moment de silence confortable.

Elle me regarde avec un sourire.

— Elle est parfaite. Merci encore de l'avoir ramenée à la maison.

— Pas de problème.

Lilah gratouille les oreilles du chaton.

— Comment devrions-nous l'appeler ?

— Que veux-tu dire ? Pourquoi ne pouvons-nous simplement pas continuer à l'appeler « chaton » ?

— Elle mérite quelque chose de digne, proteste Lilah, avec cette intonation sérieuse qui m'informe qu'elle y réfléchit déjà beaucoup trop. Quelque chose d'élégant. D'intemporel.

Je souligne ma mâchoire, prétendant être tout aussi sérieux.

— Comme... la duchesse Fluffernutter troisième du nom ?

Lilah ricane.

— Mon Dieu, arrête. Absolument pas.

— Tu as dit intemporel.

— Je voulais dire comme Eleanor. Ou peut-être Margot.

— Hmm. Trop royale. Qu'en est-il... es-tu prête pour ça ? Puck ?

Elle plisse les yeux.

— Viens-tu de suggérer qu'on la nomme d'après un disque en caoutchouc ?

— Je viens absolument de le faire. C'est intelligent. Elle est minuscule, rapide et change de direction sans avertissement.

— Elle n'appartient pas à la glace.

— Ça reste à prouver, dis-je en jetant un coup d'œil au chaton maintenant posé sur ma cuisse, ronronnant comme un petit moteur.

Lilah nous observe avec un sourire.

— Elle t'aime bien.

Je croise son regard.

— J'espère qu'elle n'est pas la seule.

Lilah déglutit tandis que sa main se pose légèrement le long du dos du chaton.

— Qu'en est-il des Gaufre ? Trop ridicule ?

— Absolument pas, la rassuré-je avec un sourire. Les Gaufre sont parfaites.

— D'accord alors, c'est réglé.

Elle fait un signe de tête décisif et gratouille le menton du chaton.

— Bienvenue à la maison, Gaufre.

Gaufre ronronne plus fort, comme si elle était en parfait accord avec son nouveau prénom.

Lilah pose sa tête contre mon épaule et, incapable de m'en empêcher, j'embrasse le sommet de sa tête. Une de mes mains repose doucement sur sa cuisse alors que l'autre caresse la petite boule de poils blottie entre nous.

Je peux honnêtement dire que je ne me suis jamais senti aussi heureux.

Quand elle se décale, étirant ses jambes vers la table basse en soupirant, je déclare :

— Donne-les-moi. Tu te souviens de tous les massages de pied que je t'ai fait à l'université ?

Elle hésite.

— Tu n'as pas à faire ça.

— Je sais. J'en ai envie.

Un moment passe avant qu'elle balance ses jambes sur mes genoux. Mes mains s'enroulent autour de sa cheville. Sa peau est si douce, qu'un frisson d'électricité me traverse de part en part. Gaufre saute sur le sol, faisant tournoyer un jouet que je lui ai pris au magasin.

J'enfonce mes pouces dans la voûte de son pied, travaillant régulièrement. Je sais exactement où appuyer pour la faire fondre, et quand elle laisse échapper un son silencieux alors que sa tête s'affaisse contre le canapé, mon sang jaillit à pique et l'excitation fait rage dans mes veines. Il me faut fournir chaque once de ma concentration pour ne pas laisser mon esprit s'évader vers des endroits où il ne devrait pas aller.

Mais c'est le cas de toute façon.

Surtout quand je vois ses lèvres s'écarter légèrement ou la manière dont ses cils papillonnent contre ses pommettes. Elle se laisse aller contre moi comme si j'étais la seule chose qui la reliait à la terre.

Ne réalise-t-elle pas que je pourrais mettre ce même regard sur son visage d'une autre manière si elle me laissait simplement faire ? Je tomberai à genoux et je la vénèrerai comme j'en rêve depuis une décennie.

Aussi tentant que cela soit de faire un geste, il n'y a aucun moyen pour que je m'y risque.

Pas maintenant.

Pas quand elle est encore en train de guérir d'un cœur brisé.

Mais cela ne m'empêche pas de me frayer un chemin jusqu'à son mollet. Mes progrès sont lents et méthodiques. Je veux prolonger ce moment indéfiniment pour ne pas avoir à arrêter de la toucher. Ses épaules s'enfoncent plus profondément dans les coussins, et la tension s'échappe d'elle comme un ballon qui se dégonfle.

— Tu as vraiment des mains magiques, murmure-t-elle.

Sa voix résonne comme si elle était droguée.

Mes doigts se crispent, mon estomac se retourne.

Cette femme n'a pas la moindre idée de ce qu'elle me fait.

Absolument aucune.

Au moment où je trace l'intérieur de son genou, Gaufre saute sur le canapé, son petit corps atterrissant sur le ventre de Lilah. Cette dernière éclate de rire, sa main se posant directement sur le chaton.

— L'espace personnel n'existe pas pour toi, n'est-ce pas, petite Gaufre ?

Je souris, reconnaissant pour l'interruption, et aussi légèrement rancunier que le chaton m'ait interrompu.

— Elle s'assure simplement que je me comporte bien, marmonné-je.

Le sourire de Lilah s'affaiblit juste un peu.

— Tu ne t'es montré que gentil et très doux.

Si seulement elle savait à quel point c'est difficile pour moi de garder mes mains là où elles sont, elle ne dirait pas ça.

Je me racle la gorge et abaisse doucement son pied de mes genoux, avant de faire quelque chose que nous regretterons tous les deux.

— Tu sais quoi ? Je suis plus fatigué que je ne le pensais, dis-je avec un bâillement forcé, me levant. Je vais prendre une douche puis aller me coucher.

Lilah penche la tête, en fronçant les sourcils.

— Oh. Je pensais que nous allions discuter de ton prochain emploi du temps.

Je désigne la tablette sur la table basse.

— Tout est là si tu veux y jeter un coup d'œil. Nous pouvons en discuter demain.

Avant qu'elle ne puisse ajouter autre chose, je fonce dans le couloir comme si j'avais le derrière en feu.

À la seconde où j'atteins la salle de bain, je pose mes mains sur le meuble en marbre. La masser, entendre les petits sons qu'elle faisait, la sentir se détendre grâce à moi, c'était vraiment trop.

Je fixe mon reflet, en connaissant la vérité sans avoir besoin de la prononcer à voix haute.

Je suis dans tellement dans de Putain d'emmerdes en ce qui concerne cette femme.

9

———

LILAH

D'accord, alors peut-être que Steele ne mentait pas quand il a dit qu'il avait besoin d'aide pour gérer son emploi du temps. Une chose est certaine, c'est un désastre.

Je m'assois en tailleur sur le canapé, la tablette appuyée contre mon genou, essayant de comprendre le flux sans fin d'engagements. Il y a des événements de relations publiques, des obligations de parrainage et des apparitions dans les médias. Sans parler des entraînements, des matchs et des fonctions caritatives.

Cet homme n'a-t-il jamais du temps libre ?

Un minuscule miaulement perce l'air, suivi par le doux tapotement des pattes à travers le bois dur. Gaufre saute sur le canapé à côté de moi, sa queue s'agitant dans l'air avant qu'elle ne s'affale sur la tablette. Elle est ici depuis que quelques heures à peine, mais déjà, elle est comme chez elle.

— Gaufre, soupiré-je, la poussant doucement du doigt. Je t'aime. Malheureusement, ton petit cul duveteux n'est pas compatible avec un écran tactile.

Elle laisse échapper un ronronnement et se borde plus

confortablement, complètement imperturbable. Je récupère la tablette sous son ventre et jette un nouveau coup d'œil au programme.

Attendez une minute...

— Une séance photo ?

Je cligne des yeux.

— Steele a une séance photo demain matin ?

Comment n'avons-nous pas parlé de cela ?

Il a disparu il y a environ quinze minutes pour prendre une douche avant d'aller se coucher. À en juger par ce calendrier, je peux comprendre pourquoi il a ressenti le besoin d'aller se coucher aussi tôt. Je m'appuie contre le coussin et observe le plafond pendant une seconde, me demandant depuis combien de temps il gère tout cela tout seul. À côté de moi, Gaufre s'étire et laisse échapper un petit bâillement aigu avant de se recroqueviller en une petite boule de poil.

— Ton père va se jeter droit dans le mur s'il ne se montre pas prudent, murmuré-je. Une bonne chose qu'il nous ait à présent, pas vrai ?

Elle me sourit comme si elle ne pouvait pas être plus d'accord.

— D'accord, reste ici et tiens le fort. Je reviens tout de suite.

Lorsqu'elle ne s'y oppose pas, je prends cela comme mon signal pour avancer avec mon plan.

Avec un dernier regard sur Gaufre allongée sur le canapé, je me fraie un chemin dans le couloir jusqu'à l'endroit où se trouvent les chambres. Mes pieds nus sont silencieux contre le plancher de bois. J'atteins la porte de la chambre de Steele, et frappe.

— Steele ? Tu es toujours réveillé ? J'ai quelques questions concernant le planning de demain.

J'attends une seconde, puis deux.

J'envisage d'opérer un demi-tour et de retourner dans le salon. Mais le besoin de réponses concernant son planning l'emporte, j'ouvre soigneusement la porte avant de jeter un coup d'œil à l'intérieur. La pièce est sombre, la seule lumière provenant de la salle de bain, tandis que de la vapeur s'échappe. En m'avançant dans cette direction, je repère une pile de vêtements jetés sur le sol. C'est le même sweat à capuche et pantalon qu'il portait au dîner. Sans parler de son boxer gris.

Oh.

Oh.

Le petit tas de linge sale est mon signal pour décamper d'ici.

Ce n'est pas comme si nous ne pouvions pas discuter de sa séance photo demain matin.

L'eau s'arrête.

Je fais un pas précipité en retraite alors que Steele se rapproche. La vision qui remplit l'espace est tout ce qu'il faut pour que l'air s'échappe de mes poumons.

Il est trempé.

Et nu.

Entièrement nu.

La première chose que je remarque, c'est qu'il n'a pas une once de graisse sur son corps. Il est ciselé, et possède une musculature tonique. Chaque centimètre de son corps est sculpté comme une statue de marbre. Ses cheveux humides s'accrochent à son front alors que l'eau dévale ses pectoraux et dépasse ses abdominaux bien définis.

Nous sommes amis depuis une décennie, et j'ai vu Steele torse nu des centaines de fois avant au lac ou à la piscine.

Mais je ne l'ai jamais vu comme ça.

Mon regard gourmand glisse sur ses larges épaules. Ses muscles se contractent et fléchissent alors qu'il s'essuie avec des mouvements sans hâte. Je suis hypnotisée par le mouvement alors que mon attention glisse vers sa taille lorsqu'il se cambre pour m'offrir une vue dégagée de son derrière.

C'est officiel. Steele est un parfait spécimen masculin.

Au lieu de reculer, mon regard plonge plus bas.

Parce que comment puis-je ne pas regarder son cul ?

Il est tellement parfait.

Un frisson me traverse. Je le fixe tellement intensément qu'il est impossible que chaque nuance de son derrière ne soit pas imprimée dans ma mémoire pour le restant de mes jours.

Il est tellement musclé.

Mon envie de tendre la main pour le caresser est tellement intense. Je n'ai pas ressenti cette excitation en moi...

Peut-être jamais.

Mes cuisses se crispent inconsciemment. Je suis brusquement frappé par la réalisation que ma culotte est trempée.

La dernière chose que je dois faire, c'est rester ici et baver devant lui.

Je suis certainement en train de briser une douzaine de règles d'amitié.

Son biceps se contracte quand il se sèche les cheveux, pivotant juste assez pour que je puisse apercevoir l'avant de son corps. Même si je me dis de ne pas regarder, mes yeux se posent sur la longueur épaisse de sa queue nichée au centre de poils noirs. Il n'est peut-être pas dur, mais il en reste toujours incroyablement grand.

Merde.

Est-ce que je viens de penser ça ?

Mon cerveau choisit ce moment précis pour cesser de fonctionner.

Peut-être que c'est parce que je n'arrive pas à détourner les yeux mêmes en me hurlant silencieusement de le faire. Ou peut-être que c'est parce que je suis clouée sur place, le dévisageant comme si j'étais affamée.

Mais au moment exact où Steele croise mon regard dans le miroir, mon estomac se retourne. La chaleur me traverse. Son expression change, et sa surprise fait place à quelque chose de plus sombre.

D'affamé.

Mon visage brûle tellement, qu'on dirait qu'il est en feu.

Il me faut fournir de gros efforts pour remettre mon cerveau dans le jeu alors que je recule d'un pas.

— Oh. Euh. Je...

D'un mouvement rapide, Steele attache sa serviette autour de sa taille.

— Y a-t-il quelque chose dont tu avais besoin, Lilah ?

Comment parvient-il à paraître aussi décontracté, comme si me tenir ici devant lui n'avait rien d'extraordinaire, je n'en ai pas la moindre idée. Mais je vois toujours la manière dont ses yeux irradient avec cette intensité que je n'ai jamais vue auparavant. Ma bouche s'ouvre puis se ferme comme si j'étais un poisson haletant pour son dernier souffle.

— Je... euh... ton emploi du temps, lâché-je finalement, agitant la tablette comme si elle avait le pouvoir de me sauver du moment humiliant qui se joue entre nous.

— Oui ?

Il s'avance vers moi, amenuisant la distance entre nous avec des pas faciles et délibérés.

Mon cerveau court-circuite.

Il est absolument vide.

Ça n'aide certainement pas qu'il sente le savon frais, qu'il soit encore humide de sa douche et totalement indifférent au fait que je viens tout juste de le surprendre.

Je dois battre en retraite.

Maintenant.

— Ne t'en fais pas, marmonné-je. Je vais... juste envoyer mes questions par e-mail.

Avec ça, je pivote et trébuche presque sur son sac de sport avant de partir en courant par la porte.

— Lilah, m'appelle-t-il.

Je fais un signe de main frénétique sans regarder derrière moi.

— Ne t'inquiète pas ! Nous pouvons en discuter demain !

Je cours dans le salon, je ramasse Gaufre et regagne ma chambre. Une fois là-bas, je dépose le chaton sur mon lit.

Elle n'a pas l'aire satisfaite de cette perturbation.

Mais il est difficile pour moi de me concentrer là-dessus quand tout mon corps est en surchauffe.

Je ne fais que brûler. Je suis brûlée vive de l'intérieur.

Bon sang, qu'est-ce que c'était ?

Pourquoi est-ce qu'il m'a regardé comme ça ?

Encore une fois, pourquoi l'ai-je regardé comme ça ?

Avec un gémissement, je réalise que c'est moi qui aie maintenant besoin d'une douche.

De préférence, une douche froide.

10

STEELE

J e me retourne dans mon lit pour ce qui semble être la centième fois, la lueur de l'horloge numérique me narguant depuis la table de nuit. Il est tard, je devrais être à plat. L'entraînement était brutal. Au lieu de cela, mon corps refuse de coopérer et mon esprit ne s'éteint pas.

Tout ce à quoi je peux penser, c'est que Lilah dort juste au bout du couloir.

Sa réaction quand elle m'a surpris après ma douche se rejoue en boucle dans ma tête. La façon dont son regard a glissé sur mon corps et de façon persistante, comme une caresse physique...

C'est exactement de cette manière que j'ai toujours imaginé qu'elle me regarderait.

Comme si j'étais plus que simplement Steele, son meilleur ami.

Et maintenant, elle vit chez moi, sous mon toit, mais l'endroit où je la veux le plus c'est dans mon lit.

Pas pour une nuit.

Et certainement pas en guise de distraction.

Je la veux ici pour de bon.

Cette réalisation me frappe. Je m'assois, fixant le mur éloigné, le cœur battant à tout rompre dans ma poitrine.

Pour moi, ça a toujours été elle.

Toujours.

Alors pourquoi putain n'ai-je pas pris les devants et fais quelque chose à ce sujet ?

Nous tournons autour de cela depuis des années, en orbite l'un par rapport à l'autre, nous rapprochant sans pour autant entrer en collision. Jamais.

Peut-être qu'il est temps.

Peut-être que je dois arrêter de jouer la carte de la sécurité et enfin lui avouer ce que je ressens.

Plus besoin de me retenir ni d'attendre le bon moment.

Ma décision prise, je rejette mes couvertures et me passe une main sur le visage. Ensuite, je sors de ma chambre.

Sa porte est entrouverte.

Au moment où je suis sur le point de frapper, un son à peine audible attire mon attention. Je l'enregistre à peine au début, mais ensuite il se reproduit, et tout mon corps se fige.

Et ce qu'elle vient de...

Mon cœur frappe mes côtes alors que chacun de mes muscles se tend.

Pas question.

J'ai dû l'imaginer.

Mon cerveau me joue des tours.

C'est officiel, je perds la tête.

Mais ensuite, ça recommence, et mon pouls accélère. La chaleur me gagne, brute, une vague sombre et possessive me submerge.

Putain de merde.

Fait-elle ce que je pense qu'elle fait ?

C'est tout ce qu'il faut pour qu'une guerre fasse rage dans mon esprit.

Si je possédais une once de décence, je me retournerais,

ramperais dans mon lit et prétendrais de ne pas savoir ce qui se passe derrière la porte de Lilah.

Au lieu de cela, je l'ouvre juste assez pour découvrir si j'ai raison.

La pièce baigne dans l'ombre. La lueur argentée de la pleine lune traverse les stores, éclairant juste assez l'espace pour que l'image d'elle soit imprimée au fer rouge dans mon esprit.

Les draps sont emmêlés autour de ses jambes, une de ses mains agrippe l'oreiller tandis que l'autre disparaît sous le tissu de sa culotte.

La chaleur gagne mon bas-ventre.

Elle est magnifique.

Et si complètement perdue dans ce qu'elle fait qu'elle ne réalise pas qu'elle n'est plus toute seule.

Je ne peux pas détacher mes yeux du tableau qu'elle dresse devant moi.

Je plaque ma main contre l'encadrement de la porte pour essayer de me maîtriser.

Ce que j'aimerai savoir, c'est à qui elle pense.

Ça a tout intérêt à ne pas être Devon.

Y a-t-il un autre connard qui n'est même pas sur mon radar ?

Ma main se crispe à mes côtés à cette possibilité.

Mais alors, j'entends mon prénom s'échapper d'entre ses lèvres. Ce son est comme un boulet de démolition sur ma retenue fragile. Le monde s'arrête de tourner. Chaque inspiration aiguë qu'elle prend, chaque petit mouvement, chaque soupir, tout ça... c'est pour moi. Tout en moi se désagrège à cette connaissance.

Je devrai partir.

Je devrai clairement arrêter de contempler ce moment intensément privé.

Je ne le fais pas.

Impossible.

Je me tiens ici, agrippant l'encadrement de la porte comme si c'était la seule chose qui me maintenait debout, et je l'observe alors qu'elle tombe en morceaux. Son corps tremble, ses lèvres se séparent en un cri étouffé.

Il me faut fournir chaque once de mon contrôle pour ne pas rompre la distance entre nous et me glisser dans ce lit, l'attirer dans mes bras, et enfin nous donner ce que nous voulons tous les deux.

Au lieu de quoi, je me force à battre en retraite, m'échappant.

Je me passe une main sur le visage alors que mon pouls bat à tout rompre. Chacun de mes muscles est crispé. Mon cœur s'emballe, mon sang rugit à mes oreilles.

Mon Dieu, je la désire tellement. Tellement.

Mais c'est plus que simplement la vouloir.

Plus que du désir.

C'est de l'amour.

Le genre qui s'installe jusque dans vos os et ne lâche jamais prise.

La plupart des hommes pourraient paniquer à cette réalisation.

Moi ?

Je le sais depuis des années.

Je suis amoureux de Lilah Monroe depuis la première fois qu'elle s'est penchée sur son cahier de l'université, les sourcils froncés, marmonnant quelque chose à propos de notre professeur.

Je pense que je suis à elle depuis cet instant-là.

Et maintenant ?

Maintenant, je comprends qu'il n'y a pas de retour en arrière possible.

Pas de moyen de rembobiner.

Aucun moyen de prétendre que ce que je ressens est quelque chose de moindre.

Si je ne peux pas avoir Lilah, je ne veux de personne d'autre.

Je me glisse dans mon lit, mes draps refroidissant ma peau échaudée, mais je n'en ressens pas le moindre réconfort. Pas sans elle. Pas quand mon prénom, chuchoté dans un gémissement, résonne encore dans mon esprit comme une prière fervente.

Je fixe le plafond, mon corps brûlant de désir, d'espoir et d'un peu de peur.

Parce qu'elle a toujours été mienne.

Je dois juste trouver un moyen de le lui prouver.

Tout en priant pour qu'elle ressente la même chose.

11

LILAH

Quelqu'un doit me dire pourquoi je suis allée accepter ça.

Oh, c'est vrai.

Parce que Steele me l'a demandé, et que je n'ai jamais été douée pour lui dire non. Surtout quand il a toujours été là pour moi. Si j'ai besoin qu'il déplace des montagnes, je suis certaine qu'il le ferait en un clin d'œil.

Sans même poser de questions.

C'est la seule raison pour laquelle je suis placée sur le côté d'un plateau de photographie élégant et haut de gamme, à l'observer charmer toute une salle emplie de personnes. Son charisme est sans effort. Ce n'est pas quelque chose qu'il allume et éteint comme le font certains athlètes professionnels ou célébrités.

Les lumières du studio mettent en évidence chaque trait net et défini de son visage, depuis sa mâchoire ciselée, ses pommettes injustement parfaites, jusqu'à ses yeux gris argentés qui ont aidé à vendre des milliers de maillots.

Et ne me lancez même pas sur le costume...

Gris charbon, parfaitement ajusté, mettant en valeur ses

larges épaules et son corps bâti pour la destruction pure sur la glace.

Il est magnifique.

Puissant.

Intouchable.

Il ressemble exactement à ce pour quoi ils le payent. Pouvoir, statut et le genre d'attrait que l'on ne peut pas simuler.

Si ce n'était pas suffisant, ses cheveux ont été ébouriffés à la perfection. C'est parfait pour faire tomber la culotte des femmes sans qu'il ait même besoin de cligner des yeux.

C'est ridicule.

Sans oublier, injuste.

C'est tout à fait possible que je le fixe un peu trop intensément.

Une brune magnifique entre dans le cadre à ses côtés, et mon estomac se tord.

C'est parti.

Krista, ou Kayla, ou n'importe quel prénom parfait qu'elle porte est agrippée à son bras et sa main repose beaucoup trop confortablement sur son biceps. Elle incline sa tête en arrière et rit de quelque chose qu'il lui dit, dévoilant une rangée de dents parfaitement blanches.

Quand Steele sourit, quelque chose en moi s'enflamme. Je croise les bras, déplaçant mon poids sur mes talons. J'essaie de prétendre que je m'en fiche. Steele est libre de flirter avec qui il veut. Après quelques minutes à les observer, il devient évident que je me mens à moi-même, parce que plus je le regarde, plus ma prise sur moi-même devient serrée.

C'est embarrassant à quel point cette femme est non professionnelle.

Ils sont censés réaliser une séance de parrainage pour une marque de montres haut de gamme, et elle est là-bas en train d'agir comme si elle était sur le point de grimper sur lui comme s'il était un putain d'arbre. Ses doigts s'agitent sur le long de sa cravate en soie. Le geste est à la fois ludique et suggestif.

Ma mâchoire se crispe en réalisant qu'il ne s'éloigne même pas.

C'est presque un choc quand une étrange chaleur se propage sous ma peau et se loge tout droit dans mes intestins. Elle est étrangère et aiguë. Pourquoi suis-je si en colère ?

Non. Je ne suis pas en colère. Je n'ai absolument aucune raison de l'être.

Je suis simplement ennuyée.

Voilà tout.

Qui ne le serait pas ?

Elle se comporte comme une groupie.

C'est du business.

Un contrat avec une marque.

Un contrat avec l'équipe.

Sauf...

Que personne d'autre ne semble s'en préoccuper.

Je me force donc à détourner le regard et à faire semblant de vérifier quelque chose sur mon téléphone.

C'est ridicule.

Je suis ridicule.

J'ai vraiment besoin de me détendre.

C'est à ce moment précis que je perçois le poids de son regard. Je lève les yeux et découvre qu'il m'observe. Le sourire en coin de Steele disparaît, seulement pour être remplacé par quelque chose d'illisible. Son regard gris scrute mon visage avant de se plisser légèrement. C'est comme s'il sait exactement ce qui me traverse la tête.

Ou qu'il est d'une manière ou d'une autre capable de le sentir.

J'espère vraiment qu'il ne peut pas apercevoir la jalousie inscrite partout sur mon visage. Une pulsation de quelque chose d'irrégulier se répercute en moi en réalisant que c'est ce que je ressens.

Je baisse le regard et concentre mon attention sur mon portable.

Tout va bien.

Je vais bien.

Ce n'est rien.

— Hé, Cam, ça te dérangerait si nous prenions quelques photos avec Lilah ? demande Steele.

Je crois que je n'ai jamais relevé ma tête aussi vite. Je me fais pratiquement un coup du lapin.

Quoi ?

Moi ?

Pas question.

Je secoue la tête, les yeux grands ouverts en le regardant.

Il affiche ce sourire en coin terriblement prétentieux. Celui qu'il utilise quand il a l'intention d'obtenir ce qu'il veut.

— Allez, Lilah. Ça va être amusant. Et ça leur donnera plus de photos parmi lesquelles choisir.

— Mais...

Je déglutis, détournant mon regard de lui pour me concentrer sur Cam et ses assistantes.

— Je ne suis pas habillée pour quelque chose comme ça. Je ne porte même pas de maquillage.

— Tu n'en as pas besoin, insiste-t-il fermement.

L'une des assistantes de Cam penche la tête pour m'évaluer. Je ne peux m'empêcher de remuer sous son inspection incessante.

— Tu es d'une beauté naturelle. Un peu de rouge à lèvres, quelques coups de mascara, et tu seras prête pour la séance photo.

— Tu vois ?

Steele se penche, comme si la question était réglée.

— Il y a quelques robes sur le portant, ajoute Cam. Molly, emmène-la à l'arrière pour voir ce qui peut lui aller.

— Non, je ne sais vraiment pas...

Je n'ai même pas le temps de finir ma phrase que je suis déjà conduite dans une pièce plus petite et pratiquement poussée sur une chaise devant un miroir. L'assistante fouille dans les options de vêtements sur le portant pendant que deux autres attaquent mes cheveux et mon visage à une vitesse alarmante.

Ça ressemble bien plus à un arrêt au stand qu'à autre chose.

Moins de dix minutes plus tard, les deux filles reculent en souriant fièrement. Je fixe mon reflet, me reconnaissant à peine.

— Oh. Waouh.

Mes cheveux ont été bouclés en des vagues lâches qui cascadent sur mes épaules. Ma peau paraît impeccable, et mes lèvres sont d'un rouge sulfureux qui fait paraître mes yeux plus grands. Molly tend une colonne du tissu argenté qui scintille sous les lumières fluorescentes.

— Allez, on va t'enfiler ça.

Avant que je ne puisse protester, elles s'associent toutes les trois, me retirant mes vêtements, puis remontant la robe dans mon dos. Quand je me tourne vers le miroir, j'expire doucement, réalisant seulement à quel point j'étais tendue.

La robe est absolument magnifique. Élégante et soignée avec une fente haute qui court le long de ma cuisse. Non seulement elle paraît très chère, mais elle doit l'être.

— Ton patron va perdre la tête quand il te verra.

Je cligne des yeux.

— Quoi ?

— Steele Sanderson, réplique l'une d'elles avec un sourire complice.

— Ce n'est pas vraiment mon patron, marmonné-je. C'est plus comme un ami.

Molly sourit avant de m'attraper par la main et de me faire regagner le studio.

— Nous verrons bien.

Dès que je mets les pieds dans le grand espace rempli de soleil, tout change. Steele est en pleine conversation avec Cam à propos de la saison de hockey. Dès que son regard se pose sur moi, il arrête de parler.

De bouger.

De respirer.

Son regard me parcourt d'une manière non précipitée, comme s'il voulait mémoriser chaque centimètre, avant qu'il ne lâche un long sifflement.

— Merde, porte-bonheur, murmure-t-il. Tu es magnifique. Peut-être que c'est toi qui devrais porter la montre.

Même si mon estomac est en chute libre, je ricane.

— En fait, songe Cam, en m'étudiant avec un regard évaluateur. Ce n'est pas une mauvaise idée. Je crois que l'entreprise nous a envoyé une version plus petite.

Une assistante apparaît, drapant une montre élégante autour de mon poignet. Le poids de celle-ci me semble important. Steele m'observe alors que le fermoir est mis en place, et sa mâchoire se crispe légèrement. Cam lève sa caméra.

— D'accord, Lilah, je veux que tu te tiennes debout devant Steele. Que vous soyez proches, mais pas encore en contact. Toute cette histoire est une question de séduction.

J'inspire brusquement et je suis ses directives, me déplaçant avec hésitation. Steele se poste derrière moi, rayonnant d'une chaleur et d'une intensité que je suis réticente à analyser.

Comment pourrais-je alors que sa présence est partout, m'entourant ?

Surtout quand je peux percevoir la chaleur de son regard irradier ma nuque.

— Bien, déclare Cam. Steele, pose légèrement tes mains sur ses bras, comme si tu voulais l'attirer à toi.

Mon ventre se crispe quand les grandes mains de Steele se posent sur ma peau nue, ses doigts m'effleurant comme un murmure. Même si j'essaie de réprimer un frisson, ça ne sert à rien. Il n'y a aucun moyen qu'il ne réalise pas la manière dont il m'affecte.

— Parfait, murmure Cam. Lilah, relève légèrement le menton.

J'obéis, mais ce mouvement amène mon profil directement dans la ligne de mire de Steele. Quelque chose traverse son visage.

Où est-ce mon imagination ?

— Maintenant, ordonne Cam. Steele, je veux que tu la rapproches de toi. Comme si tu étais sur le point de lui chuchoter quelque chose à l'oreille.

Steele pose ses mains sur ma taille, m'agrippant juste assez pour faire naître une vague de chaleur à travers tout mon corps. Il se penche, ses lèvres effleurant le lobe de mon oreille. Et puis, d'une voix si basse que je l'entends à peine, il murmure :

— Tu es en train de me tuer, porte-bonheur.

Je ferme les yeux l'espace d'une demi-seconde et je déglutis.

Qu'est-ce qui se passe ?

La caméra clignote.

— Magnifique. Maintenant, je veux que tu te tournes vers lui, Lilah. Et Steele, cette fois… je veux que tu la tiennes contre toi comme si elle t'appartenait.

Mon monde bascule.

Je pivote, et à la seconde où mes mains se posent contre le torse de Steele, sa poigne se raffermit autour de ma taille. Elle est à la fois ferme et possessive. Quelque chose tressaille en moi alors que je lève les yeux, seulement pour découvrir qu'il me regarde déjà.

Terminé ce sourire taquin qu'il porte comme une armure. Il n'y a pas la moindre trace de malice dans son regard, aucun indice du charmant playboy que tout le monde pense connaître.

Ce que je vois est brut.

Concentré.

Affamé.

Ce simple regard manque de me faire ployer les genoux.

La chaleur qui s'échappe de son corps pénètre dans le mien, traversant le matériau fragile de ma robe. Ses mains sont stables, mais je perçois la puissance qui couve sous la surface, comme s'il se maîtrisait à peine.

Je perçois le contrôle sous ses paumes, chaque mouvement précis et délibéré.

Son cœur bat contre le mien.

Je devrais dire quelque chose.

Bouger.

Cligner des yeux.

Mais je suis figée sur place par l'invisible force électrique qui a toujours été présente entre nous.

Tout le reste disparaît.

Les lumières.

Le studio.

Le bruit.

Même les gens.

Il n'y a que lui et moi.

Et cette chose entre nous que je ne peux pas nommer, mais qui semble dangereuse de toutes les meilleures manières.

— Waouh, murmure Cam quelque part derrière son objectif. C'est parfait.

Un autre flash se déclenche, mais je ne sursaute pas.

Je ne bouge pas.

Je suis bien trop prise par Steele.

Par la manière dont son pouce dérive le long de ma taille.

Dont son attention est concentrée sur ma bouche.

Je reste figée jusqu'à ce que le photographe abaisse enfin son appareil photo, et que le moment s'efface.

— Très bien, annonce-t-il. C'est fini.

Mais Steele ne recule pas.

Moi non plus.

Ses doigts se crispent contre moi. Juste une fois. C'est un léger pincement, comme s'il était réticent à lâcher prise. Quand il me libère enfin, j'ai l'impression qu'une corde vient d'être coupée. J'inspire fortement.

Mes muscles se détendent, et je trébuche presque à cause de la perte soudaine de contact.

Je me force à reculer d'un seul pas.

Puis un autre.

Je dois placer de la distance entre nous. J'espère que la distance aidera à régler le chaos qu'il a involontairement provoqué en moi.

— Je vais me changer, marmonné-je.

Je n'attends pas sa réponse.

Si je jette un nouveau coup d'œil dans sa direction, je pourrais juste faire quelque chose d'imprudent.

Une chose à laquelle je n'aurais jamais songé.

Je pivote sur moi-même et me dirige tout droit vers la cabine d'essayage, prétendant ne pas sentir le poids de son regard qui me suit. Mes talons claquent contre le sol, rapidement et de manière inégale, comme s'il était possible de dépasser la manière dont mon pouls bat, ou la façon dont ma peau brûle là où il me touchait.

À l'intérieur de la cabine, je ferme la porte et je m'appuie contre cette dernière.

C'était quoi ça ?

Je connais Steele Sanderson depuis une décennie. Il a toujours été une constante dans ma vie, la seule personne en qui j'ai toujours eu confiance.

Pas une seule fois il ne m'a fait me sentir comme ça.

Jusqu'à maintenant.

Je pince les lèvres, ferme les yeux et tente de retrouver mon équilibre.

Ça ne sert à rien.

Parce qu'au fond, je le sais déjà.

Ce n'est pas juste un fugace instant.

C'est un changement.

Une étincelle qui a déjà pris feu.

Je ne pense pas être préparée à ce que ça signifie.

Mais prête ou pas...

C'est arrivé.

12

STEELE

La lourde porte se ferme derrière nous avec un bruit sourd, et le son résonne à travers la cage d'escalier alors que nous descendons vers le parking. Le studio de photographie se trouve dans l'un de ces bâtiments industriels rénovés avec des briques apparentes, de hauts plafonds et des fenêtres surdimensionnées qui laissent entrer juste assez de lumière pour que tout paraisse neuf sans effort.

Mais rien de tout ça ne se compare à Lilah dans cette robe argentée. Je n'arrête pas de penser à la manière dont ses yeux bleus ont croisé les miens quand je l'ai attirée à moi pour les caméras.

Pendant quelques instants volés, elle m'appartenait.

Même si elle ne le réalisait pas.

— Tu t'es bien débrouillée là-dedans, dis-je en lui jetant un coup d'œil. Peut-être devrais-tu venir à plus de ces séances photos. Faire un peu de mannequinat à côté.

Elle laisse échapper un rire en secouant la tête.

— Pas du tout. Une fois, c'était plus que suffisant, merci beaucoup.

Je souris.

— Vraiment ? Tu n'as pas apprécié ? Même pas un petit peu ?

Elle hésite, réfléchissant à la question.

Je suppose qu'elle n'a pas détesté autant qu'elle veuille me le faire croire. Je pouvais le voir dans la manière dont elle s'est détendue à la fin du tournage et comment son corps s'est moulé contre le mien. Sans parler de la manière dont ses yeux se sont adoucis quand elle m'a regardé.

Au lieu de l'admettre, elle hausse les épaules.

— Ce n'était pas si terrible.

Je ricane, appréciant la façon dont elle tente de jouer la carte de l'indifférence. Cela ne m'empêche pas de remarquer que ses doigts glissent sur la peau nue ou la montre était enroulée autour de son poignet, comme si elle repensait à notre prise de vue.

Peut-être que Lilah n'est pas prête à reconnaître que notre relation évolue, mais ça me va. Je me suis forcé à être patient pendant dix longues années. Lui accorder un peu plus de temps ne me tuera pas.

J'espère.

L'air est frais et net avec la brise de début d'après-midi alors que nous atteignons le parking. Sans réfléchir, je glisse ma main dans la sienne, entremêlant nos doigts. L'espace d'une seconde ou deux, elle se crispe avant de se détendre et de m'autoriser à la tenir ainsi.

Je ne dis rien à ce sujet.

Je prétends que c'est la chose la plus naturelle au monde.

C'est un geste que je fais depuis des années.

Sa main est délicate contre la mienne, mais également forte. Elle ne s'éloigne pas pendant que nous nous faufilons à travers les voitures. Même si je n'en ai pas envie, je la libère pour ouvrir la portière côté passagère et la regarder se glisser à l'intérieur du véhicule. Elle se déplace prudemment, ajustant sa jupe au fur et à mesure qu'elle grimpe le long de ses cuisses juste assez pour que mon ventre se serre.

Je me racle la gorge et ferme sa portière avant de réellement commencer à baver. Une fois que je suis à l'intérieur de l'habitacle, je démarre le moteur. Le grondement sourd remplit le silence entre nous alors que je quitte le parking et me dirige vers la rue. Lilah regarde à travers la vitre, ses doigts effleurant ses cuisses.

— Il n'y avait rien dont tu devais être jalouse, lancé-je avec désinvolture.

Sa tête pivote dans ma direction, ses sourcils froncés.

— Quoi ?

Je garde mes yeux fixés sur la route.

— Tu m'as entendu.

Elle laisse échapper un rire sans joie.

— Tu penses que j'étais jalouse ?

— Oui.

— De quoi ? ricane-t-elle en essayant clairement de démêler tout ça. De ce mannequin qui était suspendu partout autour de toi ?

Je hausse une épaule.

— Je ne sais pas. À toi de me le dire.

En soupirant, elle secoue la tête. Je ne rate rien de la manière dont elle replie ses bras devant sa poitrine.

De manière défensive.

Prise sur le fait.

Elle était jalouse.

Et j'adore ça.

— Tu es ridicule, marmonne-t-elle, mais pas d'un ton mordant.

— Peut-être, répliqué-je en prenant le prochain virage un peu plus vite que nécessaire, l'adrénaline pompant toujours dans mes veines. Mais je ne me trompe pas.

Même si elle soupire, ses yeux fixés sur la vitre, je la vois combattre un sourire.

— Gros match ce soir, dis-je, brisant la tension entre nous avec un changement de sujet.

— Contre Dallas ?

— Oui.

Je la regarde.

— Tu m'as manqué la dernière fois.

— Je sais. Je suis désolée pour ça.

— Pas besoin de t'excuser. J'aime savoir que tu es présente dans la foule, avoué-je. Tu es mon porte-bonheur personnel.

Au lieu de répondre, elle croise mon regard, comme si elle y voyait quelque chose qu'elle n'avait pas remarqué auparavant. Quand elle parle enfin, sa voix est basse :

— Il n'y a nulle part ailleurs où je préférerai être.

Je hoche la tête une fois, mon corps se crispant pour une raison entièrement différente. Après m'être garé, et avoir coupé le moteur, nous restons ainsi pendant une seconde, aucun de nous ne bougeant.

Elle est si proche.

Et pourtant, pas assez.

Autant que je veuille en rester là, une partie de moi rêve de se pencher pour faire passer notre relation à un niveau supérieur.

Je n'en fais rien.

Parce que c'est à elle de faire le prochain pas.

13

LILAH

L'énergie à l'intérieur de l'arène Kingston Landry est électrique. Palpable et vivifiante, comme seul un match de hockey à guichet fermé peut l'être. Une mer de maillots bleus des Railers se répand dans les gradins, et la foule rugit lorsque le palet est lâché au centre de la glace.

Je suis venue dans ce bâtiment cent fois, mais ce soir me paraît chargé d'une manière que je ne peux pas expliquer. Peut-être que c'est parce que je contemple Steele avec un regard nouveau. Ou peut-être que c'est parce que je n'ai pas arrêté de penser à la manière dont il m'a observé plus tôt dans la voiture. Comme si je n'étais pas seulement sa meilleure amie.

Comme si j'étais quelque chose de plus.

J'ajuste les manches de mon maillot surdimensionné Sanderson que je porte. Celui-là même qu'il a laissé plier sur le canapé cet après-midi avec une note qui disait « *Porte-moi ce soir. Ne discute pas.* ».

Quel homme autoritaire !

Attentionné.

Et difficile à ignorer.

Rina se penche dans ma direction, tenant un verre de vin et

affichant un sourire en coin comme si elle savait quelque chose que j'ignore.

— Aloooors, commence-t-elle. Cam m'a envoyé quelques-uns des essais de ce matin.

Je cligne des yeux, prise par surprise.

— Déjà ? C'était rapide.

Elle hoche la tête, en mangeant du pop-corn.

— Il était tout excité. Il a dit que l'éclairage était parfait et que votre alchimie avec Steele était exceptionnelle.

La chaleur s'infiltre dans mes joues.

— Nous étions juste en train de suivre ses directives.

— Uh-huh.

Rina mâche pensivement, les yeux rivés sur moi comme si elle pouvait lire en moi.

— Eh bien « juste en suivant ses directives », vous êtes sur le point de vendre tout un tas de montres de luxe.

Avant que je ne puisse répondre, Evelyn, qui est assise en face de nous sur l'un des canapés en cuir élégant, se retourne, en souriant par-dessus son verre de vin.

— J'ai vu les photos, ajoute-t-elle. Elles sont absolument époustouflantes.

Je rougis davantage en faisant semblant de me concentrer sur la glace.

— Je doute que les photos aient été meilleures que celles avec le mannequin.

Rina renifle.

— S'il te plaît. Elles sont bien meilleures. Vous êtes tellement sexy tous les deux. Du genre à incendier les petites culottes.

Elle agite sa main en l'air, cherchant le bon mot.

— C'est du combustible, ajoute-t-elle avec un sourire. J'ai déjà vu des feux d'artifice et ce que toi et Steele aviez à ce moment-là... c'était très certainement de la lave en fusion.

Je pince les lèvres, en essayant de ne pas la laisser voir à quel point ces paroles m'affectent.

— Eh bien, cool. Au moins, le client sera ravi.

Rina laisse échapper un ricanement en se penchant comme si elle partageait un secret.

— Oh, le client est ravi.

C'est un soulagement quand la porte de la suite s'ouvre, jusqu'à ce que je voie de qui il s'agit. Hugh Landry se pavane à l'intérieur comme s'il possédait cet endroit. Ce qui, techniquement, est bel et bien le cas. Le costume qu'il porte est impeccable, et ses cheveux noirs, qui sont striés d'argent, sont soigneusement coiffés vers l'arrière.

— Bonsoir, Mesdames, déclare-t-il d'une voix traînante, en nous adressant un signe de tête avant que son attention ne se focalise sur Evelyn. Tu es magnifique, comme toujours, dit-il.

— Merci, réplique froidement ma tante, sans prendre la peine de lever les yeux.

Elle brandit simplement son verre de vin dans un toast délibéré puis en avale une gorgée. L'air entre eux devient vif et électrique. Hugh n'en rate rien.

— Cela te dérangerait-il si je me joignais à toi ? lui demande-t-il, son regard glissant sur elle d'une manière qui frise l'intime.

Le sourire d'Evelyn est tranchant comme une lame de rasoir quand elle jette un regard dans notre direction.

— Nous discutions de certaines questions plutôt privées, répond-elle à la légère, mais son licenciement est indubitable. Peut-être une autre fois.

À côté de moi, Rina chuchote derrière son verre :

— Cinq dollars qu'elle lui balance son verre de vin au visage.

Je fronce les sourcils.

— Ça, ou alors ils réussissent à s'entendre. Chances égales.

Si Hugh nous entend, il fait semblant que ce n'est pas le cas. Au lieu de cela, il désigne la glace.

— Steele joue un match d'enfer ce soir.

— Bien sûr que oui, déclare Evelyn. Il sait exactement pour quoi il joue.

Quelque chose s'illumine sur le visage d'Hugh.

Ce n'est pas de l'amusement.

Ni de la colère.

C'est quelque chose de plus intense.

Quelque chose de fragile et de brut qui se fissure dans l'air entre eux comme un coup de tonnerre.

— Je vais vous laisser. À demain lors de la réunion.

— Malheureusement, murmure Evelyn.

L'espace du plus bref instant, quelque chose qui ressemble presque à de la tristesse apparaît dans les yeux d'Hugh. Mais ensuite, cela disparaît, tout comme lui, qui franchit la porte qui se referme avec un déclic sourd résonnant d'une manière ou d'une autre.

Le silence plane dans l'air pendant l'espace d'un battement de cœur avant que Rina ne siffle.

— D'accord, dit-elle en posant son verre. Est-ce que quelqu'un d'autre a l'impression que nous venons d'assister à la forme de préliminaires la plus glaciale du monde ?

Evelyn rougit malgré le bruit d'irritation qu'elle laisse échapper.

— Ne sois pas absurde.

— Absurde ? sourit Rina. Peut-être. Mais est-ce que j'ai tort ? Même pas un peu.

Je cache mon sourire derrière mon verre de vin en jetant un coup d'œil vers la glace. Steele est en plein cœur de l'action, enfermé dans une bataille le long des bandes. Son corps entre en collision avec un autre joueur, puissant, mais il reste sur ses patins, bandant ses muscles pendant le coup et gardant le palet tout du long.

— Cet homme est certainement une force avec laquelle il faut compter, déclare Rina.

— Il l'est.

Ce soir, il paraît plus vif. Plus dur. Il patine plus rapidement, il frappe plus fort, il domine chaque centimètre de la patinoire comme si c'était personnel. Comme si chacun de ses déplacements sur la glace signifiait plus qu'un simple match.

Il a toujours été doué.

Super bon, même.

Mais ce soir ?

Ce soir, il est quelque chose de plus.

C'est comme s'il menait une mission personnelle.

Chaque fois qu'il marque, son regard se lève vers notre suite, et quand il me trouve, c'est comme si j'étais frappé par la foudre.

C'est direct.

Brûlant.

Et impossible à ignorer.

Un frisson dévale ma colonne vertébrale, même si la pièce est confortablement chauffée. Je resserre mon emprise sur l'accoudoir, essayant de stabiliser les battements erratiques de mon cœur.

On dirait que Steele ne joue pas pour la foule.

Ni même pour l'équipe.

Il joue pour moi.

Evelyn murmure à mes côtés :

— Ce garçon est vraiment en feu ce soir. C'est presque comme si quelque chose le possédait.

Elle incline légèrement la tête, m'observant :

— Une idée de ce que cela pourrait être ?

Ma gorge s'assèche. Je déglutis en secouant la tête. Rina ne prend pas la peine de dissimuler son sourire narquois. Elle se tourne vers moi, les yeux pétillants d'amusement.

— Je pense que j'en ai une très bonne, moi.

Quand je ne réponds pas, nous tombons toutes les trois dans le silence, chacune d'entre nous est perdue dans ses propres pensées, alors que le match continue de se dérouler en bas. Même en repoussant mon attention vers la glace, je peux sentir le poids du regard de Steele et la manière dont il s'attarde sur moi.

Lourd.

Inflexible.

Et quelque chose en moi comprend que ce moment, ce changement entre nous, n'est que le début.

14

STEELE

Je patine et roule mes épaules dans une veine tentative de chasser l'agitation rampante sous ma peau alors que l'arène rugit autour de moi. Les lumières clignotent, la musique pulse, les fans sont debout.

Mais rien de tout cela ne m'intéresse.

Pas vraiment.

Au moment où mon regard scrute la foule, il la trouve. Elle est dans la suite du propriétaire, assise à côté de Rina, un verre à la main, portant le nouveau maillot que je lui ai acheté. La voir porter mon nom et mon numéro fait naître quelque chose de primal en moi.

C'est la putain de chose la plus sexy que j'ai jamais vue.

Tout ce à quoi je peux penser, c'est que cette femme est à moi.

Lilah peut ne pas encore le savoir, mais elle m'appartient.

Elle m'a toujours appartenu.

River patine à côté de moi avant de suivre ma ligne de mire.

— On dirait que ta femme a réussi à venir cette fois, marmonne-t-il avec un sourire en coin. Espérons que ça signifie que ta tête sera dans le jeu.

— Tais-toi, grogné-je, en serrant plus fermement ma crosse.

Il se contente de sourire.

— Admets-le, tu es accro à cette femme.

Il n'y a aucun intérêt à le nier.

Au lieu de cela, je décide de me servir de cette énergie pour la déverser dans mon jeu.

Chaque quart, chaque passe, chaque période, je joue le meilleur match de ma carrière. Chaque fois que je touche le palet, la foule rugit. Chaque but ressemble à un message, à un vœu silencieux.

Elle est ici.

À me regarder.

Et si elle ne sait pas encore qu'elle est mienne, je m'assurerai qu'elle le comprenne bien assez tôt.

Avant même que je ne m'en rende compte, nous sommes en troisième période et le score est à égalité. L'atmosphère dans l'arène est dense, la foule palpite d'énergie. J'enfonce mes patins dans la glace et m'élance vers le filet, suivant le palet, décryptant le match avant qu'il ne se déroule. Malheureusement, je ne vois pas le défenseur foncer vers moi jusqu'à ce qu'il soit trop tard.

Une collision fracassante explose contre mes côtes, et la prochaine chose que je sais, c'est que je suis en vol.

Le monde s'incline avant l'impact.

Mon casque frappe contre les planches, une vive rafale de douleur rebondit à travers mon crâne. Un bruit éclate tout autour de moi. Il y a des cris. Le sifflement strident de l'arbitre avec le raclage des patins qui tranchent sur la glace. Même ainsi, tout me semble distant et étouffé.

Je cligne des yeux, essayant de dégager les étoiles obscurcissant ma vision et le bourdonnement rageur dans mes oreilles. Le plafond de l'arène Kingston Landry se dresse au-dessus de moi, les lumières vives s'estompant sur les bords.

Je devrai me lever.

Au lieu de cela, je tourne la tête et me concentre sur l'endroit où Lilah est assise. Je plisse les yeux.

Tout est flou.

J'ai envie de lui dire de ne pas s'inquiéter et que je vais bien.

Je me redresse l'espace d'une seconde.

C'est là que le monde s'estompe et que tout devient noir.

15

LILAH

J'attends que Steele se relève après ce coup brutal, mais il demeure immobile.

Mon ventre se serre, j'agrippe l'ourlet de mon maillot, mes jointures devenant blanches. Sur la glace, les ambulanciers se précipitent vers lui tandis que la foule passe d'une excitation rugissante à un murmure de malaise.

Quand je me lève, la main d'Evelyn se pose sur mon bras, stable, mais ferme.

— Ma chérie, attends...

— Je ne peux pas, chuchoté-je. Je dois y aller.

— Lilah, juste...

Je n'attends pas pour entendre la suite. Je suis déjà en mouvement, quittant la suite et entrant dans le couloir, mon cœur battant aussi fort que la foule qui bourdonne derrière moi. Je me précipite dans les escaliers, mes jambes parvenant à peine à suivre la montée d'adrénaline qui inonde mon système.

Au moment où j'atteins le niveau principal, la sécurité est partout. Il y a des cris et des redirections alors qu'ils essaient de maintenir les choses sous contrôle. Je pousse en avant et me faufile à travers la foule. Quelques gardes me reconnaissent, s'écartant juste assez pour me laisser passer. L'écho de mes pas me poursuit dans le couloir. On dirait que les murs se rétrécissent alors que mon pouls bat à tout rompre.

Je veux juste qu'il aille bien.

S'il vous plaît.

Mes mains n'arrêtent pas de trembler, et chaque seconde qui passe me paraît plus longue que la précédente.

Quand je franchis finalement la porte de la salle médicale, je suis frappée par une vague d'inquiétude qui m'immobilise. Steele est allongé sur la table d'examen avec un sac de glace pressée contre sa tempe. On lui a retiré son maillot et ses protections, laissant son torse nu. Cette vision de lui, blessé et vulnérable me met presque à genoux.

Il tourne la tête en entendant la porte, et pendant une seconde terrifiante, il ne dit rien. Il cligne juste des yeux vers moi, avec une expression brumeuse.

D'une manière ou d'une autre, il parvient à sourire faiblement. Il est épuisé, endolori, mais il reste indéniablement Steele.

— Hé, porte-bonheur, ricane-t-il. Je ne voulais pas t'effrayer.

Je soupire brusquement et me précipite à ses côtés.

— Eh bien, tu l'as fait.

— Détends-toi, murmure-t-il, en grimaçant légèrement tout en réajustant la poche de glace. C'est juste une petite commotion cérébrale.

J'ouvre grand les yeux.

— Il n'y a pas de petite commotion cérébrale. Et tu devrais le savoir maintenant.

Quand il ne répond pas, je m'approche. Mes doigts se posent sur ses cheveux humides. Je les parcours doucement, comme si je cherchais d'autres dommages.

Il ne sursaute pas.

Au contraire, il se penche à mon contact.

Le médecin poursuit son examen, en répétant les instructions habituelles. Pas d'écran, pas d'alcool, pas d'activité intense et beaucoup de repos. Steele hoche la tête, comme s'il y prêtait attention, mais je sais que ce n'est pas le cas. Je peux voir dans ses yeux qu'il est déjà en train de somnoler.

Ce qui ne fait que me stresser davantage.

Je croise mes bras sur ma poitrine et me force à paraître calme même si mon cœur est toujours en pleine panique.

— Je te ramène chez toi.

Je m'attends à ce qu'il repousse mon offre ou m'adresse un de ces sourires têtus en me disant qu'il va bien. À la place, il hoche simplement la tête en guise d'acceptation, ce qui me permet de l'aider à quitter la table. L'un des entraîneurs attrape ses affaires personnelles dans le vestiaire et l'aide à enfiler un pull à capuche et un pantalon. Quand ils ont terminé, je glisse mon bras autour de sa taille, pour l'aider à se stabiliser. Il s'appuie contre moi alors que nous nous dirigeons vers la porte puis sortons du bâtiment pour nous rendre au parking.

Quand il se déplace pour se glisser derrière le volant de sa Lamborghini, je ricane en tendant la main avec impatience.

— Absolument pas. Tu as entendu ce que le médecin a dit.

Il fronce les sourcils.

— Il n'a rien dit à propos de conduite.

— Tu as une commotion cérébrale, Steele. Tu ne prendras pas le volant d'une voiture qui passe de zéro à cent-soixante en trois secondes. Ton précieux bébé ira très bien. Je te le promets.

— Je ne suis pas inquiet pour la Lamborghini, marmonne-t-il. Et toi, plus que quiconque, tu devrais le savoir.

Je l'observe l'espace d'une seconde.

— C'est le cas, dis-je, plus doucement à présent.

Avec un soupir, il se dirige vers le côté passager puis se glisse sur le siège, en grimaçant, puis en s'affalant tout en fermant les yeux. Je l'observe, inquiète.

— Tu es certain que ça va ?

— Je vais bien, Lilah, répond-il, les yeux fermés. Je veux juste rentrer chez moi.

— Tout ce que tu voudras, murmuré-je, en prenant place sur le siège du conducteur.

— Si seulement c'était vrai.

Mon ventre se tord.

Je ne réponds pas.

Je ne peux pas.

Pas quand le souvenir de son corps contre le mien pendant la séance photo me traverse l'esprit. Le trajet se fait en silence, mais ce n'est pas le genre de silence dans lequel j'ai envie de m'enfoncer. Je continue à lui jeter des coups d'œil, inquiète. J'observe à la manière dont sa tête se penche en arrière contre le siège, et les contusions déjà apparentes sur sa tempe.

Au moment où je me gare dans le parking, je saute pratiquement de la voiture. Je me tourne vers lui et ouvre sa portière, lui offrant mon bras sans un mot. Il ne se débat pas contre moi, mais je peux dire que cela le gêne de s'y appuyer pendant que nous avançons.

Il est déséquilibré et ses mouvements sont lents. Il essaie de le cacher, mais je peux le sentir dans la manière dont il appuie plus de poids contre mon flanc à chaque pas que nous faisons vers l'ascenseur. Même avec le réconfort du médecin qui résonne dans mon esprit, j'ai toujours les nerfs à vif.

Ce coup était brutal.

Une fois que nous sommes arrivés dans son appartement, je le dirige doucement dans le couloir en direction de sa chambre. Gaufre traîne derrière nous comme un petit garde du corps, miaulant une fois avant de sauter sur le lit et de s'installer aux pieds, ses grands yeux verts fixés sur Steele comme si elle comprenait que quelque chose n'allait pas.

Je l'installe sur le bord du lit et attrape une bouteille d'eau sur sa table de chevet, la plaçant à côté des médicaments que je trouve dans la salle de bain.

— Tu devrais te reposer, dis-je en effleurant son bras de ma main.

Il se penche en avant et pose ses mains sur ses cuisses.

— Je veux prendre une douche d'abord. Je me sens dégoûtant.

Nous étions tellement pressés de quitter l'arène, qu'il n'a pas eu cette chance.

— D'accord, je vais t'aider.

Il fronce les sourcils.

— Je vais bien. Je n'ai pas besoin d'aide.

— Tu as une commotion cérébrale, Steele. Ta coordination est nulle. Je préférerais ne pas avoir à soulever ton énorme derrière parce que tu as glissé.

Il fait la moue. Je ravale difficilement un sourire.

— Allez, mon grand. Fais-moi confiance, tu ne possèdes rien que je n'ai jamais vu auparavant.

À la seconde où ces mots m'échappent, une image de l'instant où il est sorti de la douche dans toute sa glorieuse nudité me traverse l'esprit. Je grimace en chassant ce souvenir. Il ne répond pas, m'autorise juste à passer mon bras autour de sa taille pour le conduire à la salle de bain. À la seconde où nous entrons dans le luxueux espace en marbre, il saisit l'encadrement de la porte, et son équilibre vacille.

— Tu vois ? soupiré-je. C'est exactement pour ça que tu as besoin de mon aide.

Il fronce les sourcils.

— Penses-tu vraiment pouvoir m'empêcher de tomber ?

Je jette un coup d'œil au mur de muscles à mes côtés en reniflant.

— Pas moyen. Je finirai écrasée sous toi comme un insecte.

Un sourire en coin étire ses lèvres.

— C'est la dernière chose que je veux.

Sans un mot d'avertissement, il saisit l'ourlet de son pull et le fait passer par-dessus sa tête avant de le jeter par terre. Je me fige, mon regard captant les ecchymoses qui fleurissent déjà sur ses côtes et les lignes définies de son torse.

Avant que je ne puisse analyser quoi que ce soit d'autre, son jogging a rejoint le carrelage.

Puis son boxer.

— Steele ! crié-je, pour faire face au porte-serviette. Tu aurais au moins pu me prévenir !

Il rit, complètement imperturbable.

— Quoi ? Je pensais que je n'avais rien que tu n'aies jamais vu auparavant, me taquine-t-il. En y réfléchissant bien, tu as déjà vu la marchandise.

Je m'étrangle alors que mon regard reste collé au porte-serviette devant moi. Je pince les lèvres, refusant de donner du poids à son commentaire. La douche prend vie derrière moi, le son de l'eau remplissant l'espace. En quelques secondes, la vapeur commence à s'élever dans la pièce, embuant les rebords du miroir et adoucissant les angles de la pièce.

Je me force à me calmer.

Du coin de l'œil, j'aperçois son reflet avant que le verre ne s'obscurcisse complètement.

Ses larges épaules.

Sa taille fine.

Ses muscles qui ondulent sous sa peau bronzée.

Et cette satanée coupe en V qui disparaît dans un endroit que je ne vais certainement pas regarder.

Lève les yeux, Monroe.

Steele est absolument magnifique. Cet homme est bâti comme s'il avait été sculpté dans la pierre, mais à cet instant, tandis qu'il pose sa main sur le carrelage, son corps instable, il me paraît vulnérable.

Humain.

Toujours aussi sexy, mais pas intouchable.

— Merde, murmure-t-il. D'accord, peut-être que j'ai besoin d'un peu plus d'aide que je ne le pensais.

Je laisse échapper un souffle tremblant en jetant un coup d'œil à la paroi de verre. Sa tête est penchée vers l'avant, son autre main rejoint la première sur le mur pour conserver son équilibre. Ses jambes tremblent sous lui.

— Tu as de la chance que je t'aime, marmonné-je, en m'approchant avant que mon cerveau ne puisse rattraper ma bouche.

Ses lèvres se recourbent en un sourire paresseux. C'est celui qui est connu pour causer une légère hystérie à travers la ligue.

— Oui, je le suis.

Mon cœur trébuche. Puis bat à tout rompre.

Il ne me rend pas la tâche facile.

Je me rapproche, retirant mes chaussures et mes chaussettes. Le carrelage est frais sous mes pieds alors que la vapeur s'élève autour de moi.

— Qu'est-ce que tu fais ? me demande-t-il, la voix rauque à cause de l'eau chaude et de tout ce qui mijote sous la surface.

— Je t'aide.

Son regard se pose sur mon corps, puis s'élève à nouveau.

— Avec tous tes vêtements ?

Je cligne des yeux.

— Euh... oui ?

Il incline la tête.

— Tu vas être trempée. Au minimum, retire ton haut et ton jean.

Je jette un coup d'œil au maillot surdimensionné et au jean qui colle déjà à mes jambes à cause de l'humidité.

Il n'a pas tort.

Mais me mettre en sous-vêtements ?

Devant Steele ?

Ça paraît dangereux.

Encore une fois, est-ce différent de porter un maillot de bain ?

Toujours...

Pour une quelconque raison, on dirait que c'est plus.

J'hésite pendant une demi-seconde jusqu'à ce qu'il se décale à nouveau, instable et s'agrippant plus fermement au carrelage. C'est tout ce qu'il me faut pour prendre une décision. Je fais passer le maillot par-dessus ma tête, le laissant retomber sur le sol en marbre avec un bruit sourd. Ensuite, j'ouvre le bouton de mon pantalon, j'abaisse la fermeture éclair et je le repousse le long de mes jambes jusqu'à ce qu'il forme une flaque autour de mes chevilles.

Je me redresse.

L'air dans la pièce me paraît encore plus chaud à présent.

Plus épais.

Ma peau picote alors que je deviens douloureusement consciente du soutien-gorge en dentelle et de la culotte assortie que je porte.

Quand je lève les yeux, ceux de Steele sont sur moi, suivant chacun de mes mouvements. Il n'y a absolument rien de taquin dans son regard. Il n'a rien d'arrogant, ni même de suffisant.

Il est respectueux.

Ce simple regard fait naître un frisson le long de ma colonne vertébrale. Mon pouls bat à tout rompre dans ma poitrine. Je me déplace vers la porte vitrée. Avec un mouvement du menton, je fais semblant que c'est une situation complètement normale. Comme si entrer sous la douche à moitié habillée avec mon meilleur ami, qui souffre d'une commotion et est entièrement nu, n'était pas important du tout.

La chaleur m'enveloppe, caressant mes membres comme un contact physique. Une partie vient de la vapeur, mais la majorité provient de la manière dont Steele m'observe.

Il gonfle les narines, et sa pomme d'Adam tressaute quand il déglutit.

C'est tout ce qu'il faut pour que mon pouls accélère encore, si possible.

Ne désirant pas trop réfléchir à la situation, j'attrape le

flacon de shampooing et j'en place une généreuse quantité dans ma paume avant de m'approcher. Sa taille m'oblige à me placer sur la pointe des pieds tandis que je glisse mes doigts dans ses cheveux humides. Au moment où mes ongles effleurent doucement son cuir chevelu, il soupire. C'est un son faible, guttural qui s'imprime tout droit dans mon bas-ventre. Il penche sa tête vers l'avant, m'offrant un meilleur accès, tandis que je masse soigneusement ses cheveux épais.

Mon touché est léger, mais délibéré.

— Dis-moi si je te fais mal, chuchoté-je, essayant de me concentrer sur ma tâche à accomplir.

— Ça fait du bien, réplique-t-il.

La tension entre nous est épaisse, presque tangible, comme si la vapeur et le désir s'étaient fondus en une même entité.

Sans prévenir, Steele se penche en avant et baisse la tête jusqu'à ce qu'elle repose sur mon épaule. Je reste immobile pendant un battement de cœur alors que tout son poids s'affale contre moi, son large torse effleurant le mien, sa peau lisse et brûlante à cause de l'eau.

Et soudain, je le tiens.

La sensation est accablante. Il y a un tremblement subtil dans ses muscles tandis que je masse son cuir chevelu. Chaque partie de moi me hurle soit de reculer, soit de me rapprocher.

Mais je ne peux pas bouger.

Plus que ça, je n'en ai pas envie.

Mon soutien-gorge et ma culotte s'accrochent déjà à ma peau, presque translucides à présent. Je ne suis pas techniquement nue, mais je pourrais tout aussi bien l'être. Les mains de Steele reposent respectueusement à ses côtés.

Jusqu'à ce que ça ne soit plus le cas.

Ses doigts tremblent contre ma hanche. À peine, mais je le ressens comme une promesse tacite et brûlante.

Il soupire, plus profondément cette fois, le son résonne à travers lui et jusqu'en moi. Mes doigts vacillent légèrement dans ses cheveux avant de poursuivre, car si j'arrête, je ne sais pas ce qui va se passer ensuite.

— Lilah, murmure-t-il.

Je déglutis, tandis que l'excitation prend vie en moi.

Sa tête est toujours pressée contre mon épaule. Je suis coincée entre mon envie de m'éloigner et ce désir terrifiant, accablant de rester ici et de continuer à le toucher.

De continuer à sentir le poids de son corps dur contre le mien.

Je devrai prendre du recul et créer une certaine distance entre nous avant de faire quelque chose de stupide.

Quand je me décale, ses bras se resserrent autour de ma taille.

— Reste.

Ce n'est pas un ordre.

Plus une demande.

Une demande que je ne peux pas refuser.

Mes doigts continuent de se déplacer dans ses cheveux, massant son cuir chevelu pendant que je rince le shampooing. Un profond gémissement lui échappe. Son souffle effleure ma gorge. Je déglutis, voulant que mes mains restent stables.

Steele arbore une peau dorée, des muscles durs. Chaque centimètre de son corps est puissant alors qu'il se penche vers moi pour obtenir du soutien. La vapeur de la douche s'accroche à nos corps, nous rendant lisses. Ses épaules, ses pectoraux, les lignes nettes de ses abdominaux. Mes mains tremblent, mais elles n'arrêtent pas de le toucher pour autant.

Il est impossible de ne pas remarquer à quel point j'apprécie de le savoir sous mes doigts.

Comme il est solide. Tangible.

— Savon, murmure-t-il.

Il me faut une seconde pour comprendre le sens de ses paroles. Cinq secondes en réalité. Tout en moi paraît mal coordonné. Comme si j'étais entrée dans un rêve dont je n'ai aucune idée de comment me réveiller.

D'accord... savon.

Je cherche la bouteille et place une quantité généreuse dans ma paume avant d'appuyer soigneusement mes mains contre lui. Je commence par ses épaules, puis descends le long de ses bras, faisant naître de la mousse au fur et à mesure. Mon touché est hésitant au début, mais il se transforme rapidement en une exploration sans hâte.

Ses muscles se contractent sous mes mains.

Je répands du savon sur son torse, mes doigts glissant le long de la courbe de chacun de ses muscles jusqu'à son abdomen. Son corps est une carte que je n'avais jamais prévu de mémoriser, mais maintenant, je ne pense pas que je pourrais l'oublier si j'essayais.

Je ne devrais pas apprécier ça.

Mais, Dieu... comment pourrais-je ne pas le faire ?

Cet homme est spectaculaire.

Pas seulement à cause de son apparence, mais parce que c'est Steele.

Celui qui a toujours été là pour moi.

Et maintenant, il se tient debout entièrement nu devant moi, les muscles crispés, calme pendant que je le touche. Mon cœur rate un battement tandis que mes mains descendent, suivant la profonde courbure de ses hanches, dangereusement proche de la partie de lui à laquelle je ne devrais absolument pas penser. Au moment où mes doigts effleurent le bord de cette ligne, la réalité s'impose à moi.

Je recule mes mains comme si j'avais touché un fil sous tension, trébuchant d'un pas avant de me rattraper sur le carrelage. Steele ouvre les yeux, les pupilles écarquillées, la mâchoire crispée comme s'il gardait à peine le contrôle.

Mon cœur bat la chamade. Je dois sortir d'ici avant de franchir une ligne dont nous ne pourrions pas revenir.

Je me racle la gorge, reculant déjà jusqu'à ce que mes omoplates appuient contre le verre frais de la paroi de douche. Ce contact me surprend. Il est trop froid par rapport à la chaleur rassemblée en moi.

— Nous devrions terminer. Tu dois te reposer.

Pendant une seconde, il ne répond pas. Il me regarde simplement comme s'il essayait de déchiffrer les pensées qui me traversent l'esprit. Ensuite, son regard se baisse l'espace d'une fraction de seconde, et je sais qu'il voit tout. La manière dont mon soutien-gorge trempé s'accroche à ma peau. La courbe de mes hanches sous la dentelle trempée. Le fait que je garde à peine le contrôle, moi aussi.

Il soupire lentement, comme s'il essayait d'apaiser le feu qui se consume entre nous.

— Oui. C'est sûrement une bonne idée.

Même s'il pivote légèrement, m'offrant de l'espace, je peux encore percevoir la chaleur de son corps.

Je peux encore la sentir.

Au lieu d'attendre, je sors de la douche et attrape la serviette la plus proche, l'enveloppant fermement autour de moi.

J'ai besoin d'espace.

D'air frais.

La manière dont je me sens à ce moment n'est pas celle que je devrais ressentir pour Steele.

J'agrippe plus fermement la serviette, comme si elle pouvait me protéger du chaos qui fait rage en moi.

Mes mains tremblent tandis que je m'empare d'une autre serviette.

Steele sort de la vapeur une seconde plus tard, l'eau s'écoulant de chaque centimètre de son corps parfaitement sculpté. Ses cheveux sont mouillés et en désordre, sa peau rougit à cause de la chaleur. Je lève le regard, pour découvrir qu'il m'observe. Ses yeux gris sont fixés sur les miens, intenses et illisibles. Il y a quelque chose de sombre qui crépite entre nous.

Aucun de nous ne dit un mot, l'air reste épais.

Presque étouffant.

— Retourne-toi, chuchoté-je, essayant et échouant à stabiliser ma voix.

Ses yeux étincellent avant qu'il n'obéisse, me tournant le dos. À la seconde où son regard disparaît, je tente de me ressaisir.

Une seconde.

Deux.

Reprends-toi, Lilah.

Je m'approche et pose la serviette sur ses épaules.

Ses muscles se contractent. Avec des mouvements délibérés, j'efface l'eau qui adhère à sa peau. Tout chez Steele est défini et dur. Il ne me faut pas longtemps pour me perdre dans la chaire sous mes doigts. L'anxiété qui me remplit s'apaise progressivement, et j'oublie tout à l'exception du moment qui se déroule entre nous.

Steele demeure immobile tandis que la serviette glisse sur sa peau. Le silence persiste entre nous alors que je passe d'une omoplate à l'autre, glissant le long de ses biceps proéminents et de ses avant-bras musclés avant de balayer la vaste étendue de son dos. Chaque muscle défini, chaque ligne sculptée sont la preuve de sa discipline inébranlable. Je n'ai jamais connu quelqu'un qui prend mieux soin de son corps que lui.

Je ressens une poussée de fièvre brutale dans mon cœur. C'est un rythme régulier et bruyant dont je ne peux m'empêcher d'être consciente.

Je l'ai vu torse nu plus de fois que je ne peux les compter, mais cet instant est différent. C'est comme si je le touchais pour la première fois.

Non, pas seulement le toucher.

Mais le sentir vraiment.

Ma main tremble tandis que je fais courir la serviette sur le large plan de son dos. Mon regard s'accroche à une gouttelette d'eau qui glisse le long de sa colonne vertébrale. Malgré la tentation de me pencher en avant et de la lécher, je me force à garder le contrôle. Steele se déplace contre moi, comme s'il pouvait sentir chaque pulsion qui me parcourt l'esprit. Je ferme les yeux et les repousse.

C'est Steele.

Mon Steele.

Et pourtant, mon corps ne donne pas l'impression de s'en soucier.

Le désir me traverse à un rythme lent et régulier qu'il m'est impossible d'ignorer. Il fait rage dans mon bas-ventre, en une pulsation de conscience qui me rend difficile le fait de me concentrer. Steele se déplace à nouveau, une lueur de tension le traversant, comme s'il le percevait lui aussi.

Il ne dit pas un mot.

À chaque passage de la serviette, je me dirige vers le bas. Il ne me faut pas longtemps pour atteindre le bas de son dos, dangereusement proche de son derrière. Je ne peux pas imaginer ce que cela ferait de tracer la courbe musclée de son corps sans la serviette entre nous.

Je vacille à la base de sa colonne vertébrale, incertaine quant au fait de poursuivre. Avant de pouvoir prendre une décision consciente, la serviette passe sur la fermeté ronde des muscles tendus. C'est progressivement que je fais glisser cette dernière d'avant en arrière jusqu'à ce que plus aucune goutte d'eau ne persiste. La chaleur irradie en moi. Je dois serrer mes cuisses pour empêcher le désir de me submerger.

Même si je ne devrais pas le faire, je m'abaisse jusqu'au sol et fais courir la serviette sur ses cuisses. Elles sont épaisses et puissantes en raison de ses entraînements sur la glace six jours par semaine pendant la saison. J'essuie ses mollets et ses pieds, qui sont fermement plantés sur le tapis de bain gris.

Mon bas-ventre palpite à l'idée de me déplacer vers l'avant de son corps.

Tu es ridicule, Lilah.

C'est Steele.

Il est blessé, et a besoin de ton aide.

La dernière chose dont j'ai envie, c'est qu'il se penche, s'étourdisse et tombe en avant.

Je m'accroche fermement à cette pensée tandis que je me lève et le contourne pour me retrouver face à son torse. Ma respiration devient peu profonde et inégale, trahissant la tempête qui fait rage en moi.

Même si je refuse de croiser ses yeux, je suis profondément consciente que son regard passionné suit chacun de mes mouvements. Mes mains tremblent tandis que je fais courir la serviette sur ses pectoraux parfaitement définis, captivée par la force que je perçois sous le bout de mes doigts. Tout ce qu'il faudrait, c'est laisser tomber la serviette, pour que je puisse le sentir directement contre ma peau.

Le parfum frais et propre du savon s'accroche à lui, m'entourant dans une brume vertigineuse et faisant naître un désir que je ne connaissais pas, endormi sous la surface de notre amitié. Je me retrouve à tanguer vers lui avant de reculer et de m'obliger à reprendre le contrôle.

— Ça va ?

Ses mains s'agitent à ses côtés, comme s'il voulait m'agripper. Incapable de croiser son regard, je garde mes yeux concentrés sur ses pectoraux.

— Oui, j'ai presque terminé.

Une vague de chaleur s'abat sur moi quand je fais glisser la serviette sur son mamelon, puis sur l'autre jusqu'à ce que les deux soient rigides. Quand je fais un dernier mouvement sur ses deux pics sensibles, il laisse échapper un sifflement.

Ce simple son fait naître une explosion de désir jusque dans mon cœur.

Je déplace alors la serviette sur sa cage thoracique, retraçant les profondes rainures de ses abdominaux. Chaque crête est nettement définie, son corps sculpté par sa discipline et sa détermination. La serviette glisse plus bas. Je vacille l'espace d'une demi-seconde lorsque j'atteins sa ligne en V, ce chemin qui fléchit directement vers les poils grossiers et sombres de son aine.

Un battement constant prend racine dans mon bas-ventre, s'épanouissant en quelque chose de plus profond, de plus dangereux, à mesure que mon regard descend. Il est épais et gonflé, son excitation impossible à ignorer. La chaleur me traverse de part en part, une douleur en fusion qui s'installe dans mon bas-ventre. Je serre mes cuisses.

Mes doigts brûlent d'envie de le toucher, mais je me contente de quelques effleurements, m'accrochant au peu de retenue qu'il me reste. Steele gémit, un son bas et guttural, ses hanches se déplaçant vers l'avant en réponse. Ce mouvement est brut, instinctif. Ça ne fait qu'intensifier la douleur qui me traverse. Je me décale plus bas, me forçant à me concentrer, prétendant que mes mains ne tremblent toujours pas alors que j'apporte la serviette au niveau de ses tibias.

Au moment où je m'installe devant lui, ça me fait l'effet d'un choc.

Cette position place mes yeux au niveau de sa queue.

Mes lèvres s'ouvrent d'elle-même, tandis que sa longueur épaisse et scintillante se trouve à seulement quelques centimètres de mon visage.

Une vague de désir m'envahit. À la fois féroce et dévorante. Je veux le goûter. Sentir son poids sur ma langue. Est-ce qu'il a un goût aussi propre et frais que son odeur ? La question me frappe comme un éclair et persiste, suscitant l'envie dans chaque cellule de mon corps.

Je prends une inspiration tremblante et penche ma tête en arrière, incapable de résister à chercher son regard. Lorsque nos yeux se croisent, une sensation de picotement recouvre l'ensemble de ma peau.

Je perçois le désir dans son regard, chaud et affamé, me frappant avec la force d'une avalanche. Aucun homme ne m'a jamais regardée comme Steele le fait en cet instant. Comme si j'étais tout ce qu'il a toujours voulu.

Sa grande main se pose sur ma joue avec une tendresse qui démêle quelque chose au fond de moi. Son pouce effleure mes lèvres écartées, et c'est ce petit contact affectueux qui me défait. Il gémit à nouveau, ce son vibrant à travers moi comme une caresse.

Nos regards restent verrouillés l'un à l'autre, le reste du monde s'estompe.

— Lilah...

Je cligne des paupières alors que la réalité s'abat sur moi.

Suis-je vraiment accroupie devant lui ?

— Je... je pense que tu es sec, bégayé-je.

Sa main retombe. Je me relève, ne sachant pas où regarder ni quoi faire.

— Tu veux me donner la serviette ?

— Oh. Bien sûr.

Je la lui tends. Il me la prend des mains avant de l'enrouler autour de sa taille.

— Regarde-moi, Lilah, murmure-t-il, la voix rauque.

C'est tellement tentant de fuir. Au lieu de cela, je m'exécute. Nous demeurons immobiles, les serviettes accrochées à notre peau humide, l'air électrique comme une tempête.

Je ne sais pas qui bouge en premier.

Peut-être que nous le faisons tous les deux.

Peut-être qu'aucun d'entre nous ne le fait.

Mais, soudain, son front effleure le mien, son souffle se perdant à travers mes lèvres ouvertes.

— Steele, chuchoté-je, à peine capable de prononcer son prénom.

Ses doigts se posent sur ma taille. En soupirant, il recule. Sa mâchoire est crispée, l'expression de son visage illisible, alors qu'il retire une autre serviette du support pour se sécher les cheveux.

— Est-ce que tu voudrais aller me récupérer un caleçon, et m'aider ensuite à me mettre au lit ?

Je hoche la tête puis pivote en direction de la porte, m'échappant vers la sécurité de sa chambre où je peux enfin me vider la tête.

Le désir que je ressens pour lui est effrayant. Je n'ai jamais ressenti ça.

Certainement jamais pour Devon.

Ni pour aucun de mes autres petits amis.

Je tire sur le tiroir de la commode et attrape le premier boxer avec lequel mes doigts entrent en contact. Quand je regagne la salle de bain, Steele est adossé contre le meuble en marbre, les paupières à moitié fermées, tanguant légèrement, comme s'il était à quelques secondes de s'évanouir.

Quand il tend la main pour prendre le sous-vêtement, je la lui effleure doucement.

— Laisse-moi faire, murmuré-je. Ce sera plus rapide, puis tu pourras aller te coucher. On dirait que tu es sur le point de t'effondrer.

Un demi-sourire fatigué s'accroche à ses lèvres.

— C'est drôle, parce que c'est exactement ce que je ressens. C'est comme si je venais d'être heurté par un camion.

— C'est à peu près le cas, dis-je, en m'accroupissant devant lui. Et le nom de ce camion était Henrik Sundström.

— Rappelle-moi de lui rendre la pareille la prochaine fois que nous jouerons à Dallas.

Pour la seconde fois, je tombe à genoux devant lui, puis l'aide à enfiler son boxer. Il lève une jambe, puis l'autre, silencieux à part le soupir qu'il laisse échapper. Je guide le tissu avec soin le long de ses jambes, sur ses cuisses musclées, jusqu'à ce qu'il s'installe au niveau de ses hanches. Il serre la serviette à sa taille, la maintenant en place pendant que je termine.

Puis je me lève, enroulant un bras autour de lui.

— Viens ici, grand garçon. Allons te coucher.

Avec un reniflement, il se penche vers moi pendant que je le conduis dans l'autre pièce. Ses pas sont lourds, lents, mais il ne se débat pas. Je soulève les couvertures et l'aide à se glisser entre les draps, puis je les remonte sur lui.

Gaufre grimpe sur le lit et s'installe contre lui. Je glisse mes doigts dans ses cheveux humides.

— Je suis contente que tu ailles bien, murmuré-je. Tu m'as fait une peur bleue.

Ses yeux restent fixés sur les miens.

— Je suis désolé, Lilah. C'est la dernière chose que je voudrais faire.

Je me penche et dépose un baiser sur son front. Mes lèvres s'attardent avant que je m'éloigne finalement. Ses doigts accrochent les miens, se resserrant autour d'eux, rendant ma retraite impossible.

— Reste.

Je me fige.

Sa demande est calme, teintée d'épuisement. Je suis déchirée. Au vu de la manière dont je me sens, rester paraît dangereux.

— S'il te plaît ?

Juste comme ça, partir n'est plus une option.

— J'ai besoin d'un pyjama, dis-je.

— Prends mon peignoir.

Après un moment, je hoche la tête et je m'éloigne. Dans la salle de bain, je laisse tomber la serviette, je retire mes sous-vêtements humides, et j'enfile le peignoir à carreau surdimensionné accroché à l'arrière de la porte. Ça sent son odeur. Savon propre, shampooing à la menthe, et quelque chose d'indéniablement Steele. Je l'enroule autour de moi et serre la ceinture à ma taille.

Quand je retourne dans la chambre, la seule lumière éclairant l'espace se déverse depuis le couloir. Je vais l'éteindre. Puis je me glisse dans son lit à ses côtés et m'installe contre l'orciller. Steele se déplace jusqu'à ce que nous ne soyons qu'à quelques centimètres l'un de l'autre. Son poids à mes côtés installe quelque chose tout au fond de ma poitrine.

— Tu sais que je t'aime, n'est-ce pas ? chuchote-t-il dans l'obscurité.

Mon cœur rate un battement.

— Steele...

— Je t'ai toujours aimé.

Je frémis quand chaque mur en moi s'effondre. J'ai envie de lui dire que c'est la commotion qui parle, et qu'il ne s'en souviendra pas demain matin.

Mais je n'en fais rien.

Parce que je sais qu'il est sérieux.

— Je t'aime aussi, chuchoté-je.

Un soupir calme et satisfait lui échappe, et en quelques secondes, il s'endort.

Je reste allongée là, dans le noir, et je l'observe avant de tendre la main pour effleurer son front de mes lèvres.

Je n'ai jamais aimé quelqu'un comme j'aime cet homme.

Et je ne pense pas que je le ferai à nouveau.

16

───────

STEELE

J e me réveille lentement, sortant du sommeil comme si je nageais dans le brouillard. Ma tête me fait encore mal, mais c'est plus supportable à présent. Je n'ai plus l'impression d'être pris dans un étau.

C'est gérable.

Mais quelque chose ne va pas.

C'est différent.

Il y a quelque chose de chaud et délicat pressé contre moi.

Un léger parfum de miel et de vanille m'entoure. À la fois réconfortant et familier.

Même avant d'ouvrir les yeux, mon pouls s'accélère. Mon corps le sait. Peut-être que mon cerveau n'a pas complètement rattrapé son retard, mais tout le reste l'a fait.

Quand je cligne enfin des yeux face à la lumière du petit matin, la vision qui s'offre à moi me laisse sans voix. Lilah est blottie contre moi, ses jambes entremêlées avec les miennes, sa joue reposant contre mon cœur comme si elle avait toujours été destinée à se trouver là. La robe de chambre qu'elle porte s'est desserrée au cours de la nuit, et le tissu à carreau qu'elle a enfilé recouvre à peine ses courbes.

J'aperçois sa peau lisse et crémeuse partout.

Sa cuisse nue est posée sur moi, sa taille fine est exposée par la robe de chambre ouverte, ainsi que la douce courbe de sa hanche qui se dessine juste en dessous du rebord des couvertures.

Putain.

Je ne bouge pas, car chaque muscle de mon corps devient rigide, tandis que mon cerveau s'efforce de comprendre ce qui se passe.

Parce que ce n'est très certainement pas un rêve, ni même un de ses fantasmes à moitié réveillés avec lesquels je me torture depuis la nuit où elle a emménagé.

C'est réel.

Lilah Monroe se trouve dans mon lit, enroulée autour de moi, son souffle stable se perdant sur ma clavicule.

Tout ce à quoi je peux penser, c'est à quel point nous sommes proches, comme cela me semble juste.

À quel point je suis bouleversé par elle sans même qu'elle fasse quoi que ce soit.

Elle se déplace, et ses lèvres effleurent la peau juste au-dessus de mon cœur.

Merde.

Mon contrôle, déjà fragile, s'amenuise complètement.

J'agrippe les draps, comme si cela allait en quelque sorte m'ancrer à la réalité, m'offrir la retenue nécessaire.

Parce qu'il n'y a aucun moyen que je puisse la toucher.

Même si tout ce que j'ai envie de faire, c'est faire courir mes mains sur elle.

Elle bat des cils, et pendant une seconde, elle ne bouge pas. Elle ne semble pas se rendre compte de là où elle se trouve. Elle se niche simplement plus près, laissant échapper un soupir satisfait. J'en perds mes mots.

Nous restons comme ça, dans cet espace hors du temps, juste un instant, nos corps emmêlés.

Quand ses yeux s'ouvrent une seconde fois, elle se fige. Son corps se crispe contre le mien alors qu'elle réalise l'endroit où elle se trouve, et contre qui elle est allongée. Son regard croise le mien et pendant une seconde, nous demeurons ainsi.

— Oh, mon dieu, s'étouffe-t-elle, en se redressant si vite qu'elle manque de tomber du lit.

Elle attrape les draps et les tire jusqu'à ses épaules comme si je n'en avais pas déjà vu plus que ce peignoir était destiné à cacher. Je ne peux pas ravaler le sourire en coin qui s'accroche à mes lèvres alors que je me redresse sur un coude pour l'observer.

— Bonjour, porte-bonheur.

Elle rougit en s'agrippant plus fermement aux couvertures.

— Steele, nous... euh... nous n'avons pas...

Elle peine clairement à faire coopérer sa bouche et son cerveau.

Est-ce terrible que tout ce à quoi je peux penser, ce soit à quel point elle est adorable quand elle se trouve déconcertée ?

— Non, dis-je en prolongeant ce mot avec un sourire paresseux. Mais si nous l'avions fait ? Fais-moi confiance. Tu t'en souviendrais. Tu ne serais absolument pas confuse.

Sa bouche s'ouvre puis se ferme. La rougeur s'accentue sur ses joues, et descend jusque sur son cou comme un feu de forêt. Avec un gémissement d'embarras, elle ramène la couverture sur sa tête. Je ricane, mais sous mes taquineries, mon cœur bat la chamade. Parce que me réveiller avec elle dans mon lit, dans mes draps, c'est tout ce que j'ai toujours voulu.

Et je pensais chaque mot que je lui ai dit hier soir.

Je l'aime.

Lilah me jette un coup d'œil de sous les couvertures, pesant visiblement ses chances de pouvoir s'échapper en vitesse. Après une seconde, elle laisse échapper une petite quinte de toux gênée et se redresse, agrippant toujours les draps comme si c'était sa dernière ligne de défense.

— Je devrai aller préparer le petit-déjeuner, murmure-t-elle, en regardant partout sauf dans ma direction.

Sa décision prise, elle balance ses jambes hors du lit et se lève en tâtonnant la robe de chambre, pour rattacher la ceinture.

Ensuite, elle est en mouvement, se dirigeant vers le couloir.

Au moment où elle atteint la porte, je dis :

— Lilah.

Elle s'arrête, mais ne se retourne pas.

— Tu n'as pas à t'enfuir, déclaré-je tranquillement. Pas de moi.

Elle se crispe légèrement, et quand elle me jette finalement un coup d'œil par-dessus son épaule, l'incertitude scintille dans ses beaux yeux.

— Je ne m'enfuis pas.

Je pense que nous savons tous les deux que ce n'est pas vrai. Ma voix s'adoucit.

— Si, c'est ce que tu fais.

— Je vais préparer le petit-déjeuner, rétorque-t-elle avant de disparaître.

Même si chacun de mes instincts me crie de la poursuivre, je ne bouge pas. Ce dont Lilah a besoin en ce moment, ce n'est pas que je lui mette la pression.

Elle a besoin d'espace.

De temps pour gérer ce qui s'est passé.

De temps pour comprendre ce qu'elle veut. Et j'espère que quand elle le fera... elle réalisera que ce qu'elle veut, c'est moi.

17

LILAH

J'agrippe le plan de travail de la cuisine, en espérant qu'il me maintiendra dans l'instant présent, alors que mon cœur bat la chamade depuis que je me suis réveillée enlacée par Steele. Il n'y a aucun moyen pour que je puisse oublier comment sa chaleur corporelle m'a imprégnée. Ni même la rugosité de sa voix qui s'est enroulée autour de moi comme une couverture, me baignant dans le confort.

Steele m'a toujours offert un sentiment de sécurité.

Ce n'est pas nécessairement le cas en ce moment.

Quelque chose d'autre que l'amitié se dessine sous la surface.

Quelque chose de plus grand.

Quelque chose pour lequel je ne suis pas certaine d'être prête.

Parce qu'une fois que nous aurons franchi cette ligne, il n'y aura pas de retour en arrière.

Malheureusement, mon corps ne semble pas se soucier de ce que mon cerveau me crie.

Je suis agitée. Ma peau me semble crispée, sensible, comme si je tenais à peine debout. Mes cuisses sont plaquées l'une contre l'autre, comme si cela pouvait suffire à chasser la chaleur qui s'accumule dans mon bas-ventre.

Ce dont j'ai besoin plus que tout, c'est d'une distraction.

Petit-déjeuner.

D'accord.

Je dois préparer le petit-déjeuner. Si je peux me concentrer là-dessus, peut-être que je me sentirai à nouveau normale au moment où je devrai à nouveau affronter Steele.

J'ouvre le frigo et je sors les œufs, les disposant sur le plan de travail avec mes mains qui ne cessent de trembler. Après avoir pris une profonde inspiration, je soupire, essayant de me calmer.

C'est de Steele que nous parlons.

La seule constante dans ma vie qui s'effiloche depuis le jour où j'ai surpris mon petit ami en train de baiser une autre femme.

J'ai besoin qu'il reste Steele.

Simple.

Solide.

Stable.

— Tu vas bien, porte-bonheur ?

Sa voix derrière moi fait tout basculer à nouveau. Elle est basse, rauque. Même si elle est encore épaissie par le sommeil, c'est légèrement inquiétant.

Et juste comme ça, mon sang-froid s'amenuise. Je ferme les yeux l'espace d'une demi-seconde avant de me forcer à me retourner.

C'est une grosse erreur.

Une énorme erreur.

Il est appuyé dans l'entrebâillement de la porte, les bras croisés sur son torse nu, sa peau encore rougie par le sommeil. Son jogging pend lâchement autour de ses hanches, et ses cheveux sombres sont un désordre ébouriffé dans lequel j'ai envie de plonger mes doigts.

Non.

Non.

Non.

Ne pense pas comme ça.

Ma bouche s'assèche. Mon cerveau court-circuite.

Il est injustement sexy.

Encore pire que ça ?

J'en ai conscience à présent.

Une conscience aiguë.

Sa mâchoire ciselée.

Les lignes sculptées de son corps.

La manière dont son regard me suit, comme si j'étais quelque chose qu'il désire déballer.

Quand Steele est-il devenu cet homme ?

Son regard sonde le mien quand il entre dans la cuisine.

— Tu es sortie de la chambre comme si tu avais le feu aux fesses. Tu es certaine que ça va ?

Incapable de soutenir son regard, je pivote vers la cuisinière. J'ai besoin de quelque chose, n'importe quoi, sur quoi me concentrer en dehors du problème d'un mètre quatre-vingt-dix qui vient de pénétrer dans la cuisine. Il n'envahit même pas mon espace personnel, pourtant je me sens déséquilibrée.

— Je vais bien, marmonné-je en faisant craquer un œuf contre le côté de la poêle un peu trop agressivement.

Ça éclabousse partout.

Avec des mains crispées, j'attrape une spatule en essayant de ne pas penser à la manière dont je l'ai aidé à se doucher la nuit dernière, et à le sécher. Ou comment j'ai regardé l'eau glisser sur chaque centimètre de ce corps ridiculement sculpté comme si c'était la chose la plus fascinante que j'ai jamais vue.

Si je suis honnête avec moi-même, c'est le cas.

Mon Dieu, j'ai besoin d'aide.

Du genre professionnel.

Je me déplace dans la cuisine comme un colibri, attrapant

des choses dont je n'ai pas besoin, ouvrant des tiroirs auxquels je ne pense même pas. Je suis troublée et mal coordonnée, et le pire, c'est qu'il ne dit rien.

Il se contente de me regarder.

Calme et tranquille.

Comme s'il connaissait parfaitement la raison pour laquelle je suis en train de perdre les pédales, et qu'il était prêt à attendre patiemment.

Il a toujours été loyal et stable. La seule personne qui ne m'a jamais laissé tomber.

Ce dont j'ai le plus besoin en cet instant, c'est qu'il reste comme ça. Surtout quand tout autour de moi a implosé.

Mon travail.

Ma situation de vie.

Tout mon avenir qui est désormais criblé d'incertitudes.

D'autant plus que mes parents n'ont jamais été du genre à me soutenir.

Mais Steele ?

Il a toujours été mon ancre. J'ai peur de ce qui se passera si nous faisons bouger les choses, et nous aventurons dans quelque chose de plus. Surtout si ça ne fonctionne pas.

Est-ce que je le perdrais lui aussi ?

Je ne pense pas que je pourrais gérer ça.

Je suis agacée par le tumulte de mes pensées quand sa main effleure la mienne.

— Laisse-moi t'aider, dit-il, tranquillement, comme si nous n'étions pas au bord de quelque chose qui pourrait nous briser complètement. Tu es en train de massacrer ces œufs.

— Non, ce n'est pas ce que je fais, mens-je.

Il hausse un sourcil.

— Lilah. Cet œuf est déjà mort deux fois.

Malgré tout, un rire m'échappe. Je suis à moitié mortifiée et à moitié soulagée. Je m'écarte, lui offrant la place de manœuvrer. Il attrape une fourchette et commence à fouetter le reste des œufs avec une aisance pratiquée, complètement imperturbable par son manque de vêtements.

J'essaie de ne pas regarder. J'échoue spectaculairement.

Quand il me tourne le dos, j'autorise mon regard à divaguer pendant quelques secondes gourmandes. Je suis frappée par ses larges épaules, et la flexion subtile de ses avant-bras lorsqu'il est en mouvement. Et ne me lancez même pas sur la manière dont ses cheveux bouclent légèrement au niveau de sa nuque.

Ce ne sont pas des choses que j'ai remarquées auparavant.

Ou peut-être que je l'ai fait, et que je ne me suis tout simplement pas autorisée à le remarquer.

— Je n'avais pas réalisé que tu possédais des compétences en dehors du hockey, murmuré-je, les mots m'échappant avant que je ne puisse m'en empêcher.

Il me jette un coup d'œil par-dessus son épaule avec un sourire paresseux.

— Ne te fais pas d'illusions, porte-bonheur. Je possède énormément de compétences cachées. Et je serai plus qu'heureux de te les montrer. Tout ce que tu as à faire, c'est de me le demander.

Mes yeux s'écarquillent alors que la chaleur grimpe le long de ma nuque. J'ai l'impression qu'on ne parle plus d'œufs brouillés.

— Je te crois, dis-je, en espérant que ça se termine par un jeu.

Cette conversation me paraît dangereuse. Pourtant, une partie imprudente et curieuse de moi est tentée de l'approfondir.

Je ne le fais pas.

Bien sûr que non.

Parce que même avec la tension épaisse entre nous, étincelant de toutes ces choses qu'aucun d'entre nous ne dit, je crains toujours ce que cela pourrait impliquer si nous franchissons cette ligne.

À la place, je pivote en désignant les œufs dans la poêle.

— Il vaut mieux les surveiller, sinon ils vont brûler.

— Nous ne voudrions pas que cela arrive, réplique-t-il en se concentrant.

Nous nous tournons autour, tombant dans un rythme familier qui est confortablement domestique.

Ça ne devrait pas ressembler à ça.

Ça ne devrait pas être comme à la maison.

Tout ce à quoi je peux penser, c'est à quel point c'est différent de ce que j'ai connu avec Devon, qui ne s'est jamais tenu à côté de moi pendant que je cuisinais, qui ne m'a jamais demandé comment j'aimais mes œufs, qui ne m'a jamais taquiné simplement pour me voir sourire.

Avec Steele, j'ai l'impression qu'il me voit tout entière.

Même les parties que je prends soin de garder cachées.

La tension entre nous est toujours là, mais elle est plus douce à présent. Comme si elle était passée d'un feu de forêt à une combustion plus lente. Il renverse les œufs dans la poêle puis commence à remuer. Je récupère des assiettes, essayant de me distraire avec des tâches qui n'impliquent pas de le reluquer ou de confesser des choses que je ne suis pas prête à révéler.

— Merci pour ton aide, déclaré-je après un moment.

— Toujours.

Ce mot m'atteint profondément. Il résonne dans la partie de moi qui essaie encore de comprendre à quoi ressemble cet équilibre.

Parce que Steele, debout ici dans la cuisine, à préparer le petit-déjeuner comme nous l'avons fait cent fois auparavant, me donne l'impression d'être précairement proche de quelque chose de permanent.

C'est à ce moment précis que je réalise que je ne lui ai jamais demandé comment il allait.

Mon Dieu.

Comment ai-je pu oublier le coup qu'il a pris la nuit dernière ?

Il me déstabilise tellement, que je ne parviens pas à réfléchir clairement.

Et ça ne m'est jamais arrivé auparavant.

Je sonde son visage.

— Comment est-ce que tu te sens ?

Il prend un moment avant de me répondre.

— J'ai un léger mal de tête et certaines courbatures. Rien qu'un peu de temps ne résoudra.

— Bien. J'en suis heureuse.

Je marque un temps d'arrêt, puis j'avoue :

— Tu m'as vraiment fait peur.

— Je suis désolé pour ça.

Je secoue la tête.

— Je suppose que ça fait partie des risques du métier.

Il sourit.

Quand les œufs sont prêts, nous nous déplaçons avec une familiarité tranquille, empilant des assiettes et remplissant du café. Il m'est presque facile d'oublier que je me suis réveillée dans son lit, pratiquement nue, nos corps entremêlés dans les draps. Ou à quel point j'ai peur que notre relation puisse changer.

Mais ensuite, il m'offre une tasse, et nos doigts se touchent. C'est tout ce qu'il faut pour que tout refasse surface. C'est impossible pour moi de ne pas remarquer que la manière dont Steele me regarde à présent est différente. Comme s'il voyait plus que son amie debout devant lui.

J'avale une gorgée de café, essayant de dissimuler le fait que je suis en train de perdre à nouveau les pédales.

— Tu es certaine que tu vas bien ?

Je hoche la tête, quand bien même la réponse est plus compliquée que ça.

— Oui. Je suis juste fatiguée.

Ses yeux s'attardent sur moi pendant plus longtemps que nécessaire.

— Vraiment ? Pour ma part, j'ai mieux dormi que depuis des années.

La vérité, c'est que moi aussi.

Pressée contre le corps musclé de Steele ?

Comment aurait-il pu en être autrement ?

Bien que, il n'y a pas moyen que je sois prête à l'admettre.

Au lieu de répondre, je m'installe sur le tabouret à ses côtés et joue avec mes œufs dans mon assiette. Le silence entre nous s'étire, étrangement confortable, jusqu'à ce que son téléphone vibre. Il s'en empare, et fronce les sourcils.

— C'est le coach. Il veut que je passe à l'arène et que j'aille voir le médecin de l'équipe ce matin.

Je lui jette un coup d'œil, l'inquiétude me traversant.

— Est-ce que tu veux que je t'y conduise ?

Il croise mon regard en souriant.

— Nan. Reste ici. Je gère.

Ces mots sont simples. Faciles. Mais la façon dont il les prononce, comme s'il ne pensait pas seulement à lui-même. Il pense à moi. Comme s'il comprenait d'une manière ou d'une autre que je pourrais avoir besoin de calme, plus qu'il n'a besoin de compagnie. Une partie de moi désire y aller avec lui pour m'assurer qu'il va bien. Pour être proche de lui d'une manière qui ne semble plus seulement platonique.

Mais d'un autre côté, la partie de moi qui est encore ébranlée par tout ce qui s'est passé entre nous sait qu'un peu d'espace pourrait être exactement ce dont j'ai besoin pour comprendre ce qui se passe avant que tout ne devienne incontrôlable.

— D'accord.

Après quelques bouchées supplémentaires, il se lève et porte son assiette jusqu'à l'évier.

— Je vais prendre une douche et y aller.

Je hoche la tête.

— Ça me paraît bien.

Il s'arrête sur le seuil de la cuisine, un sourire étirant ses lèvres.

— À moins que tu veuilles m'offrir ton aide à nouveau ?

Les souvenirs s'abattent sur moi. Sa peau lisse sous mes doigts, ses muscles se contractant à mon contact, la vapeur lourde tourbillonnant autour de nous, et le silence qui s'est abattu sur moi quand j'ai posé mes mains sur lui.

La chaleur m'inonde de toutes parts, menaçant de me submerger.

— Lilah ?

Je cligne des yeux.

— Non. Je pense que tu peux y arriver tout seul.

Il sourit.

— Sûrement. Mais ce serait beaucoup plus amusant avec toi.

Je me racle la gorge, pour chasser ces images persistantes.

— Je vais prendre ma douche moi aussi, et m'habiller. Je te verrai à ton retour.

— Comme tu veux.

Avec un petit ricanement, il quitte la cuisine comme s'il ne venait tout simplement pas de me faire entrer en combustion spontanée.

Je ne peux m'empêcher de suivre la manière dont ses muscles se contractent à chaque mouvement qu'il fait.

Oui... un peu d'espace est exactement ce dont j'ai besoin pour me remettre les idées en place.

18

STEELE

Le document du médecin me permet de revenir à l'entraînement dès le lendemain, mais pas avant d'avoir fait briller une lumière dans mes yeux une dernière fois. Je suis encore un peu dans le brouillard, toutefois la pulsation dans mon crâne s'est atténuée.

Une fois sortie de la salle médicale, j'étire mes épaules, essayant de relâcher la tension dans mes muscles. L'odeur de la cire à parquet et de la sueur fraîche flotte dans l'air. C'est réconfortant d'une manière étrangement tordue.

Un peu comme être à la maison.

— Hé, m'appelle une voix familière.

Je lève les yeux et aperçois River qui s'avance dans le couloir, habillé d'un tee-shirt des Railers et d'un short, une bouteille d'eau glissée de manière décontractée sous un bras. Ses cheveux sont un peu humides, comme s'il venait de s'entraîner.

— Comment te sens-tu après hier soir ?

— Mieux, dis-je avec un sourire. Le doc a dit que je peux patiner dès demain si je me repose.

Il croise mon regard.

— Tu vas vraiment écouter ?

— Absolument pas.

River renifle.

— Oui, c'est ce que je pensais.

Nous avançons, en direction du vestiaire, notre conversation facile et légère. River est l'un des rares gars de l'équipe avec qui j'ai toujours sympathisé. Peu de drames, un esprit vif et dernièrement, beaucoup plus concentré sur ce qui est important. Beaucoup plus concentré maintenant que quelques saisons auparavant. C'est agréable à voir.

Nous sommes à mi-chemin du couloir quand quelqu'un nous appelle.

— Yo, Thomson !

Nous jetons tous les deux un coup d'œil par-dessus nos épaules pour découvrir Zane Holloway, en train de nous rattraper. Ces lunettes de soleil Versace surdimensionnées perchées sur le sommet de sa tête, et son sac Gucci se balançant sur son épaule, complétant son look.

— Mon Dieu, murmure River. Ce type pourrait-il être plus flamboyant ?

— J'en doute.

Zane abat sa main dans le dos de River.

— J'ai essayé de te joindre. Qu'est-ce qui se passe ? Tu ignores mes appels ?

River hausse les épaules.

— Désolé, je m'entraînais. Tu devrais essayer un jour.

Zane ricane.

— S'il te plaît. Qui a le temps pour ça quand Gigi est en train de tourner ? Je vais être partout sur la nouvelle saison. Elle parle à son agent d'un spin-off. Tout un spectacle construit autour de nous. Tu sais à quel point ce serait génial ?

River me lance un regard qui me supplie de le sortir de cette conversation.

— On dirait que tu as tout compris, réplique-t-il sèchement.

— Bien sûr que oui.

Zane tapote le côté de sa tête.

— Il faut rester trois pas en avant, bébé.

Il me jette enfin un coup d'œil.

— Hé, Cap. Tu te sens mieux ? Je n'arrivais pas à croire qu'ils ont dû te porter sur une civière. C'était dur, mec. Un peu gênant.

Je garde une intonation neutre, même si mes jointures frétillent.

— Je vais bien, merci d'avoir demandé.

Zane reporte son attention sur River.

— Tu as toujours envie de sortir avec nous le week-end prochain ? Gigi amène une amie. Une mannequin, vingt-deux ans, qui parle à peine anglais. Tu n'as pas besoin de conversation, pas vrai ?

— Je passe, rétorque River sans ciller.

— Mec, quand es-tu devenu si ennuyeux ? Tu avais l'habitude de passer du bon temps avec nous.

— Je ne sais pas, crache sèchement River. Peut-être quand j'ai commencé à me soucier des bonnes choses.

Zane rit aux éclats.

— Je suis concentré sur les bonnes choses. L'argent, l'exposition, marquer dix fois sur dix. Dis-moi, qu'est-ce qui est plus important que ça ?

River grince presque des dents.

— As-tu vérifié comment va Callie dernièrement ? Ou vu Nora ?

Zane entreprend un vague geste de la main.

— Callie va bien. Elle est solide. Honnêtement, si je devais remettre quelqu'un en cloque, je la choisirais. Elle peut le gérer. La dernière chose dont elle a besoin, c'est que je plane autour d'elle.

Il hausse les épaules comme si ce n'était pas grave. Comme si la paternité était quelque chose qui lui était simplement arrivé, pas quelque chose dont il devait assumer la responsabilité.

— Et elle sera présente à cette œuvre de charité jeudi, ajoute-t-il avec un visage impassible. Je vérifierai comment elle va à ce moment-là. Elle pourra rencontrer Gigi en personne.

Le tic s'aggrave dans la mâchoire de River.

— Oui, je suis certain que Callie va adorer ça.

Soit Zane ne comprend pas le sarcasme, soit il s'en fiche tout simplement.

— Peut-être que Gigi lui donnera un autographe ou quelque chose.

Mon regard se déplace vers River. Sa posture a changé. Ses épaules sont contractées et ses bras croisés alors que la tension émane de lui par vagues.

— Tu es un vrai connard, crache River, d'un ton calme, mais tranchant.

Zane se contente de sourire comme si c'était un compliment.

— Allez, mec. Ne sois pas si putain de sérieux.

Quand son téléphone sonne, il jette un coup d'œil à l'écran avant de répondre avec un sourire.

— Hé, bébé. Oui, je suis en route. Ils filment déjà ? Parfait.

Il raccroche et glisse son portable dans sa poche arrière avant de frapper River sur l'épaule comme s'ils étaient encore potes.

— On se voit plus tard, les loosers.

Nous le regardons se pavaner comme s'il ne venait pas juste d'insulter la mère de son enfant et de se vanter de son temps d'antenne sans perdre une seconde. La mâchoire de River se crispe à nouveau.

— A-t-il toujours été un tel connard ?

— Oui, soupiré-je. Bien que c'était moins évident avant.

River ne dit rien pendant un moment. Il se contente de regarder le couloir là où Zane a disparu, comme s'il luttait contre l'envie de le poursuivre pour décharger tout ce qu'il retient.

— Je déteste vraiment la manière dont il traite Callie, murmure-t-il.

Je hoche la tête.

— Je sais. Elle mérite mieux.

Il ne répond pas, mais encore une fois, il n'en a pas besoin.

Ses pensées et ses sentiments sont clairement inscrits partout sur son visage.

Ce n'est qu'une question de temps avant qu'il agisse.

19

LILAH

Je me tiens devant le plan de travail de la cuisine, entourée de bocaux ouverts, produit des restes et une liste à moitié écrite de combos de smoothies que j'ai élaborés. Le mixeur tourne en même temps que j'élabore un nouveau mélange. Celui-ci contient de la mangue, des épinards, de la poudre de protéines, du beurre d'amande et une touche de cannelle.

À la seconde où je le verse dans un verre, je le fais glisser à travers l'îlot central jusqu'à Steele.

— D'accord, c'est l'heure du test de saveur.

Il s'en empare sans hésitation et avale une longue gorgée avant d'observer le verre à moitié vide.

— En réalité, c'est bon. Qu'y a-t-il à l'intérieur ?

Je fronce les sourcils.

— Si je te le disais, alors je devrais te tuer. Recette top secrète et tout ça.

Il sourit, mais avant qu'il ne puisse dire autre chose, son téléphone vibre. Il jette un coup d'œil à l'écran puis répond tranquillement.

— Sanderson.

Une pause.

— Oui. Montez-le.

Son regard reste fixé sur moi alors qu'il raccroche.

— De quoi s'agissait-il ?

Je m'essuie les mains sur un torchon. Le sourire en coin qu'il me lance est plein de mystères.

— Tu verras.

Avant que je ne puisse l'interroger davantage, l'ascenseur arrive. Une seconde plus tard, les portes s'ouvrent et se referment. Steele penche la tête vers l'entrée.

— Peut-être que tu devrais aller vérifier.

Une peur sourde dévale ma colonne vertébrale. La dernière fois que quelque chose est arrivé à la porte de Steele à mon nom, c'était une pile de cartons. Ma vie entière a été rangée et jetée à ses pieds.

J'hésite un instant, puis j'inspire et me dirige vers l'entrée principale, essuyant mes mains une dernière fois pour faire bonne mesure. Steele est derrière moi, assez proche pour que je puisse sentir sa présence, mais assez loin pour ne pas envahir mon espace personnel.

Même si j'ai essayé d'oublier la sensation de son corps sous la douche, ou sa vision endormie à côté de moi dans le lit, la vérité est que c'est toujours là, mijotant sous la surface. Maintenant que je l'ai aperçu de cette façon, je ne peux pas l'ignorer. Il n'y a aucun moyen d'oublier ce qui s'est passé. Un sac de courses noir repose juste devant l'ascenseur. Je l'observe en fronçant les sourcils.

Au lieu de me fournir une explication, il hoche la tête.

— Vas-y, ouvre-le.

La curiosité s'abat sur moi. Je tends ma main à l'intérieur et en retire une boîte. Dès que j'en soulève le couvercle, je retiens mon souffle.

À l'intérieur se trouve la robe argentée que j'ai portée pour la séance photo. Celle qui épousait à la perfection chaque courbe de mon corps et me faisait sentir comme une déesse sexy.

— Cam a dit que tu pouvais la garder. J'ai pensé que tu aimerais la porter ce soir pour le dîner de charité.

Il y a une petite boîte cachée en dessous. Des chaussures. Des talons argentés délicats. Je cligne des yeux en secouant la tête.

— Je n'en reviens pas que tu aies fait ça.

Devon ne l'aurait très certainement jamais fait.

Cette pensée s'abat sur moi sans la moindre invitation et une fois qu'elle prend racine, elle est inébranlable.

Mon ex n'a jamais pensé à des choses comme ça. Il n'a jamais essayé de me faire sentir spéciale. Non pas que je m'attendais à être comblée de cadeaux, mais ce simple geste, à savoir que Steele pense suffisamment à moi pour planifier ça, se loge profondément dans mon cœur.

— Porte-bonheur ? Tu vas bien ?

Je cligne à nouveau des yeux, réalisant que ma vision est floue à cause de mes larmes.

— Je...

Ma voix se brise. J'essaie de rire.

— Ce n'est rien. Je vais bien. Juste... merci. J'adore.

Il fronce les sourcils et s'approche.

— Hé.

Il pose sa main sur ma joue. Son pouce passe doucement sur mon œil, chassant l'humidité qui s'y trouve.

— Parle-moi. Qu'est-ce qui ne va pas ?

— Rien, chuchoté-je, même si ce n'est pas exactement vrai.

La manière dont il me regarde avec ce genre d'intensité calme et concentrée me donne l'impression d'être à quelques secondes seulement de perdre pied.

— Je ne m'y attendais tout simplement pas, admets-je finalement. Personne n'a jamais pensé à moi ainsi.

— Je le fais, rétorque-t-il simplement. Tout le temps.

Sa voix est tendre, mais ces mots résonnent comme le tonnerre.

Je ne peux pas bouger.

Je ne peux pas parler.

Je reste juste là avec la robe dans mes bras et son regard brûlant qui soutient le mien.

Et que Dieu me vienne en aide, je ne sais pas ce qui me fait le plus peur. Que je ressente quelque chose que je n'ai jamais ressenti auparavant...

Où que je ne veux pas que ça s'arrête.

20

STEELE

J'ajuste mes boutons de manchettes quand le clic aigu des talons frappant le parquet attire mon attention. Je pivote, prêt à lancer un commentaire ridicule sur la manière dont elle met toujours trop de temps à se préparer, quand j'obtiens mon premier aperçu.

C'est le moment exact où tout en moi se tait.

Lilah se tient dans l'encadrement de la porte, drapée dans la robe argentée qui a été livrée plus tôt cet après-midi. Elle est élégante, épousant chaque courbe comme si elle était faite pour elle. Le tissu plonge bas à l'avant, dévoilant juste assez de décolleté pour faire trembler mes doigts du besoin de la toucher.

Ses cheveux sont épinglés avec quelques boucles restantes pour encadrer son visage, son maquillage est subtil, mais impeccable, ses lèvres peintes d'un rose pâle.

Elle est putain de canon.

Quelque chose en moi se serre, c'est difficile pour moi de parler.

— Putain, porte-bonheur.

En penchant la tête, elle me sourit en coin.

— Est-ce que c'est aussi bien que dans tes souvenirs ?

Mes pieds sont en mouvement avant que mon cerveau ne puisse les rattraper. Une fois que j'ai restreint l'espace entre nous, ma main se pose dans son dos.

— Encore mieux.

Son regard se pose sur mes lèvres. C'est tellement tentant de me pencher et de l'embrasser. Mais j'essaie de lui accorder du temps pour comprendre ce qu'elle veut. Je m'approche juste assez pour que mes lèvres effleurent le lobe de son oreille.

— Tu dois être la femme la plus belle que j'ai jamais vue.

Ma voix baisse d'une octave, devenant plus rauque.

— Je suis fier de t'avoir à mon bras ce soir.

Je me tiens assez près pour la sentir frissonner.

— Merci.

— Prête à y aller ?

— Oui.

Il y a une pause avant qu'elle ajoute :

— Merci encore pour la robe. Tu n'avais pas besoin de faire ça.

Je hausse un sourcil.

— Après t'avoir vue dedans lors de la séance photo ? Elle était faite pour toi.

— J'apprécie.

Même si sa voix est stable, ses doigts se resserrent autour de sa pochette.

— Bien.

Je veux qu'elle soit aussi affectée que moi.

Je veux qu'elle comprenne que ça a toujours été elle pour moi.

Je récupère ma veste au crochet près de la porte avant de placer une main dans le bas de son dos tandis que nous avançons vers l'ascenseur privé. À chaque pas que nous faisons, la fente de sa robe me laisse apercevoir sa cuisse.

Les portes de l'ascenseur s'ouvrent, elle entre la première avant que je ne suive, appuyant sur le bouton qui nous mène au parking souterrain. À la seconde où les portes se referment, le petit espace amplifie la tension crépitante entre nous. Son parfum me frappe. Il est citronné avec une pointe de vanille. Je jure que c'est quelque chose qui a été gravé dans ma mémoire.

Elle ne me regarde pas, mais son corps est juste assez incliné pour que son épaule nue effleure mon bras. Le contact est léger, à peine présent, mais il court-circuite quelque chose en moi.

Il me faut faire preuve de tout mon contrôle pour ne pas la prendre dans mes bras et l'embrasser comme je l'ai imaginé depuis des années.

Je ne le fais pas.

Parce qu'elle n'est pas prête.

Et une fois que j'aurais posé mes mains sur elle, il n'y aura pas de retour en arrière.

— Steele ?

— Oui ? dis-je, en gardant une voix stable, même si mon pouls monte d'un cran.

Elle me regarde enfin, et la tendresse que je vois dans ses yeux me prend par surprise.

— Merci. Pour tout. Pas seulement la robe, mais aussi pour m'avoir laissé vivre chez toi et m'avoir offert un emploi. Tu es toujours là quand j'ai besoin de quelqu'un.

Je l'attrape sans réfléchir, enroulant un bras autour de sa taille, l'attirant doucement contre moi avant de déposer un baiser sur le sommet de sa tête.

— Je serai toujours là pour toi, Lilah. Toujours.

Elle s'affale contre moi l'espace d'une seconde, ce qui fissure ma détermination. L'ascenseur résonne, et les portes s'ouvrent avec un bruit sourd, laissant l'air frais du parking souterrain nous atteindre. J'appuie sur le porte-clés pour ouvrir ma Lamborghini, et les phares clignotent. Nous avançons côte à côte, nos pas résonnant sur le béton.

Une fois que nous atteignons la voiture, j'ouvre la portière passager.

— Chevaleresque ? me taquine-t-elle, s'installant sur le siège, sa robe dévoilant un peu plus sa cuisse.

Mon regard fixé sur le sien, je me penche.

— Tu as raison. Je ne veux que le meilleur pour mon porte-bonheur.

Même si elle lève les yeux au ciel, son sourire persiste tandis que je ferme sa portière et me promène jusqu'au côté conducteur. À la seconde où je m'installe, son parfum s'enroule à nouveau autour de moi.

Le moteur ronronne, et nous quittons le parking en douceur pour rejoindre Lake Shore Drive avec la ligne d'horizon scintillant à nos côtés. Le lac reflète les lumières de la ville. La radio bourdonne en arrière-plan, remplissant l'espace.

— Nous n'avons pas besoin de rester plus d'une heure, déclaré-je, ma main reposant sur le levier de vitesse près de sa cuisse.

Elle me jette un coup d'œil.

— Je suis certaine qu'il y aura beaucoup de personnes qui voudront te rencontrer.

— Peut-être. Ça ne change pas le fait que tu es la seule à qui j'ai envie de parler.

Elle sourit, en reposant sa tête contre le dossier.

— Rina n'est pas prête à laisser cela se produire.

— Tu as sûrement raison.

Je croise son regard.

— Je suppose que nous devrons juste l'éviter pour la soirée.

Nous sommes à moins de cinq minutes d'arriver à un événement caritatif rempli de caméras, de journalistes et de la moitié des personnes les plus influentes de la ville. En ce moment, tout ce que je veux, c'est plus de temps avec Lilah dans cette voiture à faire semblant que le reste du monde n'existe pas. Elle a l'air tellement détendue, elle est tellement belle, que je veux juste la garder pour moi.

Dès que je m'arrête devant l'entrée principale du bâtiment, un valet se précipite pour ouvrir ma portière alors qu'un autre aide Lilah à quitter le véhicule. Au moment où nous nous avançons sur le tapis rouge, les caméras s'illuminent comme des feux d'artifice.

Les journalistes hurlent mon nom, me balancent des questions au visage, essayant d'attirer mon attention dans leur direction, mais je me fiche éperdument de la presse. Ma concentration est entièrement centrée sur Lilah. Sur la manière dont ses doigts se resserrent autour de mon bras, et la façon dont elle reste proche de moi alors que la foule s'élance en avant.

Même si elle a déjà assisté à quelques événements en ma présence entre deux petits amis, elle n'est pas habituée à ce genre d'attentions enragées.

Je me penche, mes lèvres effleurant son oreille.

— Tu vas bien ?

Elle hoche la tête, mais je perçois la tension dans son corps, dans la façon dont elle agrippe ma manche juste un peu trop fort. Je fais la seule chose que je peux : je m'assure qu'elle sache qu'elle n'est pas toute seule. Ma main glisse de sa taille jusqu'à son dos, l'attirant plus près. Les caméras ne ratent rien, les journalistes demandent si nous sommes ensemble.

C'est tentant de leur dire que c'est le cas, mais je garde ma bouche fermée. La dernière chose que j'ai envie de faire, c'est de faire fuir Lilah.

Je les laisse parler et spéculer.

Je m'en fiche.

Au moment où nous terminons, Zane et sa petite amie star de télé-réalité arrivent dans une limousine noire élégante. La presse se précipite vers eux, hurlant leurs deux noms, leur lançant beaucoup trop de questions pour qu'ils puissent y répondre.

Zane se pavane en portant un manteau de fourrure et des lunettes de soleil surdimensionnées et tape-à-l'œil. Des chaînes épaisses en or scintillent autour de son cou sous l'éclat des flashs des appareils photo. À côté de lui, sa petite amie porte une robe transparente qui ne laisse absolument rien à l'imagination.

Si leur intention était de se donner en spectacle, ils ont réussi. En secouant la tête, je guide Lilah à l'intérieur du bâtiment.

Le lieu est composé de lustres en cristal à lueur agréable, un groupe joue quelque chose de lent et fluide en arrière-plan. Je scanne la pièce, et aperçois Rina à l'autre bout en train de discuter avec Oliver. Bien qu'on dirait plutôt qu'elle lui lit le numéro d'émeute. Pas de surprise. Je suis assez certain que mon coéquipier existe uniquement pour rendre folle notre manager. On pourrait penser qu'à présent, Oliver aurait compris que la vie serait beaucoup plus facile s'il faisait simplement ce qu'elle voulait.

— Je ne pense pas que nous ayons à nous inquiéter pour Rina ce soir.

Je lui désigne l'endroit où ils se trouvent tous les deux.

— On dirait qu'elle est déjà occupée.

— Elle est prête à l'étrangler.

— Quoi de nouveau ?

Un sourire agite les lèvres de Lilah alors que ses yeux bleus se posent sur moi.

— Ça me va si tu as envie de circuler. Il y a beaucoup de personnes importantes ici.

Non.

Peut-être.

Très bien, d'accord. Je devrais aller saluer Hugh et réseauter avec quelques-uns de mes sponsors importants. Sinon, c'est moi qui me ferai tirer les oreilles par Rina demain matin. Et ce n'est très certainement pas une expérience amusante.

Tu aurais dû être là.

Faire ça...

Je suis sur le point de suggérer à Lilah de venir avec moi, quand j'aperçois la piste de danse et qu'une idée différente prend forme dans mon esprit.

Je me penche, et murmure à son oreille :

— Viens danser avec moi.

Elle recule de surprise.

— Je suis désolée, depuis quand est-ce que tu fais ça ?

— Depuis que j'ai une belle femme à mon bras.

Déjà, je la conduis vers l'espace réservé à la musique et à la danse. La main de Lilah s'adapte parfaitement à la mienne alors que je la guide. Le faible son de la musique vibre dans la salle de bal, adoucie par l'éclairage ambiant et la lueur chaleureuse des lustres en cristal au-dessus. Le bourdonnement des rires et des conversations nous entoure.

Une fois que j'ai créé un espace, je l'attire dans mes bras jusqu'à ce que son corps s'adapte parfaitement au mien. Une de mes mains se pose sur sa taille, tandis que l'autre glisse entre ses doigts. Un léger soupir lui échappe quand elle pose sa joue contre mon torse.

Sa robe argentée s'accroche à chacune de ses courbes, le tissu effleurant mon costume à chacun de nos mouvements. Mais ce n'est pas seulement la manière dont elle est pressée contre moi qui me défait. C'est la façon dont elle incline sa tête en arrière, les yeux rivés aux miens comme si j'étais la seule personne dans la pièce. Comme si j'étais le seul qui ait jamais compté.

Nos mouvements sont fluides et faciles. Je n'aime peut-être pas danser, mais ma mère s'est assurée que j'apprenne quand j'étais au lycée. J'ai entendu beaucoup de conneries de la part de mes coéquipiers quand ils l'ont découvert.

Ce soir, la tenir dans mes bras c'est différent.

Comme si peut-être, pour la première fois, elle pouvait vraiment être mienne.

Toute ma patience, toutes mes années d'attente, m'ont finalement conduit ici.

À elle.

Juste là où j'ai toujours espéré que nous serions.

Je raffermis ma prise alors que mon pouce effleure sa hanche.

— Ai-je mentionné à quel point tu es beau ? me complimente-t-elle avec un demi-sourire.

— Je pense que nous savons tous les deux que je ne suis pas fan des smokings, dis-je en me rapprochant un peu. Mais toi ? Dans cette robe ? Ça en valait la peine.

Elle ricane. Ce son est délicat et incertain, mais il demeure sur ses lèvres quand mon regard retombe sur sa bouche, et l'espace d'un instant, tout le reste disparaît. L'air s'épaissit à mesure que son expression change. Un scintillement de quelque chose de brut traverse son visage.

Comme si elle commençait enfin à percevoir l'attirance entre nous.

La gravité qui nous attire de plus en plus à chaque battement de cœur.

Ma main se crispe au creux de son dos tandis que je me penche. C'est tout ce qu'il faut pour qu'elle vacille, ses lèvres s'écartent, et...

— Steele.

Je cligne des yeux quand la voix de Rina brise la magie du moment. Je me retourne pour la trouver debout au bord de la piste de danse, tablette à la main, une expression désolée sur le visage.

— Hugh te cherche.

Elle jette un coup d'œil entre Lilah et moi.

— Il y a quelques donateurs qu'il veut que tu rencontres.

Ma main reste crispée dans le dos de Lilah, mon corps penché vers le sien.

— Est-ce que ça doit se faire maintenant ?

Rina hausse un sourcil, amusée.

— À moins que tu ne veuilles devoir t'expliquer auprès d'Evelyn... oui. Maintenant.

Je jette un coup d'œil à Lilah et découvre son regard fixé sur mon torse, comme si elle n'arrivait pas tout à fait à croiser mes yeux. Quand elle le fait enfin, son sourire est prudent.

— Je vais prendre un verre. Va charmer les gros bonnets.

Son intonation désinvolte ne me trompe pas. Pas quand il y a toutes ces questions écrites dans ses yeux qu'elle n'est pas tout à fait prête à poser à voix haute. Je me penche, déposant un baiser contre sa joue, mes lèvres s'attardant juste une seconde de plus que ce qui est approprié.

— Je te retrouve dès que j'ai fini.

Elle hoche la tête, le regard fuyant.

— D'accord.

Je déteste devoir la laisser partir, même l'espace d'une seconde.

Avant que je ne puisse en dire davantage, Rina glisse son bras sous celui de Lilah et la guide loin de moi.

— Viens. Tu me dois quelques explications.

Lilah pousse un gémissement.

— Rina...

Alors qu'elles disparaissent toutes les deux dans la foule, Lilah me jette un coup d'œil par-dessus son épaule, comme si elle aussi percevait le changement, et ne savait pas quoi faire à ce sujet.

Mais tout va bien.

Parce que moi je le sais.

Et je m'assurerai qu'elle n'ait jamais à en douter.

21

LILAH

Rina resserre son bras autour du mien et me dirige vers le buffet. Je sais pertinemment que je suis sur le point d'être interrogée.

— D'accord, crache le morceau, siffle-t-elle. Est-ce qu'il s'est passé quelque chose entre Steele et toi ?

Je laisse échapper un rire nerveux, essayant de la faire taire même si mon cœur tressaute bizarrement.

— Bien sûr que non, répliqué-je avec un geste léger de la main. Ce n'est pas comme ça entre nous.

Seulement, les mots sonnent un peu creux même à mes propres oreilles.

Parce que dernièrement, j'ai l'impression que tout change.

La manière dont il me regarde.

Et la façon dont je me surprends à lui rendre ses regards.

Ou comment être proche de lui ne me semble plus aussi sécuritaire qu'avant.

Au lieu de cela, c'est électrique.

Dangereux.

Rina hausse un sourcil, ne croyant absolument rien de ce que je lui raconte.

Avant qu'elle ne puisse m'interroger davantage, nous apercevons Callie en train de préparer des plateaux de desserts frais sur l'une des tables du banquet. Elle est en mouvement, réarrangeant les plateaux avec le genre de concentration gracieuse que j'envie, ses cheveux relevés en arrière dans une tresse lâche qui glisse sur son épaule.

— Salut, ma fille ! s'exclame Rina, m'entraînant avec elle.

Callie lève les yeux, son visage s'éclaircissant quand elle nous aperçoit.

— Hé ! Vous êtes toutes les deux absolument magnifiques !

Nous nous penchons pour vérifier la répartition. Il y a des mini gâteaux au fromage, des tartes au chocolat et de délicieux biscuits au sucre glace.

— Tout a l'air incroyable, lui dis-je.

Rina hoche la tête.

— Sérieusement. Tu as géré.

Callie sourit, mais il y a une pointe de nervosité sur son visage tandis qu'elle glisse une mèche de cheveux derrière son oreille en haussant une épaule.

— Honnêtement, j'ai failli ne pas accepter le poste, admet-elle. Je n'étais pas certaine de pouvoir travailler à un événement où Zane serait présent. Mais je ne pouvais pas tirer un trait sur une telle somme d'argent, j'en ai besoin maintenant plus que jamais.

— Je suis contente que tu l'aies fait, affirme Rina. C'est une occasion incroyable pour tout le monde de goûter les sublimes desserts que tu prépares. Qui sait où cela pourrait mener ?

— Je suis tellement fière de toi, ajouté-je. Je sais que ce n'est pas facile d'être proche de lui et...

Je m'éloigne quand la personne dont nous sommes en train de discuter s'avance vers nous.

— Salut, Callie, déclare Zane en se pavanant, son bras enroulé autour d'une petite femme blonde dont la robe est quasi inexistante.

Il me faut fournir de gros efforts pour ne pas fixer ses tétons, qui sont clairement apparents à travers le matériau transparent. Son maquillage est parfait, elle porte des chaussures de créateurs, et arbore un désintérêt pratiqué.

— Bonsoir, Mesdames.

Il nous adresse un signe de tête, comme nous étions des groupies qu'il reconnaissait généreusement. Nous lui rendons la pareille, aucune de nous ne fournissant de gros efforts pour dissimuler notre froideur. Zane ne le remarque pas, ou ne s'en soucie pas. Certainement un mélange des deux. Il a toujours été autocentré sur lui-même. Il se tourne vers la blonde à ses côtés et déclare :

— C'est Callie. La mère de ma gamine.

Les yeux de Callie s'écarquillent, son corps se crispant pendant une fraction de seconde avant qu'elle n'affiche un sourire poli et détaché. Honnêtement, je ne sais pas comment elle fait. La blonde jauge Callie du regard, le genre de regard qui me hérisse les poils.

— Moi, c'est Gigi. C'est tellement génial que nous ayons pu nous rencontrer, dit-elle avec un faux petit sourire, comme si elle effaçait déjà mentalement Callie de son esprit.

Zane ricane et ajoute, comme s'il lui lançait un os :

— Callie tient une petite boulangerie au coin de la patinoire.

— C'est tellement adorable.

Gigi jette un coup d'œil à la table.

— J'essaierai bien, mais je ne mange pas de sucre raffiné ni de gluten.

Callie fronce les sourcils.

— Oh.

Gigi sort son portable et commence à prendre des selfies avec Zane. Elle affiche de faux sourires et des angles sensuels, comme si elle jouait dans sa séance photo personnelle au lieu d'assister à un gala de charité. Zane se tourne vers Callie et braque son téléphone dans sa direction.

— Hé, est-ce que tu peux prendre une photo de nous rapidement ?

Callie hésite et affiche un sourire sur ses lèvres en lui prenant le téléphone des mains. Zane plaque Gigi contre lui et l'embrasse de manière tellement exagérée que c'en est presque embarrassant.

— Eww, murmure Rina à mes côtés.

Callie mord sa lèvre inférieure, clairement mortifiée, mais elle prend tout de même quelques photos avant de lui rendre son portable. Zane ne se donne même pas la peine de la remercier.

— Ça, mon bébé, dit-il à Gigi, en faisant glisser son bras autour de sa taille. C'était parfait.

Et juste comme ça, ils disparaissent dans la foule, laissant derrière eux l'odeur de leurs parfums coûteux. Callie est figée sur place l'espace d'une seconde.

— Je ne sais vraiment pas ce que j'ai vu en lui, déclare-t-elle, incrédule.

Rina passe un bras autour de ses épaules.

— Ma fille, en ce qui me concerne, tu as esquivé une balle perdue.

Je hoche la tête, lui offrant un petit sourire de soutien.

— Sérieusement. Il ne mérite même pas d'être dans le même État que toi ou Nora.

Callie laisse échapper un rire tremblant, ses épaules se détendant juste un peu. Alors qu'elle se retourne vers la table pour ajuster un plateau, j'aperçois quelqu'un qui l'observe attentivement depuis l'autre côté de la pièce.

River.

Il se tient à l'abord de la foule en fronçant les sourcils. Son regard épiant chaque mouvement de Callie avec une intensité qui fait battre mon cœur plus vite. Je donne un petit coup de coude à Rina, en le désignant du menton. Elle suit mon regard et sourit.

— Voilà qui serait une tournure intéressante des événements, murmure-t-elle.

Et pour une quelconque raison, ça me fait sourire plus que tout le reste.

22

———————

STEELE

À la seconde où nous franchissons la porte du penthouse, Gaufre bondit vers nous, ses petites pattes glissant sur le parquet. Avec un rire, Lilah retire ses talons et s'abaisse pour la saluer. L'ourlet de sa robe s'étend autour d'elle, et l'espace d'une seconde, je reste juste debout à l'observer.

Je n'ai pas pu arrêter de la fixer de toute la nuit.

Et la voir pieds nus, souriant, ses bras enroulés autour de la boule de poil que j'ai ramené à la maison pour elle, ça me coupe presque le souffle.

Elle lève les yeux avec une expression douce.

— Merci encore pour elle, commente-t-elle en serrant le chaton plus fort et en déposant un baiser sur sa tête.

Je lutte contre un élan d'émotions.

— Je ferai à peu près n'importe quoi pour placer cette émotion sur ton visage.

Les mots m'échappent avant que je ne puisse m'en empêcher. Lilah se relève, Gaufre dans les bras, avant de réduire la distance entre nous. Quand son regard passe de mes yeux à ma bouche, l'air autour de nous s'épaissit. L'espace d'un instant ou deux, je jure qu'elle est sur le point de m'embrasser. Mon cœur tressaute. Je ne pense pas que je n'ai jamais voulu quelque chose de plus dans ma vie. À la dernière seconde, elle se penche et m'embrasse sur la joue.

C'est innocent.

Gentil.

Et ça signe ma pure perte.

Il me faut chaque once de maîtrise de moi pour ne pas l'attirer contre moi et l'embrasser comme je le désire depuis des années.

Gaufre miaule et le moment disparaît. Lilah ricane en reculant avec le chaton encore bercé dans ses bras.

Je suis loin d'être prêt pour que cette nuit s'achève.

— Tu veux un verre de vin ?

Elle sourit.

— Bien sûr.

Je retire ma veste et desserre ma cravate avant d'ouvrir les boutons supérieurs de ma chemise tandis que je me dirige vers la cuisine. Son attention reste braquée sur moi tandis que le silence s'étend entre nous. Je lui verse un verre de vin, je prends un bourbon pour moi et retourne dans le salon. Je la trouve installée dans le coin du canapé, le chaton à ses côtés. Je m'assieds près d'elle, et lui tends son verre.

— As-tu passé un agréable moment ce soir ? lui demandé-je, en buvant une gorgée.

Elle hoche la tête, un petit sourire étirant ses lèvres.

— Oui, c'était agréable.

Puis elle lève les yeux au ciel.

— Cependant, Zane est un vrai crétin. Je ne peux pas croire qu'il a amené sa nouvelle petite amie, et encore moins qu'il l'a présentée comme ça à Callie.

— Zane est un connard. Il ne l'a jamais méritée, grogné-je.

Lilah braque son visage dans ma direction, son regard reconnaissant croisant le mien.

— Merci de dire ça.

Je fronce les sourcils.

— Pourquoi ne le ferais-je pas ? C'est la vérité.

Elle hausse les épaules, ses doigts courant sur la surface de son verre.

— Je ne sais pas. C'est ton coéquipier. Code d'honneur, je suppose ?

Je la mets au défi de mon regard.

— Allez, Lilah. Tu me connais mieux que ça.

— Tu as raison. Ce n'est pas comme ça que tu fonctionnes.

Elle sirote son vin avant de se lever et de traverser la pièce en direction des fenêtres allant du sol au plafond.

Quelque chose s'agite en moi tandis que je l'observe.

— Cette vue doit être l'une des meilleures de la ville, commente-t-elle en observant l'horizon scintillant. Je ne m'en lasserai jamais.

Incapable de résister à son attrait, je pose mon verre et traverse la pièce pour me tenir derrière elle. Je suis assez proche pour sentir la chaleur de son corps, et son parfum qui flotte dans l'air.

— Tu te trompes, murmuré-je. Cette vue n'entre même pas en compétition avec toi dans cette robe.

— Merci. Tu es toujours si gentil avec moi.

Un silence confortable s'installe entre nous. Son regard se perd dans le lointain. Il ne faut pas longtemps avant qu'elle ne fronce les sourcils.

— Un sou pour tes pensées, dis-je doucement.

Un rire faible s'échappe d'entre ses lèvres. Elle avale une gorgée de vin comme si elle essayait de gagner du temps. Je souris en voyant la légère rougeur qui s'épanouit sur son visage.

— Attends une seconde. Est-ce que tu rougis ?

Elle porte sa main à son visage.

— D'accord, maintenant, tu dois me dire à quoi tu penses, ricané-je, en la bousculant doucement.

Elle gémit.

— Non, je ne peux pas.

Je fronce les sourcils.

Depuis toutes les années que je connais Lilah, elle n'a jamais hésité à me parler. Donc quoi que ce soit, ça compte. Et il n'y a pas moyen que je batte en retraite jusqu'à ce que j'en sache plus.

LILAH

Ne sachant pas comment répondre, j'avale une autre gorgée de vin.

— Putain de merde, dit-il encore plus amusé. Cette conversation demande-t-elle vraiment du courage liquide ?

— Peut-être, marmonné-je en abaissant mon verre. C'est tellement embarrassant. Je ne veux pas te le dire, d'accord ? Pouvons-nous simplement laisser tomber ? S'il te plaît ?

Il secoue la tête.

— Pas question. Crache le morceau.

Je jette un coup d'œil à mon vin, contemplant le tourbillon rouge profond dans mon verre.

— Ugh.

Il me faut plusieurs secondes pour trouver le courage de parler à nouveau.

— Je t'ai dit que je suis entrée dans le bureau pendant que Devon et Marissa étaient...

— Putain !

Son humour disparaît comme de la fumée. Je déglutis en terminant mon verre.

— Oui. Ça.

Le souvenir s'insinue, chaud et vif.

— Il la penchait sur son bureau, sa main était dans ses cheveux, agrippant sa queue de cheval. Il lui a donné plusieurs fois la fessée, tout en lui parlant crûment.

J'ose enfin lui jeter un coup d'œil sous mes cils. Son visage ne révèle rien, mais l'intensité de son regard est palpable, comme s'il absorbait chacun de mes mots.

— C'était comme si je fixais quelqu'un que je ne reconnaissais même pas, chuchoté-je. Comme si elle avait été capable de débloquer une partie de lui, que je n'avais pas pu atteindre.

Je jette un coup d'œil à mon verre vide.

— J'ai besoin de remplir mon vin.

Il me le prend doucement des mains et le pose sur la console.

— Non, tu n'en as pas besoin.

La façon dont il me regarde fait naître un frisson le long de ma colonne vertébrale. Ses yeux se posent sur ma bouche, avant de recroiser les miens. Je laisse alors échapper la pensée que je n'ai pas pu comprendre.

— Il n'a jamais été comme ça avec moi.

Un silence tendu s'étend entre nous jusqu'à ce qu'il soit sur le point de craquer.

— Est-ce que c'est ce que tu voulais de lui ?

Je me fige quand il s'approche, envahissant mon espace personnel.

Incapable de soutenir son regard, je me détourne. Ses doigts se posent sous mon menton, attirant mon attention vers lui.

— C'est ce que tu voulais de lui ? répète-t-il, plus doucement cette fois.

Je m'humidifie les lèvres, me forçant à répondre. Parler de cela avec lui est tellement plus embarrassant que ce que j'avais imaginé.

— Je ne sais pas. Je veux dire... peut-être ? Je suppose que j'ai juste...

Je ne sais pas comment exprimer les pensées emmêlées qui me traversent l'esprit.

— Hé, c'est moi, Lilah. Nous pouvons parler de n'importe quoi.

Je soupire.

Il a raison.

Nous le pouvons.

— Oui. Je pense... que je voulais quelque chose de plus. Mais Devon ne m'a jamais vu comme ça.

La mâchoire de Steele se crispe.

— Je suppose que je ne comprends pas pourquoi, ajouté-je, en fermant les yeux. Pourquoi elle et pas moi ? Qu'est-ce qui la rendait si décomplexée ?

Steele jure, et quand j'ouvre les yeux, je vois ses mains serrées en poings à ses côtés.

— Ne fais pas ça. Ne te compare pas à elle. Tu es... putain, Lilah. Tu n'as aucune idée.

Il se passe une main dans les cheveux.

— La manière dont tu penses, les choses que tu veux, rien de tout ça n'est faux. Vouloir ressentir ce genre de passion, cette connexion ? Ce n'est pas quelque chose dont tu devrais avoir honte.

Je ne réalise pas que je tremble jusqu'à ce qu'il tende sa main et la pose sur ma taille pour me stabiliser. Ses yeux me scrutent, comme s'il essayait de lire en moi tout ce que je dissimule. Toutes les choses que je ne veux pas formuler. Il inspire lentement, comme s'il se contenait à peine.

— Tu penses que tu n'étais pas assez bien pour lui. Mais ce connard ne pouvait même pas commencer à comprendre ce qu'il avait. Ou ce dont tu avais besoin, ce que tu méritais.

Sa voix est rauque quand il poursuit :

— Si j'étais lui, je n'aurais jamais quitté ton lit. J'aurai vénéré chaque centimètre de ta personne. Je t'aurais touché de toutes les manières dont tu en avais envie jusqu'à ce que j'apprenne à lire ton corps comme si c'était la seule langue que je comprenais.

La chaleur fleurie sous ma peau.

Il est difficile de comprendre ce qui étincelle entre nous.

Ou peut-être que je sais déjà exactement ce que c'est.

Et que c'est la partie qui me terrifie le plus.

— Steele...

Il le lève sa main, effleurant une mèche de mes cheveux.

— C'est ce que tu veux, Lilah ? Ressentir ce genre de passion ? Que quelqu'un te prenne comme un animal, pour que ton cerveau puisse enfin s'éteindre et que tu arrêtes de penser pour changer ?

L'excitation qui me frappe à ces mots est presque suffisante pour me faire flancher.

Parce que la réponse est juste là.

Sur le bout de ma langue.

À se battre pour être libérée.

24

STEELE

lle ne répond pas immédiatement.

Pas avec des mots.

Mais c'est dans la manière dont ses lèvres s'ouvrent, et dont sa poitrine s'élève et descend à chacun de ses souffles tremblants. Ou comment l'air entre nous se charge jusqu'à ce qu'il étincelle pratiquement. Elle se tient juste sur la brèche avec moi.

Mais ensuite, elle fait un pas en arrière.

J'en perds le souffle.

— J'ai peur de ruiner ce que nous avons, murmure-t-elle. Tu as été mon ami pendant si longtemps. Je ne peux pas te perdre. J'ai juste... j'ai besoin de réfléchir.

Mon cœur bat si fort qu'il couvre tout le reste. La dernière chose que je vais faire, c'est de la pousser dans quelque chose qu'elle ne veut pas ou pour laquelle elle n'est pas prête.

— Tout va bien. Prends tout le temps dont tu as besoin. Quoi que tu décides, cela ne changera rien entre nous.

Mes doigts se posent à nouveau sous son menton, pour qu'elle n'ait pas d'autre choix que de croiser mon regard.

— Tu comprends ça, non ?

Son regard croise à contrecœur le mien, pour y chercher la vérité.

— Oui. Je ne veux pas commettre une autre erreur. Je ne peux pas me permettre de le faire.

Ça me tue qu'elle nous voie comme une erreur potentielle.

Parce que pour moi, c'est la seule chose qui me semble correcte.

La seule chose qui ait jamais eu un sens.

Je me force à sourire et adoucis ma voix :

— Alors, ne pense pas que ce soit une grande décision pour l'avenir.

Elle fronce les sourcils.

— Que veux-tu dire ?

Je fais un pas en avant, en l'observant attentivement.

— Je ne te demande pas un pour toujours, Lilah. Je ne te demande même pas une relation.

Ses yeux s'écarquillent légèrement, mais elle ne m'interrompt pas.

— Pendant que tu es ici, dis-je, nous pourrions simplement être... je me passe une main dans les cheveux. Appelle ça comme tu veux. Une pause. Une distraction. Des amis avec avantages.

Je déteste les mots qui franchissent ma bouche. Ses sourcils se froncent davantage alors que son expression devient amusée.

— Des amis avec avantages ?

Je hausse les épaules en continuant à sourire.

— Bien sûr. Pas de pression. Pas de relation. Tu fixes le rythme, je suivrai ton exemple.

Elle croise les bras comme un bouclier devant sa poitrine, mais je vois la manière dont ses yeux s'assombrissent à cette idée. L'hésitation qui combat sa curiosité.

— Je ne sais pas.

La dernière chose dont j'ai envie, c'est de l'effrayer. Lentement, je lève ma main vers son visage jusqu'à ce que mes doigts caressent sa joue. Elle ne s'en rend même pas compte, mais elle se penche inconsciemment contre moi.

Moi, j'en ai conscience.

Je le vois.

Je le sais.

Et ça m'offre la plus infime once d'espoir.

— Accorde-toi un peu de temps, murmuré-je. Et réfléchis-y. C'est ton choix, Lilah. Ça l'a toujours été.

Elle ouvre la bouche pour dire quelque chose, je ne lui en offre pas l'occasion. Je me penche, posant ma bouche sur la sienne juste une fois. C'est à peine un baiser. Juste assez pour pouvoir la goûter. Juste assez pour détruire chaque parcelle de contrôle qu'il me reste. Je garde mes yeux fixés sur les siens.

— Si tu veux ça, chuchoté-je. Je peux te le donner. Je te donnerais tout le plaisir que tu peux supporter.

Elle reste immobile.

Moi aussi.

J'ai l'impression que nous sommes suspendus dans un instant hors du temps.

Mon pouce caresse sa bouche.

— Et puis je te donnerai encore plus.

Je sens son pouls battre sous sa peau.

Au lieu de la presser pour obtenir une réponse comme chacun de mes instincts l'exige, je me force à reculer d'un pas et à la laisser partir.

La prochaine étape doit être la sienne.

Et si elle dit oui ?

Elle ne désirera plus jamais personne d'autre.

Pas après moi.

Pas après ça.

Je m'en assurerai.

LILAH

Je me réveille en percevant une odeur de café.

Pas l'arôme riche et terreux du café de la cuisine, mais le genre proche et immédiat. Le genre qui signifie que quelqu'un a placé une tasse fraîche à côté de mon lit.

Quand je me retourne, je découvre une tasse fumante sur la table de nuit. Mon mélange préféré, celui que Steele a acheté la semaine dernière après que je l'ai mentionné en passant.

Je fonds.

Dieu, cet homme.

Comment suis-je censé prendre une décision ?

Je me redresse puis entoure la tasse de mes mains. Je suis bombardée par des émotions que je ne peux même pas commencer à démêler. Parce que Steele Sanderson n'est pas seulement le garçon avec qui je vis. Il est devenu une présence importante dans ma vie.

Et maintenant, il m'a offert quelque chose qui menace de tout changer.

Amis avec avantages.

C'est comme ça qu'il l'a appelé.

Mais soyons honnêtes, je le connais depuis trop longtemps. J'ai peur que si nous concluons un arrangement informel, cela finisse mal.

Pourquoi voudrais-je mettre en péril notre amitié pour une aventure sans signification ?

Et pourtant, je mentirais si je n'admettais ne pas être tentée.

J'ai à peine dormi la nuit passée, mon esprit refusant de s'éteindre. Chaque fois que je fermais les yeux, je me souvenais de la manière dont il parlait quand il chuchotait qu'il pouvait me donner ce que je voulais.

Qu'il m'adorerait.

Qu'il saurait exactement comment me toucher.

Je me suis presque embrasé sur place.

Avec un soupir, j'agrippe plus fermement le mug.

Ce dont j'ai besoin, c'est d'aide.

De soutien.

Je prends mon portable et j'ouvre le chat de groupe avec Callie, Rina et Sloane.

Moi : Réunion d'urgence les filles. Pouvons-nous nous retrouver chez Lakeshore Sweets ? J'ai besoin de conseils. Dix heures ?

Rina répond instantanément.

Rina : Compte sur moi. Malheureusement, je dois d'abord m'occuper de mon enfant à problèmes et ensuite je serai là.

Callie répond quelques secondes plus tard.

Callie : Je suis à la boulangerie depuis cinq heures. Viens.

Sloane : Nous aurons une table et du sucre qui t'attendront.

Je me traîne hors du lit, enfile un legging ainsi qu'un pull surdimensionné et essaie de faire en sorte que mes cheveux ressemblent moins à un sac de nœuds. Après avoir appliqué un peu de mascara et de baume à lèvres, je mets mes baskets, attrape mon sac et me dirige vers la boulangerie.

Elle est en effervescence quand j'y entre. De délicieuses senteurs m'enveloppent comme un câlin. C'est confortable et chaleureux. Un changement bienvenu au cœur de la tempête qui fait rage en moi.

Callie est derrière le comptoir, en train de servir un client, Sloane essuie une table à proximité. Je leur fais signe. Elles me sourient toutes les deux avant de désigner la table d'angle ou une thermos géante de café et une assiette de petits pains à la cannelle m'attendent déjà.

Quelques instants plus tard, la cloche au-dessus de la porte sonne à nouveau. Rina apparaît comme un ouragan en talons aiguille, avec ses lunettes de soleil surdimensionnées recouvrant la moitié de son visage. Elle les retire avec un soupir dramatique en s'effondrant sur la chaise à côté de moi. Callie la regarde.

— On dirait que tu pourrais avoir besoin d'un grand Cinnamon Hustler.

Rina gémit.

— Oui. Immédiatement. Double dose de sucre, s'il te plaît.

Sloane renifle.

— Laisse-moi deviner. Oliver ?

— Quand n'est-ce pas Oliver ? rétorque Rina. Cet homme n'a aucune frontière et encore moins de bon sens. Je jure, s'il fait encore un scandale, je vais l'étrangler avec son jockstrap.

Elle prend le café offert par Callie et en bois une longue gorgée avant de laisser échapper un soupir béat.

— D'accord, je crois que je viens d'avoir un orgasme. Qu'as-tu mis dedans ? Du crack ?

Callie ricane.

— De rien.

Rina se tourne vers moi en plissant les yeux.

— Crache le morceau. C'est quoi l'urgence ?

J'hésite, en jouant avec le bord d'une serviette.

— Steele.

Trois têtes se tournent vers moi comme si je venais d'annoncer que j'avais rejoint la secte de l'Oregon dont ma mère ne cesse de m'avertir. Rina se penche.

— S'il te plaît, dis-moi que vous êtes enfin passés à l'acte.

Je manque de m'étouffer avec mon café.

— Quoi ? Non !

Je marque un temps d'arrêt avant de modifier ma déclaration :

— Du moins, pas encore.

— Oh mon dieu, s'exclame Rina. Tu y penses sincèrement.

Callie hausse les sourcils.

— Attends, es-tu en train de dire…

— Il a proposé… quelque chose, dis-je. Et maintenant, je n'arrête pas d'y penser.

Les yeux de Rina s'illuminent.

— De quels genres de choses parlons-nous ?

— Amis avec avantages, murmuré-je, gênée. Rien que le dire à voix haute, je trouve ça bizarre.

Sloane soulève sa tasse.

— Je ne m'y attendais pas.

Rina lève ses deux mains.

— Je ne peux même pas croire que tu sois indécise. C'est Steele. Ce type transpire le sexe. Est-ce que tu l'as vu récemment ? Je l'escaladerai comme un arbre.

Callie lève les yeux au ciel.

— Ignore-la. Je comprends, Lilah. Vous êtes amis depuis des années. C'est beaucoup à risquer.

Elle se tourne toutes les deux vers Sloane, le bris d'égalité officielle. La femme aux cheveux sombres se penche en arrière et croise ses bras, en m'étudiant attentivement.

— Qu'est-ce que tu veux ?

J'ouvre la bouche. La referme. La réponse me terrifie.

Finalement, je murmure :

— Je pense que j'ai envie de dire oui.

Sloane hoche la tête.

— Alors, fais-le.

Rina lève sa tasse.

— À de mauvaises décisions et au sexe torride.

— À l'amitié, rétorque Callie en ricanant. Et à comprendre où vont les choses au fur et à mesure.

Nous trinquons toutes ensemble, et pour la première fois depuis que Steele m'a fait son offre, le poids qui pèse sur ma poitrine se relâche un peu.

Parce que peu importe ce qui se passe, je sais que j'ai ces femmes pour m'aider à tout surmonter.

26

STEELE

Nous arrivons au Gold Coast Table, le restaurant sur le toit où nous retrouvons mon cousin et sa femme. C'est l'un des endroits préférés de Lilah, qui possède l'une des meilleures vues de tout Chicago. Je l'ai réservé exprès, en espérant que le cadre soulagerait une partie de la tension qui persiste entre nous.

Le voiturier se charge de la voiture, et je me tourne vers elle en lui tendant la main.

Dès que nous nous touchons, une étincelle prend vie au bout de mes doigts.

Nous montons dans l'ascenseur en silence, la musique ambiante ne faisant rien pour noyer mes soucis. Son parfum flotte dans l'air, subtil et chaud, et je dois m'empêcher de me pencher plus près pour l'inhaler.

Lorsque les portes métalliques s'ouvrent, nous sommes accueillis par une lumière dorée et le faible bourdonnement des conversations. C'est le genre d'endroit qui ralentit le temps, rend le monde plus petit. Plus intime.

Je garde ma main dans le bas de son dos pendant que nous avançons, la guidant à travers le labyrinthe de nappes blanches et de bougies vacillantes. Je ne devrais certainement pas là toucher comme ça jusqu'à ce qu'elle me donne sa réponse.

Mais je n'arrive pas à m'en empêcher.

J'ai attendu trop longtemps pour elle.

Et j'espère vraiment que ce soir tout changera.

L'hôtesse nous conduit à une table près de la balustrade où Bridger et Holland nous attendent déjà, nichés dans l'un des meilleurs endroits du patio. Les guirlandes lumineuses scintillent au-dessus, projetant une atmosphère subtile sur la table. Des braseros bourdonnent, réchauffant l'air frais de la soirée. Bridger se lève avec un sourire et m'attire dans une étreinte rapide.

— Content de te voir, mec. Ça fait beaucoup trop longtemps.

— Vous nous avez manqué tous les deux.

Je lui tape dans le dos avant de me pencher pour embrasser la joue d'Holland.

— Tu es magnifique. Tout va bien avec le bébé ?

Rayonnante, la jolie rousse pose une main sur son ventre.

— Elle va très bien.

— Elle ? demande Lila, sa voix teintée de surprise.

Bridger hoche la tête, la fierté inscrite dans chaque ligne de son visage.

— Oui, nous l'avons découvert la semaine dernière. C'est officiel, nous allons avoir une fille.

Je jette un coup d'œil à Lilah. Son sourire est tendre, mais il dissimule quelque chose. Quelque chose de calme et douloureux à la fois.

Du désir, peut-être.

Ou peut-être pas, peut-être que j'interprète mal les choses.

Mais quelque chose se loge dans ma poitrine en l'imaginant porter notre enfant.

Putain.

Mes mains s'attardent trop longtemps sur ses épaules avant

que je ne sorte sa chaise. Quand elle s'assied, je me pose à ses côtés et ma cuisse frôle légèrement la sienne sous la table.

— Je suis content que tu aies pu t'arrêter en ville, dis-je à mon cousin. Seras-tu ici assez longtemps pour assister à un match ?

Bridger secoue la tête.

— J'aimerais pouvoir, mais nous avons une réunion avec les investisseurs vendredi matin. Peut-être la prochaine fois, quand tu joueras à Mav ou Hayes. Ça ne me dérangerait pas de te voir leur ficher une bonne raclée.

— Oui. Nous ne nous voyons plus comme avant, dis-je en ricanant.

Holland soupire.

— Tout le monde est dispersé maintenant. Carrière. Famille. C'est plus difficile.

Le serveur arrive, je commande pour nous deux par habitude. Espresso martini pour Lilah et une bière pour moi. Elle ne remet pas mon choix en question. Elle sourit juste comme si elle n'était toujours pas habituée à ce qu'on s'occupe d'elle. J'aime que ça la surprenne que quelqu'un se souvienne de ce qu'elle apprécie. La conversation se déroule facilement alors que nous échangeons des souvenirs et riions de moment ridicule de l'université, glissant dans un rythme qui semble sans effort.

Familier.

Ma main se pose sur le dossier de la chaise de Lilah, et quand mes doigts effleurent son épaule, elle ne sursaute pas, elle ne s'éloigne pas.

Ce simple contact permet de m'ancrer.

Ça a toujours été le cas.

Et je suis presque certain que ça fait la même chose pour elle.

Elle ricane à l'une des histoires de mon cousin, en paraissant insouciante alors que ses yeux se plissent d'humour.

Quelque chose en moi se tortille. Je veux être la raison pour laquelle elle sourit comme ça.

Tous les jours.

Plus que ça, je veux effacer tous les souvenirs de ce putain de Devon Peterson. Je veux lui faire oublier tous ces moments où il lui a fait sentir qu'elle n'était pas assez.

Parce qu'à la vérité ?

Elle a toujours été beaucoup trop bien pour lui.

Et le fait qu'elle remette en question sa propre valeur parce que ce connard ne pouvait pas garder sa queue dans son pantalon ?

J'aimerais aller le trouver pour m'assurer qu'il sache exactement ce qu'il a perdu.

Pour l'instant, je me contente de rester assis à ses côtés, nos épaules s'effleurant, mes doigts traçant des cercles sur sa peau alors que je la vois revenir à la vie. J'espère comme l'enfer que je suis celui qu'elle choisira quand elle sera prête à laisser quelqu'un entrer à nouveau dans sa vie.

Je ne suis pas certain qu'elle réalise la façon dont elle se penche contre moi alors que nous continuons à discuter tous les quatre.

Mais moi, j'en suis conscient. Terriblement.

Quand il s'agit d'elle, je remarque chaque détail.

— J'ai besoin d'aller aux toilettes, déclare Holland, en se levant de sa chaise avec un sourire malicieux.

Son regard se pose sur Lilah.

— Tu veux venir avec moi ? Comme ça, je pourrais t'interroger en privé sur votre situation actuelle.

Lilah sourit.

— Est-ce vraiment nécessaire ?

Holland se tourne déjà.

— Bien sûr que oui.

Lilah pousse un gémissement avant de se relever, de lisser sa robe et de la suivre. Je ne réalise pas pendant combien de temps je l'observe jusqu'à ce que Bridger lâche un petit rire amusé.

— Content de savoir que rien n'a changé sur ce front, plaisante-t-il en faisant tourbillonner son whisky comme le bâtard suffisant qu'il est.

Je détourne mon regard.

— Quel front ?

Il renifle.

— Quand vas-tu enfin avouer à Lilah ce que tu ressens ?

Mes doigts se resserrent autour de ma bouteille de bière.

— J'y travaille.

— Tu y travailles ?

Il rit.

— Mec, ça dure depuis l'université. Au rythme où tu avances, vous serez tous les deux dans une maison de retraite au moment où elle le comprendra.

J'avale une gorgée de bière, ignorant le rouge qui me monte aux joues. Bridger s'affale sur sa chaise, en souriant.

— Écoute, je comprends. Elle est magnifique, intelligente et drôle. Beaucoup trop bien pour toi, évidemment.

Je ricane.

— Évidemment.

— Si tu ne fais pas bientôt quelque chose, quelqu'un d'autre le fera. Tu te souviens de ce qui s'est passé il y a quelques années ? Elle était célibataire, tu as hésité, et un autre gars est entré en trombe avant que tu ne puisses bouger.

Le souvenir me frappe comme un coup de poing dans les côtes.

Je n'ai pas oublié.

Même pas une seconde.

L'imaginer avec quelqu'un d'autre maintenant ?

Ça me tord l'estomac.

— Ça n'arrivera pas cette fois, dis-je, d'un ton dur.

Bridger m'observe avant de hocher la tête.

— Bien. Je t'aime, mec. Je veux juste te savoir heureux. Et toi et moi savons tous les deux... que pour toi, c'est avec Lilah.

Il n'a pas tort.

Ça a toujours été elle.

Avant que je ne puisse répondre, les portes du restaurant s'ouvrent à nouveau, et Lilah revient dans la lumière. Holland se trouve à ses côtés, toujours en train de discuter, mais c'est la seule dont je suis conscient.

La brise soulève ses cheveux, et dans cette courte robe noire, avec la lueur des bougies accrochées dans ses yeux, elle est putain de magnifique.

Assez pour mettre n'importe quel homme à genoux.

Je n'essaie même pas de cacher la manière dont je la regarde.

Elle s'installe à nouveau à côté de moi, ma main trouve instinctivement son genou. Elle se crispe un instant, mais ne s'éloigne pas.

C'est tout l'encouragement dont j'ai besoin.

Mes doigts s'enfoncent dans sa peau chaude, et même à travers le bruit de la conversation, ma concentration se rétrécit juste à cela.

Elle.

Mon cousin, bien sûr, ne peut pas résister à l'occasion de me taquiner.

— Alors, déclare-t-il en passant, combien de temps penses-tu que tu vas rester vivre chez lui ?

Lilah lève son verre, avalant une gorgée.

— Je n'en suis pas certaine. J'espère que ça ne sera pas trop long. J'ai visité quelques appartements.

Excusez-moi ?

Elle jette un coup d'œil dans ma direction, quand ma main se crispe sur son genou.

— Il a été génial avec moi, ajoute-t-elle. Mais je ne veux pas continuer à empiéter... sur sa vie.

Un grondement monte dans ma poitrine.

— Tu n'empiètes sur rien du tout. Tu peux rester aussi long-temps que tu en as envie. Bon sang, tu peux rester pour toujours.

Elle ouvre grand la bouche, ses yeux s'écarquillent.

C'est presque une surprise quand elle n'argumente pas.

Bridger se penche en avant, appréciant ce qui se passe.

— Oh, je ne m'inquiéterais pas pour lui. Steele n'a pas eu de petite amie depuis... combien de temps ça fait maintenant ? Trois ans ?

Je lui lance un regard noir.

— Un moment.

Mon cousin ricane.

Enfoiré.

Il sait exactement combien de temps ça fait.

Et la raison.

Holland le poignarde du regard.

— Comporte-toi correctement, Bridger. Ou c'est toi qui gardes les enfants la prochaine fois.

Je prends un moment pour me ressaisir, essayant de refouler toutes mes émotions.

— D'ailleurs, comment Lilah peut-elle envisager de démé-nager alors que Gaufre commence juste à se sentir à l'aise ?

Bridger fronce les sourcils.

— Qui est Gaufre ?

— Notre chaton, lui apprend Lilah avec un petit sourire. Steele l'a ramenée à la maison il y a quelques semaines.

Bridger nous observe avec intérêt.

— Vous avez un chat tous les deux ? Comment est-ce que ça peut fonctionner dans le futur ?

— Garde partagée, dis-je avec douceur. Les week-ends et les jours fériés sont non négociables.

Bridger siffle.

— Waouh. Vous deux faites vraiment toute cette histoire à l'envers.

Tout le monde éclate de rire, et la conversation dévie vers un territoire plus léger, mais la tension entre Lilah et moi ne s'estompe pas. Elle continue de mijoter, s'épaississant dans l'air à chaque regard, chaque contact. Et cela devient de plus en plus difficile de me retenir.

Après le dessert, le téléphone de mon cousin vibre. Un regard sur l'écran le fait marmonner des excuses avant qu'il ne soit contraint de répondre. Un instant plus tard, il glisse son portable dans sa poche avec un léger sourire.

— C'était la baby-sitter, nous apprend-il en se levant. On dirait qu'il est temps pour nous de rentrer chez nous.

Holland se lève à son tour.

— Merci pour le dîner. Nous avions bien besoin d'une soirée comme celle-ci.

S'en suivent quelques embrassades et au revoir, des rires faciles, ainsi que la promesse de se refaire ça bientôt. Puis, Bridger enroule son bras autour de la taille de sa femme, et ils disparaissent tous deux dans la nuit, laissant derrière eux l'écho d'une soirée parfaite.

Lilah se déplace vers la rampe et observe l'horizon, ses mains reposant légèrement sur la barre de fer. La brise joue avec l'ourlet de sa robe tandis que ses longs cheveux blonds glissent sur ses épaules.

Elle est tellement magnifique, que ça me fait mal physiquement. Une douleur me ravage l'estomac. J'ai envie de glisser mes bras autour d'elle, par-derrière, et de poser mes lèvres contre la douce courbe de sa nuque, lui avouant enfin tout ce que j'ai gardé enfoui en moi pendant toutes ces années.

Je continue de me dire qu'elle a besoin de temps.

Que je dois me montrer patient.

Mais je ne sais pas pendant combien de temps encore je peux me contenir.

Parce que je crains que mon cousin ait raison. Que si je n'agis pas rapidement, quelqu'un d'autre le fera. Qu'un autre homme voie les qualités incroyables que moi je vois, et que ce dernier lui dira ce que je n'ai pas osé lui dire. Qu'il me la prendra avant que je n'en aie l'occasion.

Je ne peux décemment pas laisser une telle chose arriver.

Pas à nouveau.

Je suis tiraillé dans deux directions.

Parce que tout au fond de moi je connais la vérité. Une fois que je l'aurai, je ne la laisserai plus jamais partir. Il n'y aura pas de retour en arrière. Pas question que nous prétendions que nous sommes juste des amis.

Je veux Lilah Monroe.

Pas seulement pour ce soir.

Pas seulement pour demain.

Pour chaque putain de jour qu'il me reste à vivre.

27

LILAH

Les sons s'estompent derrière moi quand je m'approche de la rampe, attirée par les lumières de la ville qui dansent sur l'eau. Le lac Michigan s'étend devant moi comme un miroir noir. Le vent frais embrasse ma peau, flottant sur mes bras et se faufilant sous ma robe, me faisant frissonner.

Je n'entends pas ses pas.

C'est plus comme si je le sentais.

Cette présence indubitable, stable, solide, toute la chaleur et la puissance silencieuse qui arrive derrière moi. Mon corps réagit avant même qu'il ne pose sa main sur moi.

Quand ses bras s'enroulent autour de ma taille, je m'autorise à me fondre dans son étreinte.

Contre lui.

Il est tellement plus grand que moi. Tout en ligne dure et en muscles. Il est une forteresse dans mon dos, un bouclier qui m'isole du monde.

Je ne me suis jamais sentie comme ça avec Devon. Il était plus mince, plus vif dans ses mouvements. Toujours prudent. Contrôlé. Mesuré.

Mais Steele ?

Steele ne demande pas.

Il prend simplement.

Chaque geste, chaque contact, chaque mot m'informe que je suis sienne.

Et j'adore ça.

J'aime la manière dont je me sens quand il me touche, comme si j'étais quelque chose qui valait la peine qu'on s'y accroche.

Mes doigts glissent vers ses avant-bras, retraçant les muscles épais sous ses manches retroussées. Je suis hyper consciente de chaque centimètre de lui. Le parfum de son eau de Cologne, la chaleur de son corps, le flot régulier d'énergie qui s'échappe de lui comme une tempête sur le point de frapper.

Je me sens en sécurité, protégée.

Il baisse la tête et dépose un baiser sur ma nuque. Respectueusement. Une vague de chaleur me submerge, débutant dans mon bas-ventre, se propageant partout.

— As-tu pris une décision ? me demande-t-il.

Mon pouls bat dans mes poignets et jusqu'entre mes jambes.

Je ferme les yeux une seconde, essayant de calmer la ruée de mes pensées. Je me débats avec cette réponse depuis des jours. J'y réfléchis à nouveau. Je n'arrête pas de m'inquiéter de ce qui va se passer, parce que je sais que cela arrivera inévitablement.

Mais en cet instant ?

Je n'ai pas le moindre doute sur ce que je veux.

— Oui, chuchoté-je.

Il reste derrière moi. Je l'entends retenir son souffle, puis soupirer, de manière aiguë, presque incrédule. Et quelque chose d'autre.

Du soulagement, peut-être ?

Ses muscles sont crispés, comme un ressort sur le point de lâcher. Je ressens son désir, et ses émotions à peine contenues.

Une de ses mains remonte vers le haut, lentement, délibérément. Sa paume se courbe sur ma poitrine, sa chaleur brûlant à travers le fin coton de ma robe. Quand son pouce effleure mon téton, mon corps s'incline à ce contact avant même que je ne puisse m'en empêcher. Sa main remonte plus haut. Il effleure la longueur de ma gorge avant de s'enrouler doucement autour.

La pression est légère, pourtant possessive.

Mes genoux flanchent presque.

Mon sang bat frénétiquement sous ma peau, révélant à quel point je suis proche de perdre le contrôle.

Et que Dieu me vienne en aide, j'adore ça.

Je laisse échapper un gémissement avant de pouvoir m'en empêcher, et ses doigts se crispent contre moi. Il bascule ma tête vers l'arrière, me guidant jusqu'à ce que ma tête repose contre son épaule. Puis sa bouche s'abat sur la mienne.

Chaude, insistante, affamée.

Il m'embrasse comme s'il avait attendu ce moment toute sa vie. Comme s'il se retenait depuis des années, et que je venais enfin de lui donner la permission de lâcher prise.

Je ressens chaque coup de sa langue.

Chaque effleurement de ses lèvres.

Chaque battement de son cœur contre mon dos.

Personne ne m'a jamais embrassée comme ça.

Quand il se détend enfin, son front se pose contre le mien. Nous sommes tous les deux instables, haletants. Sa main reste ancrée autour de moi. Je tremble contre lui.

Tous les doutes qui persistaient en moi sont brisés par le poids de ce que je ressens en cet instant.

Du désir.

Un intense besoin de lui.

Et quelque chose de beaucoup plus profond, bien plus terrifiant.

Les doigts de Steele se posent à nouveau sous mon menton, inclinant mon visage vers le sien.

— Il n'y aura pas de regrets, déclare-t-il, de sa voix rauque. Pas de ma part. Jamais.

Je le crois.

Avec chaque battement de mon cœur, j'y crois.

J'espère que je n'oublierai jamais l'intensité de ce moment.

La manière dont il me fait sentir.

Comme si je lui appartenais.

Comme si j'avais toujours été sienne.

Mais que je ne l'avais tout simplement pas encore réalisé.

28

STEELE

Au moment où nous quittons le restaurant, je tiens à peine par un fil.

L'air frais de la nuit est vivifiant contre ma peau, mais il ne fait rien pour atténuer la chaleur qui mijote juste sous la surface. La main de Lilah repose légèrement dans la mienne, tout en moi est sens dessus dessous.

Le voiturier arrive rapidement, le moteur de ma Lamborghini ronronnant. Je glisse un pourboire dans la main du jeune homme puis je contourne la voiture pour ouvrir la portière à Lilah. Elle s'y glisse avec un murmure silencieux de remerciement, sa robe noire remontant le long de ses cuisses tandis qu'elle s'installe sur le siège passager.

Je contourne le capot et prends place derrière le volant, agrippant le cuir fermement en faisant rugir le moteur. Ce son bas et luxueux n'a rien à envier avec la ruée de mon sang qui pulse dans mes veines. Lilah se dandine à mes côtés, tirant sur l'ourlet de sa robe, son parfum s'attardant déjà dans l'habitacle. Aussi familier que soit son parfum subtil, il n'en est pas moins puissant. Un mélange de miel, de vanille et de quelque chose qui lui est propre. Il me retourne le ventre, effilochant chaque once de contrôle qu'il me reste.

Je raffermis ma prise sur le volant et me concentre sur l'asphalte qui s'étend devant moi, comptant silencieusement les kilomètres entre nous et la maison.

Tout ce que je veux, c'est la ramener là-bas.

Pour que nous soyons seuls tous les deux.

Elle m'a rendu fou toute la soirée. La manière dont elle s'est assise à côté de moi au dîner, souriant et riant, complètement inconsciente qu'avec chaque regard, chaque effleurement de ses doigts, chaque mouvement sur son siège, je perdais petit à petit le contrôle.

La petite robe noire embrasse ses courbes d'une manière que j'ai envie de mémoriser avec mes mains et ma bouche. Ses jambes nues et croisées, sa peau étincelante sous les reflets des lumières de la ville... le gloss sur ses lèvres est encore faiblement présent, depuis que je l'ai embrassé sur le toit.

J'ai envie de les goûter à nouveau.

Et encore.

Elle me jette un coup d'œil, et même dans l'habitacle assombri, je peux le voir.

Son excitation.

Sa nervosité.

Et ses questions.

Elle a dit oui.

Maintenant, elle se demande exactement ce que ça signifie.

Soucieux de la mettre à l'aise, je tends la main à travers la console centrale et entremêle nos doigts ensemble, pour les porter à mes lèvres et déposer un baiser contre ses articulations. Sa peau est lisse sous ma bouche. Je m'y attarde, laissant le moment s'installer entre nous.

Elle demeure immobile l'espace d'un battement de cœur.

Quand je jette un coup d'œil dans sa direction, je vois

qu'elle rougit, et que sa poitrine monte et descend un peu trop vite.

Bien.

Je veux qu'elle soit déconcertée.

Instable.

Défaite.

Parce que c'est dans cet état qu'elle me met simplement en existant.

J'enclenche le clignotant et m'engage sur la route qui mène à mon Penthouse. À l'intérieur de la voiture, c'est calme. Empli d'anticipation.

Lilah se dandine à nouveau.

Elle décroise, puis croise ses jambes, ses cuisses se plaquent l'une contre l'autre, comme si elle essayait d'étouffer la douleur qui s'accumule entre elles.

Je veux qu'elle soit aussi excitée qu'une marée montante jusqu'à ce qu'elle n'ait plus la moindre retenue. Jusqu'à ce que la seule chose à laquelle elle peut penser soit moi. Mes mains. Ma bouche. À toutes ces choses que je prévois de lui faire une fois que nous serons enfin seuls...

Toutes ces choses dont elle ne réalise même pas qu'elle a envie depuis des années.

— Retire ta culotte, clamé-je, les yeux fixés sur la route.

Elle tourne brusquement sa tête vers moi.

— Qu-quoi ?

— Tu m'as entendu, ajouté-je, d'une voix calme et stable. Je veux que tu l'enlèves.

Le silence qui s'étend entre nous est tendu, électrique. Au début, elle ne bouge pas. Ne parle pas. Je peux sentir qu'elle m'observe, soupesant sa réponse.

Ce qu'elle veut.

Elle se dandine, et tout en moi se crispe.

Lorsque ses mains disparaissent sous l'ourlet de sa robe, j'agrippe le volant. Je vois alors qu'elle fait glisser la dentelle noire de sa culotte sur ses hanches et ses cuisses, petit à petit. Ma vision périphérique capture chaque mouvement subtil pendant que ses doigts s'activent. Je perçois la souplesse gracieuse de ses muscles sous une peau satinée, son sourire taquin alors que sa culotte glisse au-delà de ses genoux.

Elle hésite avant de soulever ce minuscule morceau de tissu.

— Donne-la-moi, murmuré-je en tendant la main.

Sans un mot, elle la dépose dans ma paume. La dentelle est chaude, humide de son excitation. Je l'apporte à mon nez et inspire profondément. Son odeur me frappe comme une drogue. Elle est à la fois enivrante et addictive.

— Putain, grogné-je. J'ai passé des années à me demander quelle odeur tu aurais.

Et maintenant que je le sais ?

Je ne pense pas pouvoir m'en remettre. Jamais.

Quand elle hoquète, je lui jette un coup d'œil et découvre qu'elle rougit, qu'elle tremble, et que ses mains sont crispées comme si elle tentait de contenir ce qui déborde déjà.

Et nous n'avons même pas encore commencé.

Je glisse son sous-vêtement dans la poche de ma veste, puis pose ma main sur sa cuisse. Sa peau est soyeuse, chaude, et déjà tremblante sous mes doigts. Je serre doucement, puis commence à remonter petit à petit vers le haut. Mes mouvements sont mesurés. Je veux qu'elle halète avant que nous ayons atteint le bâtiment.

Je la veux désespérée.

Consumée par le désir.

Elle inspire, tandis que mes doigts remontent plus haut.

— Écarte tes jambes pour moi.

Elle obéit instantanément.

Sans la moindre hésitation.

Sans la moindre honte.

Juste du désir.

Elle écarte les cuisses avec un gémissement, la vulnérabilité du geste me mettant presque hors de moi. Mes doigts effleurent son intimité. Sans pression. Sans intrusion. Je me contente de taquiner la surface de ses lèvres intimes. Elle tremble sous ma main, ses hanches se cambrant.

Pourtant, je ne lui en offre pas plus.

Pas encore.

Elle est trempée. Chaude et pulsante sous le bout de mes doigts. Son excitation recouvre mes doigts à chaque passage. Il me faut toute ma maîtrise de moi pour ne pas abandonner ma conduite et m'enterrer en elle ici et maintenant.

Mais je ne vais pas précipiter les choses.

Pas ce soir.

Je veux qu'elle chevauche le précipice si longtemps qu'elle en oublie son propre nom.

Ses hanches commencent à se mouvoir subtilement, cherchant à obtenir davantage de friction. Ses mains agrippent le siège, sa respiration devient irrégulière.

Je maintiens juste ce qu'il faut de pression.

Elle gémit, sa tête basculant vers l'arrière, son corps agité de désir.

— Je t'en prie...

Je lui jette un coup d'œil, ayant besoin de voir son visage.

— S'il me plaît, quoi, bébé ? Que veux-tu ?

Elle ouvre à moitié les yeux, l'excitation teintant ses joues.

— Je veux que tu me touches.

— Où ?

En gémissant, elle se rapproche.

À la recherche de plus.

Je bouge juste assez pour frapper l'intérieur de sa cuisse.

— Ce n'est pas une réponse. Si tu veux que je joue avec ton corps, tu dois être précise. Essaie encore.

Elle attrape sa lèvre inférieure entre ses dents.

— Ma chatte.

Ces deux mots manquent de peu de m'abattre.

— C'est bien, dis-je en glissant un doigt en elle.

Quand elle crie, ma mâchoire se crispe. Ses parois internes se contractent autour de moi, chaudes, humides, pulsantes. Je replie mon doigt, lentement, avant de l'enfoncer profondément. Ses cuisses tremblent. Elle ploie sous mon toucher, gémissant sur le siège passager de ma voiture.

Je continue de conduire pendant tout le temps où je la touche.

Mon pied appuie plus fort sur la pédale d'accélérateur. Nous allons bien au-delà de la vitesse autorisée, mais je m'en fiche. Tout ce qui m'intéresse, c'est la manière dont elle gémit à côté de moi. La façon dont elle agrippe mon poignet comme si c'était la seule chose qui l'ancrait à la terre.

— Steele...

Sa voix est rauque. Désespérée.

— S'il te plaît... baise-moi.

Mon dieu.

Son besoin est si brut, réel.

Je la contemple. Elle est essoufflée, sa tête basculée en arrière, sa poitrine se soulevant à un rythme erratique. Ses jambes sont écartées, son corps supplie pour être libéré.

Elle est tellement belle comme ça.

Je m'active en elle, puis j'y vais plus lentement, mes doigts la poussant encore et encore sur le bord du précipice, seulement pour reculer à la dernière seconde.

Elle jure.

Elle me supplie.

Putain.

C'est exactement comme ça que je la veux.

De la manière dont je l'ai toujours imaginée.

Au moment où nous nous garons dans le parking, elle est incohérente. Ses cuisses sont trempées, et ses lèvres sont gonflées à force de les mordre.

Et la meilleure partie ?

Nous ne sommes même pas encore montés à l'étage.

Parce qu'une fois que nous aurons franchi cette foutue porte, Lilah Monroe m'appartiendra.

Chaque centimètre d'elle.

Chacun de ses gémissements.

Chacun de ses battements de cœur.

Pour toujours.

29

LILAH

Mes jambes tremblent tandis que Steele me dirige vers l'ascenseur, sa main fermement plaquée dans mon dos.

À ce stade, je tiens à peine debout.

Chacune de mes terminaisons nerveuses est en feu, mon corps déborde de sensations. La chaleur entre mes cuisses est insupportable, mon excitation me fait me trémousser d'un besoin désespéré. Je n'ai jamais ressenti quelque chose comme ce genre d'excitation à la limite de la folie, ne pouvant pas réfléchir clairement.

Et la personne qui me met dans cet état ?

Steele.

Le même homme qui me tendait des mouchoirs pendant les comédies romantiques, celui qui mangeait la moitié de mes frites quand il pensait que je ne le regardais pas. C'est le même homme qui vient tout juste de glisser ses doigts en moi avec un contrôle expert avant de me laisser au bord de l'oubli comme si ce n'était rien.

Je l'observe du coin de l'œil, ayant besoin de le voir.

De vraiment le voir.

Et c'est le cas.

Pour la première fois, je suis consciente de tout ce qui a mijoté sous la surface de notre amitié. Il a l'air calme. Posé. Ses mains sont enfoncées dans ses poches tandis qu'il regarde les numéros d'ascenseur grimper vers le Penthouse, comme s'il ne venait pas tout simplement de bouleverser mon monde sur le siège avant de sa voiture.

J'ai envie de crier.

Pourquoi ne me plaque-t-il pas contre le mur de l'ascenseur ?

Pourquoi ne m'embrasse-t-il pas ?

Pourquoi ne finit-il pas ce qu'il a commencé ?

Je suis à quelques secondes de le supplier quand l'ascenseur sonne et que les portes s'ouvrent. Le soulagement m'envahit quand je me précipite dans l'appartement.

Lui ? Il prend son putain de temps.

Il est sans hâte.

Il ne paraît pas le moins du monde dérangé.

Il est complètement sous contrôle.

Je me retourne juste à temps pour le voir s'avancer dans le salon, calme comme toujours, contrairement à moi, dont le corps est encore tremblant et trempé par cette chevauchée. Il se sert un verre de bourbon avant de sortir un cigare et d'en couper le bout.

— Qu'est-ce que tu fais ?

Il me jette un coup d'œil par-dessus son épaule, puis allume son cigare avec le même contrôle précis qu'il semble utiliser avec tout le reste de sa vie. Il en tire une bouffée, les braises prenant vie avant qu'il n'exhale un jet de fumée qui se déploie dans l'air entre nous.

— Je déguste un bourbon. Et un cigare.

Il soulève le verre en cristal scintillant dans sa main, et en avale une gorgée, laissant le silence planer entre nous.

— Est-ce que tu en veux un ?

— Non.

Je me lèche les lèvres en me dandinant à nouveau.

— Je pensais...

Je laisse mes mots mourir. Je n'ai pas la moindre idée de comment les finir. Je me contente de rester debout ici, les joues rougies, courbaturée. Lui ? Il est calme, tranquille, en train de fumer un cigare comme si nous avions toute la nuit.

— Quoi, Lilah ? s'enquiert-il, d'un ton tranchant comme un rasoir. Tu pensais quoi ?

Je plaque mes cuisses ensemble alors que la douleur continue à pulser dans mon bas-ventre.

— Que nous...

Je me détourne à nouveau, la chaleur inondant mon visage. Il baisse la tête, les yeux masqués derrière un rideau de fumée.

— Je pense que nous devrions d'abord parler des règles.

Des règles ?

Ce mot me frappe avec plus de force que je ne l'attendais.

— Des règles ? répété-je, en clignant des yeux.

— Oui.

— Lesquelles ?

Il pose son bourbon sur la table d'appoint, le cristal cliquetant contre le verre. Puis il se penche en avant, posant ses avant-bras sur ses cuisses, le cigare en équilibre entre deux de ses doigts. La fumée s'envole paresseusement vers le haut, dérivant entre nous. Le temps s'arrête, il n'y a plus que nous deux.

— Tout ce que je te dis de faire... tu le fais, dit-il, d'une voix rauque, ferme, baignée par quelque chose de plus sombre.

Un ordre déguisé en offre. Ma bouche s'ouvre, puis se referme tandis que je vacille. La pièce devient tout à coup plus chaude, l'air plus lourd. La douleur entre mes jambes rejaillit comme une étincelle.

Mais tout de même, j'hésite.

— Est-ce que tu me fais confiance ? me demande-t-il.

Cette question a un impact discret, pourtant énormément de poids.

Ma réponse est instantanée.

— Bien sûr que oui.

Quelque chose dans son regard s'adoucit, seulement l'espace d'une seconde. Je perçois quand même l'acier en dessous. Il se penche à nouveau, de la fumée s'échappant de sa bouche dans un nuage qui monte vers le plafond. Le parfum riche et enivrant de son cigare se mélange au bourbon et à la chaleur qui s'accumulent entre nous jusqu'à ce que l'anticipation résonne dans chacune de mes terminaisons nerveuses.

— Alors cela ne devrait pas être un problème, murmure-t-il. Quoi que je fasse ou te dise de faire, c'est avec ton plaisir en tête. Je ne prendrai jamais quelque chose que tu n'es pas prête à offrir. Mais si nous faisons cela, je veux que tu sois ouverte à tout ce que j'ai à offrir. Comprends-tu ?

Mon cœur bat si rapidement que j'ai peur qu'il puisse l'entendre.

— Oui.

Il hoche la tête une fois.

— Bien.

Il y a un moment de silence, avant qu'il ne lève à nouveau son verre, en boit une gorgée, avant d'ajouter :

— Et après, quoi que cela devienne… nous restons amis. Nous revenons à ce que nous étions, si c'est ce que tu veux. Pas de pression. Pas de culpabilité. Pas de retombées.

Il me faut de gros efforts pour poser la question.

— Si tu changes d'avis ?

Ses yeux croisent les miens, perçants et stables.

— Ça ne va pas arriver.

La conviction dans sa réponse tranche le brouillard de doute persistant en moi.

— On est d'accord ?

Je n'hésite qu'une seconde.

— Oui.

Il hoche à nouveau la tête, déposant le cigare dans le cendrier. Le changement d'énergie est palpable, comme si quelque chose d'électrique avait été allumé dans la pièce.

— Est-ce que tu prends une contraception ?

Je cligne des yeux face à ce changement soudain.

— Oui. Sous injection.

Il me regarde attentivement, puis m'adresse un petit signe de tête satisfait.

— Bien. Dans ce cas, nous n'avons pas besoin de préservatifs. Quand je te prendrai, je veux que ce soit à nu.

Ces paroles agitent quelque chose en moi, pourtant il n'en a pas fini.

— Je suis clean, ajoute-t-il. Je n'ai été avec personne depuis dix-huit mois.

Ce commentaire lancé avec désinvolture me prend par surprise. Je fronce les sourcils.

— Quoi ? Pourquoi ?

Son regard brûle le mien. Il n'y a ni sourire ni hésitation de sa part.

Juste la vérité.

— Il n'y avait personne que je désirais.

— Mais les femmes se jettent sur toi tout le temps...

Il hausse les épaules.

— Est-ce vraiment important si je ne suis pas intéressé ?

Il y a quelque chose dans la manière dont il le dit qui apaise chaque partie de moi. J'ouvre la bouche pour répondre, mais rien ne sort au début. Ensuite, je pose la seule question qui compte vraiment :

— Mais moi, tu me veux ?

Son regard ne quitte jamais le mien alors qu'il prend une autre bouffée de son cigare. La fumée glisse de ses lèvres comme un secret.

— Plus que tu ne le sauras jamais.

La finalité de sa déclaration me fige sur place.

— On est d'accord ?

Mon cœur bat la chamade.

— Oui. Et juste pour que tu le saches, je me suis fait tester après Devon. Je suis clean.

Son corps se détend légèrement, mais il n'y a rien de doux dans la manière dont il me regarde. Rien de subtil sur le désir que je vois briller dans ses yeux.

— Bien. Maintenant que la question est réglée. Je veux que tu enlèves ta robe.

Même si un frisson me traverse, je n'hésite pas. Mes mains tremblent quand je les glisse derrière moi pour agripper la fermeture éclair. Le tissu roule le long de mon corps et tombe sur le sol avec un murmure jusqu'à ce que je me tienne devant lui en ne portant rien d'autre que mon soutien-gorge sans bretelles.

— Retire-le.

Je le dégrafe lentement. La dentelle tombe au sol. Me voilà entièrement nue.

Chaque centimètre de ma peau picote sous le poids de son regard. Je combats chacun de mes instincts qui me poussent à me couvrir. Avant que je ne puisse agir sur une impulsion, sa voix pénètre dans mes pensées.

— Ne te cache jamais de moi. Compris ?

Je hoche la tête en sentant la chaleur se répandre sur ma gorge. Quand je fais un pas dans sa direction, il lève sa main.

— Reste juste là. Au milieu de la pièce.

Je me fige.

— La lune t'illumine juste comme il le faut, murmure-t-il en tirant à nouveau sur son cigare. Laisse-moi profiter de la vue.

Son regard me parcourt comme une caresse. On ne dirait pas qu'il se contente de me contempler. On dirait qu'il s'imprègne de moi.

Je ne me suis jamais sentie aussi exposée. Si désirée. Si indéniablement voulue.

Le bout du cigare étincelle alors qu'il inspire à nouveau puis expire. Il continue de m'observer.

De m'étudier en silence.

La fumée flotte entre nous, et la manière dont il a l'air en ce moment... détendu, affamé, dangereux... me fait ressentir quelque chose de sauvage.

— As-tu la moindre idée, déclare-t-il doucement, depuis combien de temps j'attends ce moment ?

Je secoue la tête.

Il soulève à nouveau le cigare. Le mouvement est fluide et délibéré. Il le tient entre deux doigts alors que son poignet repose nonchalamment sur l'accoudoir du canapé.

— Depuis la première année, Lilah.

Il marque un temps d'arrêt.

— C'est longtemps à désirer quelqu'un.

Juste comme ça, je sais que cette nuit va tout changer entre nous.

C'est tout aussi effrayant que palpitant.

Il se penche en arrière contre les coussins et porte son verre à sa bouche. C'est avec une aisance maîtrisée qu'il amène le cigare à ses lèvres et en prend une bouffée. La braise étincelle, et quand il expire, la fumée s'échappe de sa bouche dans un nuage épais et languissant qui remplit l'espace entre nous.

— Donc, si ça ne te dérange pas, clame-t-il, la voix enveloppée de velours. Je vais prendre mon temps.

Ma peau picote, la chaleur monte en moi en une vague lente et dévorante. Je me tiens debout au milieu de son salon, entièrement nue sous les rayons argentés du clair de lune. Chaque centimètre de moi est exposé, tremblant, crispé de désir. Je me dandine sur mes pieds et serre les cuisses, désespérée de parvenir à étouffer le battement qui fait rage entre elles.

Il cligne des yeux, observateur.

Rien ne lui échappe.

Sa tête s'incline légèrement, une volute de fumée s'échappant paresseusement d'entre ses lèvres.

— Est-ce que ta chatte est trempée ?

La manière désinvolte dont il pose la question me laisse momentanément sans voix.

Comme s'il me demandait si j'aimerai boire un verre.

Ou si j'ai vu le bulletin météo.

Mais nous ne parlons ni de l'un ni de l'autre.

Nous parlons de la chaleur entre mes cuisses. De la douleur qui se transforme en brasier. Et du fait qu'il n'a pas posé sa main sur moi depuis que nous sommes sortis de la voiture. D'une certaine manière, ça ne fait qu'accentuer mon désir.

— Lilah, déclare-t-il en haussant un sourcil et en prenant une autre bouffée de son cigare. Réponds-moi.

— Je... ah...

Les mots meurent sur ma langue.

Il lève à nouveau son verre, totalement calme.

— Peut-être devrais-tu vérifier ?

J'écarquille les yeux.

— Tu veux que je vérifie ?

— Oui.

— Je...

Je déglutis.

— Tu veux que je me touche ?

Il exhale de la fumée, son regard ne dérivant jamais du mien.

— Tout comme tu l'as fait l'autre nuit.

Ma bouche s'assèche, la chaleur me monte aux joues.

— Tu m'as entendu ?

Il hoche la tête, calme et absolument sans excuse.

— Non seulement je t'ai entendu, mais je t'ai aussi regardé.

Je me sens mortifiée, mais cette émotion est instantanément

éclipsée par quelque chose de plus sombre alors que l'excitation s'empare de moi.

— Tu l'as fait ?

Il avale une autre gorgée de bourbon.

— Oui. Donc, je sais que tu sais exactement comment te toucher.

La grossièreté de ces paroles ne me choque même plus. Ça ne fait que se contracter davantage mon entrejambe. Et cette fois, je ne tente même pas de l'en empêcher.

— Assieds-toi, dit-il en désignant la table basse en verre épais face à lui.

Je cligne des yeux.

— Sur la table ?

— Lilah.

C'est juste mon prénom.

Mais la manière dont il le prononce ?

Patiemment. Avec autorité.

Il m'est impossible de lui résister.

Je traverse la pièce, mes pieds nus résonnant sur le sol avant de m'installer prudemment sur la surface en verre. C'est frais contre ma peau, dur et inflexible, ce qui ne fait qu'accentuer tout ce que je ressens. J'écarte un peu les jambes, me sentant à la fois incertaine et complexée.

Il soupire, de la fumée se déployant de sa bouche alors que son regard se pose sur moi.

— Non, commente-t-il. Ça ne va pas. Allonge-toi, ma chérie. Et écarte grand les jambes.

Mon pouls bat dans mes oreilles, je me mets doucement sur le dos. Le bord tranchant de la table s'enfonce dans ma colonne vertébrale. Même si je tremble de nervosité, je fais exactement comme il me l'a dit et j'écarte les jambes jusqu'à ce que je sente l'air effleurer l'humidité entre elles.

Je suis complètement exposée à lui.

Nue.

D'une certaine manière, ça ne fait qu'amplifier mon excitation.

— Plus, murmure-t-il, faisant tourbillonner le bourbon dans son verre. Je veux tout voir. Chaque centimètre de toi.

Je me décale à nouveau, écartant davantage mes jambes jusqu'à ce que je me sente vulnérable, perverse et puissante.

Il ne bouge toujours pas.

Il se contente de regarder.

D'une manière ou d'une autre, c'est pire.

Mieux.

Tout ça à la fois.

Son regard glisse sur moi comme une caresse alors qu'il prend une autre bouffée de son cigare. La lueur s'illumine dans l'ombre avant qu'il ne libère de la fumée.

Je n'ai jamais été autant observée auparavant.

— J'attends.

Ma main tremble tandis que je glisse le long de mon ventre. Quand mes doigts trouvent la douleur palpitante entre elles, mes paupières se ferment à l'instinct.

— Regarde-moi, grogne-t-il.

J'ouvre les yeux, mon regard se fixe sur lui. Quand je me touche pour lui, c'est comme si quelque chose à l'intérieur de moi se défaisait.

— C'est bien, murmure-t-il, la voix rauque.

Sa louange, associée à l'odeur chaleureuse du tabac et à l'intensité de son expression, fait naître une nouvelle vague de chaleur en moi. Je gémis, les doigts tournoyant autour de mon clitoris dans des mouvements lents et tremblants.

Exactement comme je l'ai fait l'autre nuit.

Seulement cette fois, je ne suis pas seule.

Steele est ici.

Il me regarde.

Il me guide.

Il possède chaque son qui s'échappe d'entre mes lèvres.

— Alors, dis-moi, grogne-t-il. Es-tu trempée ?

— Très.

— Je peux le voir, dit-il, le regard fixé entre mes jambes. Le scintillement sur ta peau. Absolument magnifique.

Ma colonne vertébrale s'incline contre la surface fraîche, un frisson me traversant. Pourtant, il ne bouge pas. Il regarde juste, complètement en contrôle, son bourbon serré dans une main, son cigare entre les doigts de l'autre.

Et je ne me suis jamais sentie autant désirée.

Plus vue.

Plus à lui.

Je deviens de plus en plus désespérée à chacune de mes caresses, mais ce n'est pas suffisant.

Quoi que je fasse, ce n'est pas lui.

J'ai besoin de sa bouche.

De ses mains.

De son contrôle.

Je n'ai jamais ressenti quelque chose comme ça auparavant.

Même pas proche.

Je vibre, chaque centimètre de mon corps est hypersensible. Tendu de manière impossible, électrique et étincelant de désir. Chaque mouvement de mes doigts me pousse vers quelque chose qui semble dangereusement proche de me faire perdre pied.

Depuis le canapé, le regard de Steele m'ancre dans la réalité. Le cigare entre ses doigts brille alors qu'il le porte à ses lèvres, la fumée s'échappant de sa bouche, comme s'il n'était pas affecté.

Mais quand il parle, sa voix est encore plus rauque.

— Putain, Lilah. Tu n'as pas la moindre idée comme tu es magnifique, allongée et tremblante pour moi.

Je laisse échapper un petit gémissement. Mes doigts vacillent.

Steele pose son verre et se penche lentement en avant, comme s'il n'était pas pressé, comme s'il savourait chaque seconde de ce moment. Je me prépare pour le contact de sa main.

J'en ai besoin.

J'en ai envie.

Au lieu de cela, quelque chose d'autre me touche entre les cuisses.

Une sensation étrangère, inattendue.

Quelque chose d'à la fois chaud et solide.

L'extrémité arrondie du cigare.

Mes yeux s'écarquillent, un bruit de surprise m'échappe. Il le fait courir le long de mes lèvres intimes, léger comme une plume et follement lentement, sans jamais pousser. Il affiche le plus léger sourire, comme s'il lisait chaque pensée qui me traverse l'esprit.

— Ressens-tu cela ? murmure-t-il, faisant courir l'extrémité lisse sur ma chair la plus sensible.

J'acquiesce, incapable de parler.

Quand mes hanches se déplacent impuissantes vers cette sensation, le cigare disparaît. J'en perds le souffle quand il le ramène à sa bouche et en tire une bouffée.

— Putain, clame-t-il d'un ton rauque. Tu as le goût du miel.

Je tremble.

Et quand le cigare revient sur ma peau, je laisse échapper un sanglot.

Il le fait à nouveau glisser le long de mes lèvres intimes, taquinant, décrivant des cercles. Peignant mon excitation. C'est trop et pourtant pas assez.

Et puis il le glisse en moi juste de quelques centimètres. Juste assez pour faire trembler tout mon corps.

Mais seulement quelques secondes.

Puis il recule et fait le tour de mon clitoris avec une précision affolante, me poussant plus haut à chaque passage.

Je ne peux pas réfléchir.

Je ne peux pas respirer.

Mes hanches se soulèvent et mon dos se cambre alors que mon corps me demande silencieusement d'en obtenir davantage. Et quand je chuchote son prénom à nouveau, d'une voix implorante, suppliante, il gémit.

— Regarde-toi, rugit-il, complètement perdue dans les affres du plaisir. Juste pour moi.

Je gémis en réponse.

— Tu sais à quel point je suis dur en ce moment ? Tout ça à cause de toi. De ton apparence. De ton goût. De la manière dont tu supplies pour que je te touche.

Les larmes me brûlent le coin des yeux. Je gémis à nouveau, douloureuse.

— Dis-moi, dit-il en tournoyant à nouveau autour de mon clitoris. À quel point as-tu envie de jouir ?

— Plus que tout, murmuré-je, ma voix se brisant. Je t'en supplie, Steele.

Il enfonce le cigare en moi, une fois, puis deux. Mon corps se soulève de la table en verre en guise de désespoir.

— S'il te plaît, sangloté-je. J'ai besoin… s'il te plaît…

— C'est bien, murmure-t-il.

C'est tout ce qu'il faut pour que le monde se brise. Le plaisir me frappe comme une vague sans fond, faisant déserter l'air de mes poumons. Mes cuisses tremblent, je crie, incapable d'arrêter l'assaut de sensations. Il ne bouge pas, il ne me lâche pas. Il me caresse doucement avec le cigare, soutirant chaque tremblement de mon corps jusqu'à ce que je ne sois plus qu'un désordre tremblant. Ma poitrine se soulève de manière erratique.

— Viens ici, Lilah.

Sur des jambes qui me soulèvent à peine, je me lève de la table et vacille dans sa direction. La pièce tangue, je me rattrape au canapé pour garder l'équilibre.

Il reste assis avec ses jambes écartées. Quand je m'arrête entre elles, il me contemple avec des yeux sombres emplis de désir.

— À genoux, déclare-t-il.

Mes genoux heurtent le sol avec un bruit sourd.

Il n'a pas besoin de me guider. Je tends la main, mes doigts tremblants agrippent sa ceinture épaisse, desserrent le cuir avant d'ouvrir la braguette de son pantalon et de glisser mes doigts à l'intérieur du coton humide de son boxer. Même si je viens juste de jouir, davantage d'excitation se rassemble sur ma chair sensible.

— Attrape ma queue, m'ordonne-t-il. Caresse-moi. Montre-moi exactement ce que tu veux.

Sa tête bascule vers l'arrière quand j'enroule ma main autour de son érection. Le son faible qu'il laisse échapper envoie une autre vague de chaleur à travers mon intimité. Ses doigts s'enroulent autour de son verre. Il avale une gorgée, puis une autre bouffée de son cigare.

— Regarde-moi, me rappelle-t-il, ces mots frappant quelque chose de profondément enfoui dans mon cœur.

Mon regard reste fixé sur le sien quand je le prends dans ma bouche, savourant son goût salé alors que ma langue tourbillonne autour de son gland. Je pense à lui depuis la nuit où je l'ai aidé sous la douche, ce souvenir s'étant imprimé dans mon esprit comme une marque au fer rouge.

Maintenant, le sentir trembler sous moi... je ne peux pas me retenir. Je glisse le long de son érection, mes lèvres s'ouvrant avec une aisance pratiquée, puis je remonte, oscillant à un rythme régulier.

Ses doigts glissent dans mes cheveux, pas pour me forcer,

juste pour me guider. C'est comme s'il avait besoin d'être ancré à cet instant autant que moi.

— Ça fait tellement de bien, bébé. Peux-tu en prendre juste un peu plus ? Peux-tu prendre chaque centimètre ?

Je n'ai jamais voulu plaire à un homme, plus que j'ai envie de plaire à Steele. Ce que nous partageons semble insupportablement intime. Je veux qu'il jouisse avec la même intensité que j'ai éprouvée il y a quelques minutes.

Il pousse un gémissement quand sa queue frappe le fond de ma gorge.

Les larmes me piquent les yeux alors que j'avale encore plus de sa longueur jusqu'à ce que je sois sur le point de vomir.

Il les chasse d'un pouce avant de porter sa main à sa bouche et de les lécher.

J'ai beau être celle qui lui donne du plaisir, je suis plus excitée que jamais au cours de ma vie. Je ne comprends pas comment c'est possible alors que c'est moi qui me trouve à genoux.

— Hmm, c'est ça. Juste comme ça. C'est tellement bon quand tes muscles se contractent autour de moi. Putain. Vas-tu avaler tout mon sperme, Lilah ?

Je gémis autour de lui, voulant tellement le lui offrir.

Il jouit en poussant un gémissement cru et brisé, son sperme éclabousse le fond de ma gorge. Je le bois goulûment comme il me l'a demandé. Je ressens l'impact de son orgasme partout.

Dans mes os.

Dans mon sang.

Dans cet espace entre nous, qui ne sera plus jamais le même.

Il ne dit pas un mot en posant son cigare. Il me soulève dans ses bras, puis me porte dans le couloir jusqu'à sa chambre.

Le matelas tremble sous moi quand il se penche et déclare :

— À partir de maintenant, tu dors ici avec moi. Pas de vêtements. Je ne veux rien qui se dresse entre nous pendant que nous sommes ensemble.

Je ne discute pas.

Parce que je sais d'ores et déjà qu'il n'y a pas de retour en arrière possible.

Pas maintenant.

Peut-être jamais.

30

STEELE

a lumière dorée du matin pénètre à travers les fenêtres du sol au plafond, projetant de longues ombres dans la chambre.

Et sur elle.

Lilah est allongée à côté de moi, encore emmêlée dans les draps, la lumière du soleil baignant sa peau nue. Ses cheveux sont en désordre autour de son visage, ses joues rougies de sommeil, ses cils reposants contre eux comme des croissants.

Elle est la plus belle chose que j'ai jamais vue.

Je reste allongé, immobile, craignant que le moindre mouvement ne la réveille.

Pas encore.

Parce que dans ce petit moment de temps calme, tout est presque parfait.

Elle est ici dans mon lit.

Dans mes draps.

Comme je l'ai toujours rêvé.

Je la veux exactement comme ça.

Chaque matin.

J'inspire profondément et laisse ses pensées se loger

profondément dans mon cœur. Ça ne fait rien pour apaiser la douleur que je porte en moi depuis des années. Même si elle a dit oui la nuit dernière, je sais qu'elle voit cette situation entre nous comme temporaire.

Un espace réservé pour autre chose.

Quelqu'un d'autre.

Pas moi.

Je désire être tout pour elle.

D'accord, alors peut-être que c'est exactement ce que je lui ai dit. Que nous pourrions garder cette relation sans prise de tête ! Que nous pourrions tracer des lignes et rester du bon côté.

Mais, j'ai menti.

Après ce qui s'est passé entre nous, il n'y a aucune chance que je puisse redevenir simplement son ami. Pas après avoir goûté sa peau et entendu la manière dont elle gémissait mon prénom.

Nous n'avons pas fait l'amour la nuit dernière, même si je le voulais.

Tellement.

Je n'ai pas pu.

Parce que je veux en discuter.

Je veux prendre mon temps et la faire tomber amoureuse de moi d'une manière qui ne laisse aucun doute. Je veux lui faire entrevoir ce que l'on ressent lorsque quelqu'un nous touche avec révérence.

Avec vénération.

Avec amour.

Et c'est mon cas.

Tellement que ça fait mal.

Je me rapproche, en faisant attention à ne pas la réveiller pendant que je fais glisser le drap juste assez pour dénuder sa poitrine. Mon regard balaie les courbes de son corps, la façon dont ses seins montent et descendent à chacune de ses inspirations régulières.

Ça me met l'eau à la bouche.

Je me penche et pose mes lèvres dessus, savourant la douceur de sa peau. Quand elle se déplace sous moi, j'aspire son mamelon dans ma bouche et le suçote doucement. Son corps se cambre en réponse, et un gémissement s'échappe d'entre ses lèvres. Ce son est une douce mélodie à mes oreilles. Je fais tournoyer ma langue autour de son bourgeon sensible, ses doigts glissent dans mes cheveux.

— Steele...

Je lève la tête juste assez pour pouvoir la regarder.

— Bonjour, porte-bonheur.

Elle ouvre les yeux.

— C'est certainement une façon agréable de se réveiller.

Avec un sourire, je caresse ses flancs.

— J'essaie juste de donner le ton pour la journée.

Toujours souriante, elle s'étire, son corps se pressant contre le mien d'une manière qui fait que chaque partie de moi s'oriente vers elle.

— Je pense que je vais aimer cet arrangement, murmure-t-elle.

Je dépose un baiser sur sa clavicule, mes lèvres s'attardant, laissant le moment se prolonger.

— Tu n'es pas la seule.

Si j'ai le choix, elle se réveillera comme ça chaque matin avec ma bouche sur sa peau, mon cœur dans ses mains. Elle s'étire à nouveau, et sa paume glisse entre nous, frôlant mes abdominaux avant de descendre plus bas. Quand ses doigts s'enroulent autour de ma queue, je gémis. Elle me caresse une fois, lentement, doucement. Mes hanches bougent d'instinct.

— Essaies-tu de me tuer ?

Je plaque un baiser sur ses lèvres avant de sauter du lit face devant sa mine écarquillée.

— Attends. Que fais-tu ?

Elle se redresse sur ses coudes, ses cheveux sauvages, sa voix encore ensommeillée.

— Je pensais...

Ses joues s'empourprent alors que sa phrase traîne.

Que nous ferions l'amour.

C'est écrit partout sur son visage.

Eh merde, je ne peux m'empêcher de sourire.

— Je vais nous préparer le petit-déjeuner, dis-je en enfilant un jogging.

— Maintenant ?

Elle soupire, clairement agacée d'être laissée en plan. Je dissimule mon sourire en me dirigeant vers la porte.

— Qu'est-ce qui ne va pas ? Tu as dit que tu aimais cet arrangement. Y a-t-il une meilleure façon de se réveiller que de se faire sucer les seins ? En plus, je vais te nourrir. Je pense que tu t'en sors vraiment bien.

— Steele.

— Rejoins-moi dans la cuisine quand tu seras prête.

Elle gémit dans les coussins quand je m'en vais. Je ne peux retenir mon rire silencieux.

C'est une petite chose tellement impatiente.

Elle n'a pas la moindre idée d'à quel point il m'est difficile de m'éloigner.

J'ajuste mon érection et me dirige vers la cuisine avant de sortir tous les ingrédients nécessaires pour les crêpes aux myrtilles. Ce sont ses préférées. Le genre qu'elle avait l'habitude de préparer après des nuits de révisions intensives à l'université quand elle avait besoin de nourriture réconfortante. À l'époque, elle dansait dans son petit appartement pieds nus, les cheveux en bataille, en chantant faux de vieilles chansons de Taylor Swift.

J'étais déjà éperdument amoureux d'elle.

J'ai presque fini la pâte lorsque ses pas résonnent sur le parquet.

Quand je jette un coup d'œil dans sa direction, j'arrête le fouet.

Elle porte un de mes vieux tee-shirts délavés, l'ourlet effleurant à peine le haut de ses cuisses et des chaussettes roses à mi-chemin de ses mollets. Ses cheveux sont toujours en désordre et ses lèvres encore roses de sommeil.

Elle a l'air...

Carrément appétissante.

Quelque chose s'accroche en moi quand elle grimpe sur le plan de travail et s'y installe. Elle écarte ses jambes juste assez pour que je puisse apercevoir son intimité mise à nue.

Aucune culotte en vue.

Putain.

Je serre les dents et je fais sauter la première crêpe alors que la vapeur s'élève de la plaque.

— Ça sent bon, dit-elle en balançant paresseusement ses jambes.

Il faut toute ma maîtrise de moi pour me concentrer sur ma tâche à accomplir. Je glisse une pile finie sur une assiette et la lui apporte, en la posant à côté de sa hanche avant de prendre la fourchette. Elle fronce les sourcils.

— Tu vas me nourrir maintenant ?

— Uh-huh.

J'amène la fourchette à sa bouche.

— Ouvre.

Son regard fixé sur le mien, elle fait exactement ce que je demande. Ses lèvres se referment autour de la fourchette avec un grondement satisfait.

— Merde, murmure-t-elle. C'est délicieux.

Je lui donne une autre bouchée, la regardant mâcher, mes yeux retombant sur ses cuisses nues. Sa chemise monte plus haut quand elle se décale, écartant un peu plus ses jambes. La chaleur inonde mon sang.

Je ne sais pas pendant combien de temps encore je vais pouvoir supporter ça.

— Tu n'as pas faim ? me demande-t-elle, en léchant une goutte de sirop sur son doigt.

Je pose la fourchette.

— Je mangerai dès que j'aurai terminé de te nourrir.

Au moment où elle finit sa dernière bouchée, je glisse l'assiette dans l'évier et je me retourne. Ses yeux sont écarquillés quand je me glisse entre ses cuisses.

— Maintenant, je suis prêt à prendre mon petit-déjeuner.

Mes mains s'enroulent à l'arrière de ses genoux, je la rapproche du bord du plan de travail. Elle murmure mon prénom, les mains posées à plat derrière elle, ses articulations blanchissant contre le marbre.

— Maintenant, sois sage et retire ton haut.

Sans hésitation, elle fait passer le tissu par-dessus sa tête, dévoilant centimètre après centimètre sa peau crémeuse jusqu'à ce qu'elle soit entièrement nue à nouveau, rayonnante dans la lumière du matin comme une fantaisie que j'ai conjurée dans la réalité.

Je fais courir mes doigts le long de son corps jusqu'à ce qu'ils reposent sur ses hanches. Ensuite, j'attrape la bouteille de sirop d'érable. Elle fronce les sourcils.

— Steele...

— Je suis presque certain que tout a meilleur goût avec du sirop, répliqué-je avec un sourire en coin.

Elle retient son souffle quand je laisse couler une petite ligne sur le bout de son sein. Elle scintille sur sa peau. Je penche la tête et embrasse ses lèvres une fois avant de descendre pour rattraper le liquide collant avec ma langue.

Je la regarde, savourant la manière dont son corps tremble sous ma bouche. Puis j'aspire son mamelon entre mes lèvres. Avec un gémissement, elle se cambre contre moi.

Ses doigts se glissent dans mes cheveux alors que je sème

une traînée de baisers sur sa poitrine, adorant chacune de ses courbes.

— Ça me fait me demander ce que je pourrais lécher d'autre sur ton corps, chuchoté-je à même sa peau.

Cette question me procure un gros frisson.

J'écarte ses cuisses plus largement tandis que je tombe à genoux comme un homme dévoué, mon regard fixé sur le sien en tout temps.

— Maintenant, murmuré-je, en pressant mes lèvres contre l'intérieur de sa cuisse. C'est exactement ce que j'avais envie de ressentir en me réveillant.

Je l'embrasse à nouveau, cette fois plus bas, goûtant sa douce moiteur. Son gémissement résonne dans la cuisine quand ma langue tournoie autour de son clitoris avant de glisser dans son intimité, recueillant chaque goutte de son excitation.

Je prends mon temps, la caressant lentement, taquinant ses lèvres intimes, glissant ma langue dans sa moiteur, gémissant quand elle écarte davantage ses jambes, m'offrant plus d'espace pour manœuvrer. Ses cuisses tremblent, son souffle est erratique et tout ce que je veux, c'est la maintenir sur la brèche, ouverte et mienne.

La toucher comme ça, jouer avec elle comme ça, c'est tout ce que j'ai toujours voulu.

Si je disparaissais demain, je mourrais en homme heureux maintenant que j'ai eu mon visage pressé contre son intimité, que j'ai eu le droit de lécher sa douceur, de glisser à l'intérieur de son cœur.

Il ne faut pas longtemps avant que son corps se contracte, que ses doigts s'enfoncent dans mes cheveux, et qu'elle se crispe contre ma bouche.

— Steele, gémit-elle, mon prénom résonnant comme une prière.

— C'est ça, bébé, chuchoté-je entre deux coups de langue. Je veux te sentir jouir sur ma langue.

Quand c'est le cas, c'est avec un cri qui résonne contre les murs. Son corps tout entier tremble, et je la maintiens en place, mes mains fermement posées sur ses cuisses, ma bouche revendiquant chacun de ses frissons.

C'est seulement après que le dernier spasme la traverse que je me lève et dépose un baiser contre ses lèvres enflées avant de la soulever dans mes bras pour la conduire dans la chambre.

31

LILAH

Les portes de l'ascenseur s'ouvrent, je sors, passant mes mains sur les côtés de mon manteau. Je n'arrête pas de penser comme c'est agréable de se réveiller dans les bras de Steele ces derniers matins. Chaque nuit, il pousse mon corps au bord du précipice, m'offrant orgasme après orgasme, mais il ne s'est pas encore glissé en moi. S'il essaie de me rendre folle, il effectue un sacré bon travail.

Mes talons résonnent sur le sol de l'arène Kingston Landry alors que je me dirige dans le couloir pour retrouver Rina et revoir le calendrier d'engagement sur les réseaux sociaux de Steele pour le reste du mois. J'ai marché dans ces couloirs une centaine de fois, et j'aime toujours la vision des photos d'équipes encadrées et des bannières qui s'étendent sur le plafond. Ça me remplit immanquablement de fierté d'apercevoir la photo et le nom de Steele là-haut.

— Lilah ! Par ici !

Je lève les yeux et aperçois Evelyn et Callie debout près d'une des immenses fenêtres.

Nora, la petite puce de deux ans de Callie, est perchée sur

sa hanche, ses boucles sauvages sautillantes quand elle pivote pour m'observer de ses grands yeux.

Mon cœur fond instantanément. Dès que je suis assez proche, je me penche et dépose un baiser contre sa joue. Elle est absolument magnifique. Avec un cri, la petite-fille enfouit son visage contre l'épaule de sa maman, nous faisant ricaner.

— Salut, toi !

La jolie blonde sourit, m'attirant dans une étreinte d'une seule main.

— Comment ça va ?

Il y a un bord amusé, mais tranchant dans sa voix. Il est évident qu'elle n'a pas oublié notre conversation à la boulangerie et cherche à obtenir une mise à jour. La chaleur inonde mes joues, et avec un rire, je me couvre.

— Ça va.

— Vraiment ? sourit-elle. À quel point exactement ?

— Nous discuterons bientôt, promets-je. Il y a beaucoup de choses à en dire.

Les yeux de ma tante étincellent de malice.

— Est-ce que c'est la partie où tu nous avoues quelque chose de scandaleux ?

— Non, pas du tout.

En tout cas, rien que je ne sois disposée à partager avec ma marraine. Je décide qu'il est préférable de changer de sujet.

— En réalité, que pensez-vous d'une soirée filles ce vendredi ?

Evelyn secoue la tête.

— J'aimerais bien. Mais j'ai un rencard.

Je hausse les sourcils devant cette information.

— Quelqu'un que nous connaissons ?

Un sourire mystérieux pointe sur ses lèvres.

— Non.

— Ça a l'air génial, intervient Callie, en réajustant la prise de sa fille sur sa hanche. Laisse-moi vérifier auprès de mes parents pour voir s'ils peuvent surveiller ce petit paquet d'énergie. On reste ou on sort ?

— Je pensais à l'appartement de Steele. Histoire de bénéficier d'un peu de discrétion.

— Je suis partante. J'apporterai le dessert, Rina pourra se charger du vin, et Sloane pourra aller chercher à emporter. Et toi ? Tu pourras apporter tous les détails juteux. Sache que je vis par procuration à travers toi en ce moment.

— Je vais envoyer un message à Rina, tu peux vérifier avec Sloane pour voir si elle est libre ?

— Elle a besoin d'une nuit de congés, déclare Callie en faisant doucement rebondir Nora. Si elle ne travaille pas à la boulangerie, elle jongle avec ses frères et sœurs ou bûche pour l'école. Elle a énormément de choses sur le feu.

Je souris à la petite puce.

— Ça ressemble un peu à quelqu'un d'autre que je connais.

Callie caresse la joue de sa fille.

— Ça en vaut vraiment la peine. Elle est la meilleure chose qui me soit jamais arrivée.

— Oui, elle l'est, déclare Evelyn en effleurant les boucles de Nora. Nous parlions justement de combien tout le monde aimait les desserts de Callie lors de l'événement. Elle est officiellement notre référence pour tous les rassemblements des Railers.

— C'est incroyable !

— Ça l'est, murmure Callie, bien que ce sourire vacille brièvement.

Je n'ai pas besoin de l'interroger pour savoir que ces pensées ont dérivé vers Zane et la femme qu'il a exhibée l'autre nuit. Avant que je ne puisse dire quoi que ce soit, elle hausse les épaules.

— Ne t'inquiète pas, me rassure-t-elle. Je ne vais pas le laisser interférer avec ce que je construis.

— Je suis contente de l'entendre, affirme fermement

Evelyn. Tu dois faire ce qui est le mieux pour toi et Nora. C'est tout ce qui compte.

— Exactement.

Je serre le bras de Callie.

— Tout ce que tu as préparé était incroyable. Tu devrais être vraiment fière de toi.

Elle hausse les épaules, mais cette fois-ci son sourire est plus sincère. Et parce que ma marraine ne peut pas s'empêcher de jouer aux entremetteuses, elle change de vitesse avec une lueur malicieuse dans les yeux.

— Tu sais, je pense qu'il est grand temps que tu reviennes dans le jeu. Je ne dis certainement pas que tu as besoin d'un homme, mais partager ta vie avec la bonne personne peut être assez incroyable.

Callie gémit.

— Ne pense même pas à essayer de me piéger.

— Trop tard. J'ai déjà quelqu'un en tête pour toi, la taquine Evelyn. Beau Masterson, le restaurateur. Il a été époustouflé par tes desserts et encore plus quand il t'a vue. Je t'aurais présenté si tu n'avais pas été aussi occupée.

Avec un rougissement, Callie secoue la tête et rit sous cape. Avant qu'elle ne puisse répondre, une voix grave se fait entendre.

— La dernière chose dont Callie a besoin est d'un riche playboy.

Nous nous tournons toutes pour voir River approcher, en fronçant les sourcils et en grimaçant. Son regard croise celui d'Evelyn, puis le mien, avant de s'accrocher à celui de Callie et de s'attendrir en se posant sur Nora.

— Coucou, ma chérie, roucoule-t-il, en tendant la main pour caresser les cheveux de la petite.

Callie fait immédiatement un pas en arrière, et sa main retombe maladroitement à ses côtés. Evelyn fait signe à la petite blonde.

— Tu ne penses pas qu'il est temps que Callie aille de l'avant ? Elle est jeune, belle, et a toute la vie devant elle.

Les yeux de River se posent à nouveau sur Callie.

— Bien sûr que si, mais un autre coureur de jupons n'est pas la réponse.

Callie dresse le menton.

— Ce n'est pas à toi de décider, réplique-t-elle.

— Je n'ai jamais dit que c'était...

Elle l'interrompt, se retournant vers Evelyn avec un sourire mordant.

— En réalité, tu as raison. Si Beau est intéressé, donne-lui mon numéro.

Evelyn applaudit.

— Merveilleux ! Il a mentionné la possibilité de présenter tes desserts dans ses restaurants. Cela pourrait être une énorme opportunité pour ta boulangerie.

— Merci, murmure Callie, ses bras se resserrant autour de sa fille. J'apprécie que tu prennes toujours soin de moi.

— Bien sûr. Tu fais partie de ma famille.

River se dandine d'un pied sur l'autre en passant une main dans ses cheveux blonds.

— Callie, est-ce que nous pouvons discuter ?

Elle fait un autre pas en arrière.

— Désolée, je dois retourner à la boulangerie. Sloane doit être submergée par les clients à l'heure qu'il est.

Sans attendre de réponse, elle se tourne vers les ascenseurs avec Nora toujours blottie contre elle. River la regarde partir, la frustration scintillant de lui par vagues étouffantes, mais il ne la suit pas. À la place, il se force à sourire.

— Je suppose que je devrais y aller. Je vous verrai toutes les deux plus tard.

Puis il s'en va, disparaissant dans le hall. Evelyn l'observe de manière spéculative.

— On dirait que River en pince vraiment après quelqu'un.

— Oui. Non pas qu'elle va lui faciliter la tâche.

Le sourire d'Evelyn ne me dit rien qui vaille.

— Peut-être qu'elle a juste besoin d'un petit coup de pouce dans la bonne direction.

Je plisse les yeux.

— Si tu complotes quelque chose, tu devrais peut-être y réfléchir.

— Mais me mêler des affaires des autres, ça fait partie de la moitié de mon plaisir, réplique-t-elle avec un sourire espiègle.

Un rire m'échappe avant que je ne puisse m'en empêcher.

— Ce qui nous amène à notre soirée de vendredi. Allez, j'ai besoin de détails.

Elle lève une main dédaigneuse.

— S'il obtient un deuxième rencard, nous en discuterons.

Avant que je puisse en dire davantage, elle change de sujet.

— Tu es là pour Steele ?

— En réalité, je voulais discuter de son emploi du temps avec Rina.

— Tu viens tout juste de la manquer. Elle a dû nettoyer l'un des désordres d'Oliver. Je crois qu'elle m'a dit quelque chose comme être à cinq secondes de l'étrangler.

Je ricane.

— Ça me paraît tout à fait plausible. Steele et moi étions à l'université avec son frère, Hayes. Il agissait de la même manière jusqu'à ce qu'une patineuse fougueuse le mette sur le droit chemin.

— N'est-ce pas incroyable comment l'amour d'une bonne personne peut faire des miracles ?

— Nous verrons à ce sujet. Si jamais Oliver trouve quelqu'un qui peut le garder en ligne.

Les yeux de ma tante scintillent comme si elle connaissait un secret.

— Oui. Nous verrons certainement.

Je jette un coup d'œil à ma montre.

— Hmm. Peut-être que je vais attendre que Steele termine.

Je recule d'un pas et me heurte immédiatement dans un torse solide. Des mains fortes attrapent mes épaules, me stabilisent. Pendant une seconde, mon cœur cesse de battre, en croyant qu'il s'agit de Steele, mais l'odeur inconnue d'un parfum de Cologne onéreux me gagne, et je pivote pour découvrir Knox McNichols qui affiche un sourire gêné.

— Désolé pour ça. Je ne voulais pas t'effrayer.

— Tout va bien.

Je me redresse, en réalisant à quel point il est encore proche de moi. Il est attirant, c'est certain. Mais sa beauté ne remue absolument rien en moi. Il se déplace.

— En fait, c'est parfait. J'espérai que nous pourrions nous croiser.

Je fronce les sourcils.

— Oh ?

— Si tu es libre, est-ce que tu veux déjeuner ?

Avant que je ne puisse répondre, Evelyn intervient.

— Knox, quelle fabuleuse idée ! Lilah adorerait.

Je cligne des yeux.

— Vraiment ?

— Absolument.

Ma marraine rayonne en se tournant vers le joueur.

— N'as-tu pas mentionné l'autre jour que tu avais besoin d'une nouvelle assistante ?

Le sourire de Knox s'estompe légèrement.

— Oui. J'ai dû renvoyer la dernière après avoir découvert qu'elle vendait mes histoires sur ce site de commérages à propos des Railers.

— Eh bien, ajoute Evelyn avec désinvolture, tu ne pouvais pas trouver quelqu'un de plus digne de confiance que Lilah.

Je les observe tour à tour.

— Je ne suis pas certaine de pouvoir jongler avec les emplois du temps de deux joueurs.

— Il n'y a qu'une seule façon de le découvrir, assure ma tante, en rejetant mes préoccupations.

Knox sourit.

— Nous pourrons en discuter pendant le déjeuner. Je connais un endroit génial à proximité.

J'ouvre la bouche pour argumenter, mais Evelyn jette un coup d'œil à sa montre.

— Parfait ! Il n'y a rien de tel que l'instant présent.

Dès que son regard insolent croise le mien, je réalise que je viens de me faire avoir. Knox fait un geste vers l'ascenseur, ignorant les machinations de la femme plus âgée.

— Allez, je t'informerai en chemin.

Alors, je marche à ses côtés, en regardant ma marraine.

— Amusez-vous bien, tous les deux ! dit-elle avec un clin d'œil. Et ne t'inquiète pas pour Steele. Je lui dirai où tu es.

32

STEELE

Je tapote mes doigts contre le banc du vestiaire, mon téléphone reposant dans la paume de ma main, l'écran brillant avec un nombre de messages non lus égal à zéro.

Lilah ne m'a pas répondu.

Elle répond toujours.

Même si ce n'est qu'un emoji pouce ou sarcastique.

Mais aujourd'hui ?

Rien.

Avec un air renfrogné, je lui envoie un autre message avant de pouvoir m'en empêcher.

Moi : Hé, veux-tu que je passe te prendre pour qu'on aille chercher quelque chose à manger ?

Toujours rien.

Moi : Ou devrais-je simplement ramener quelque chose à la maison ?

Une sensation désagréable me ronge de l'intérieur. Et si je la pousse trop loin et qu'elle changeait d'avis sur notre arrangement ? Ou si elle décidait que nous sommes vraiment mieux en tant qu'amis ?

Si j'avais pensé qu'elle était inscrite dans mon sang avant, ce n'est rien en comparaison de ce que je ressens maintenant que je l'ai touchée et goûtée.

— Mec, qu'est-ce que ton téléphone t'a fait ? ricane Oliver depuis l'autre côté de la pièce, en me jetant une serviette.

Je la rattrape en plein vol et la rejette plus fort.

— Va te faire foutre.

Il sourit, mais ne pousse pas sa chance avant de disparaître.

Incapable de m'en empêcher, je vérifie mon téléphone pour la énième fois.

Toujours pas de réponse.

Mais enfin, où est passée Lilah, et pourquoi ne répond-elle pas à mes messages ?

Le claquement de talons sur les carreaux de carrelage me fait lever les yeux. Je découvre Evelyn Kingston debout dans les vestiaires, son regard vert vif déjà fixé sur moi alors qu'un sourire étire le coin de ses lèvres.

— Ah, Steele. Justement l'homme que je cherchais.

Je me redresse, glissant mon portable dans ma poche.

— Salut, Madame K.

Elle jette un coup d'œil à Jax, qui se trouve quelques casiers plus loin, en train de tirer sur son maillot.

— Jaxon. C'est bien de voir que tu t'intègres avec l'équipe.

Il lui adresse un sourire arrogant.

— J'aime Chicago et je suis ravi d'être ici.

Evelyn hoche la tête en pinçant les lèvres.

— Est-ce que tu es marié ?

Son sourire vacille.

— Mon Dieu, non. Enfin, pourquoi...

Il croise mon regard et passe immédiatement à la vitesse supérieure.

— Je veux dire, non, Madame. Je ne le suis pas.

— Bon à savoir.

Elle lui adresse un sourire éclatant avant de reporter son attention sur moi.

— Quoi de neuf ? demandé-je, l'écoutant à moitié alors que je sors à nouveau mon portable.

Evelyn croise ses bras, son regard aiguisé se posant sur moi.

— Tu attends quelque chose ? Ou, peut-être, quelqu'un ?

Ma mâchoire se crispe tandis que je débats du fait de devoir admettre ou non la vérité. Cette lutte interne dure cinq secondes avant que je ne laisse échapper un soupir.

— J'essaie de joindre Lilah, mais elle ne répond pas.

Elle fredonne comme si c'était une information fascinante.

— C'est étrange. Je viens juste de la croiser dans les couloirs.

Je n'avais pas la moindre idée qu'elle passait à l'arène aujourd'hui.

— Oh ?

Elle sourit doucement en réponse.

— Oui. Elle vient de partir déjeuner avec Knox.

Tout en moi se fige.

Lilah est avec Knox ?

Mes doigts s'enfoncent dans les paumes de mes mains, une étrange chaleur grimpe dans ma poitrine, et n'a rien à voir avec l'adrénaline d'après entraînement.

— Je suis désolé, elle est avec qui ?

— Knox, répète Evelyn, avec un sourire suffisant. Ils sont sortis déjeuner. J'ai peut-être suggéré que Lilah lui propose ses services d'assistante personnelle, et il semblait très enthousiaste à cette idée.

Par l'enfer, elle va devenir l'assistante personnelle de Knox. Il est dix fois pire que son frère aîné, Colby, ne l'a jamais été. Et je ne pensais pas que c'était possible. Ma mâchoire tressaute.

— Où sont-ils allés ?

Elle incline la tête et appuie un doigt parfaitement manucuré contre ses lèvres.

— Je ne sais pas si je devrais te le dire. Après tout, Lilah est une femme adulte. Si elle désire sortir avec quelqu'un...

Sortir.

Ce seul mot détonne dans ma tête.

— Evelyn.

Heureusement, elle a pitié de moi. Ou peut-être qu'elle ne veut pas me voir péter les plombs. Dans tous les cas, elle m'indique le nom du restaurant.

Ensuite, comme si elle ne venait pas de jeter de l'essence sur une flamme, elle ajoute avec désinvolture :

— Je pense en réalité que Lilah et Knox formeraient un couple séduisant, tu ne trouves pas ? Il pourrait avoir besoin de quelqu'un de gentil et attentionné dans sa vie.

Au lieu de répondre, je sors en trombe du vestiaire, déterminé à découvrir exactement ce qui se passe. En moins de cinq minutes, je glisse derrière le volant de ma voiture, et quitte le parking avec mes mains si serrées autour du volant que mes articulations blanchissent.

Le trajet jusqu'au restaurant devrait être facile, mais la circulation est un enfer. Les rues sont remplies d'hommes d'affaires, de touristes et d'habitants, tous se déplacent à leur propre rythme. Les klaxons retentissent, les chauffeurs de taxi zigzaguent agressivement à travers les voies, et les piétons traversent imprudemment.

Je n'en remarque presque rien.

Mon esprit est concentré sur une seule chose.

Lilah.

Qui est sûrement assise en face de Knox à rire à quelque chose qu'il vient de lui dire. Ce gars se prend pour un enfoiré très drôle. Il est capable d'activer le mode charme quand il veut. C'est exactement de cette manière qu'il attire les femmes dans son lit. Je l'ai vu agir plus de fois que je ne peux le compter, et je ne veux pas que cela arrive avec Lilah. Je le tuerais de mes mains s'il touche ne serait-ce qu'un cheveu de sa tête.

Peut-être que je n'aurais pas dû être si rapide à coller une étiquette d'amis avec avantages sur ce que nous partageons.

Peut-être que j'aurais dû me montrer honnête sur ce que je ressens vraiment.

Mais j'avais peur de la repousser.

À ce moment-là, j'aurais dit ou fait n'importe quoi pour obtenir son accord.

Bien que l'une des foutues règles que j'aurais dû établir est qu'il n'était pas question qu'elle sorte déjeuner avec l'un de mes coéquipiers.

Bon sang, qu'elle ne sorte avec personne.

Point barre.

Et elle ne va très certainement pas devenir l'assistante personnelle d'un autre homme que moi.

Je grince des dents, changeant de voix et apercevant le lac Michigan à ma droite. Le soleil de midi se reflète sur sa surface, scintillant sur fond de gratte-ciel en acier et en verre.

Je n'arrête pas de penser comme j'ai aimé avoir Lilah chez moi ces dernières semaines. La manière dont elle se détend sur mon canapé avec Gaufre, fredonne pour elle-même en flânant dans ma cuisine, ou quand elle erre dans l'appartement en portant l'un de mes tee-shirts. Cela ne manque jamais de réchauffer quelque chose dans ma poitrine.

Elle a transformé ma maison en quelque chose qui ne l'a jamais été auparavant.

Un foyer.

Mon esprit se tourne vers la manière dont elle mord sa lèvre quand elle est profondément perdue dans ses pensées, ou comment son parfum s'attarde dans l'air longtemps après qu'elle est partie.

Ce n'est pas seulement de la jalousie.

C'est une sorte de frustration profonde et possessive.

Le genre qui me fait comprendre que je manque de temps pour comprendre cela avant que quelqu'un d'autre n'intervienne. J'appuie un peu plus fort sur l'accélérateur en prenant le virage suivant avant de me garer dans la rue où se trouve le restaurant.

Bien sûr, il l'a emmenée dans un de ces endroits branchés de Chicago avec des murs en briques apparentes et des fenêtres du sol au plafond. C'est le genre d'endroit qui accueille des réunions de déjeuner, des start-ups et la foule du brunch du week-end.

Je franchis la porte, la cloche au-dessus annonce mon entrée. Je scanne la salle à manger. Il ne me faut pas longtemps pour la trouver.

Elle est assise à une petite table d'angle, les jambes croisées, riant de quelque chose que Knox vient de dire. Son sourire est contagieux. C'est le genre de choses qui me touche profondément, et me serre le cœur.

Je déteste à quel point ils sont beaux ensemble.

Parce qu'ils pourraient l'être. C'est tout ce qu'il faut pour que ma jalousie grimpe en flèche.

Ma mâchoire se crispe. Je traverse le restaurant.

Knox me repère le premier. Ce bâtard suffisant m'adresse un geste du menton.

— Hé, Cap. Je ne savais pas que tu allais nous rejoindre. Prends une chaise, nous étions sur le point de commander.

Les yeux de Lilah s'écarquillent.

— Steele ?

Je ne prends pas la peine de cacher mon irritation alors que je m'installe dans la chaise vide en face d'elle, mon regard fixé sur son visage.

— Je n'avais pas réalisé que tu sortais déjeuner avec Knox, dis-je, à peine capable de garder un ton égal.

Elle se dandine.

— C'était un peu sur un coup de tête.

Knox intervient, l'humour présent dans chacun de ses mots :

— Je suis à la recherche d'une nouvelle assistante personnelle, et j'ai pensé que nous pourrions partager la tienne. Qu'en penses-tu ?

Je pince les lèvres.

— Que tu veux mourir !

Il sourit.

— Oui, je me suis dit que ce serait ta réponse.

— Pourtant, tu l'as quand même emmenée déjeuner et tu lui as demandé de travailler pour toi.

Il hausse les épaules, l'image de l'innocence même.

— J'ai besoin de quelqu'un en qui je peux avoir confiance. Quelqu'un qui ne vendra pas mes secrets à ce site de commérages. Lilah correspond à la description.

Je lui adresse un regard perçant.

— Trouve-toi quelqu'un d'autre. Lilah n'est pas intéressée.

Il s'affale sur sa chaise, ses doigts tapotant pensivement la table.

— Peut-être devrais-tu la laisser répondre par elle-même. Pour autant que nous sachions, elle pourrait aimer gérer deux joueurs de hockey en même temps.

Dans quelques secondes maintenant, je vais me jeter sur cette table et lui tordre le cou. Ce gars est délibérément en train d'appuyer sur tous mes boutons.

— Tu n'as pas un autre endroit où aller ?

— Non. Une fois que Lilah aura accepté de sortir avec moi, j'ai dégagé tout mon après-midi.

Il m'adresse un clin d'œil.

— Mais, hé, pas de pression.

— Ce n'est pas un rencard, craqué-je.

Je suis dangereusement proche de le virer d'ici par le col. J'ai toujours maintenu une laisse étroite sur mon tempérament. Sur la glace, dans le vestiaire et dans ma vie. Mais cette laisse a visiblement atteint son point de rupture.

— Ça n'arrivera pas, déclaré-je. Elle est occupée.

Lilah soupire.

— Steele, tu es ridicule.

Je lui jette un coup d'œil.

— Je le suis ?

Knox ricane.

— Tu sembles un peu territorial pour quelqu'un qui prétend qu'elle n'est qu'une amie.

— Je le jure devant Dieu, Knox, tu es à environ deux secondes de découvrir exactement à quel point je peux être territorial.

Avec un sourire, il lève les deux mains en guise de reddition.

— D'accord, d'accord. Je peux comprendre.

En se levant, il attrape sa veste et adresse un clin d'œil à Lilah.

— Si tu changes d'avis, appelle-moi. Je serai plus qu'heureux de t'avoir dans l'équipe de Knox McNichols.

Il n'imagine même pas comme il est proche d'avoir besoin d'une reconstruction dentaire. Une fois qu'il est parti, le silence s'étend étroitement entre nous.

Je ne parle pas.

Je me contente de la regarder.

Lilah s'agite avant de finalement briser le silence :

— Je n'y réfléchissais pas sérieusement, si c'est ce qui t'inquiète.

— Pourtant, on aurait dit que c'était le cas, répliqué-je, en croisant les bras devant mon torse. Tu riais, tu souriais. Tu lui accordais toute ton attention.

— C'était l'idée de ma tante, et je pensais à l'écouter. Voilà tout.

Je laisse échapper un rire sans joie.

— Ce n'est jamais tout quand il s'agit de Knox, et tu le sais.

Elle lève les yeux au ciel.

— Knox n'a pas le moindre effet sur moi.

— Il aurait dû savoir qu'il ne devait pas te demander de travailler pour lui.

Elle dresse le menton, le regard noir.

— Oh ? Et pourquoi ça ?

— Parce qu'il sait que tu m'appartiens.

Les mots se posent entre nous avec le poids d'une confession.

Les lèvres de Lilah se séparent, ses sourcils se froncent, ses yeux scrutent les miens, comme si elle essayait de lire entre chaque ligne.

— Je pensais, commence-t-elle, que ce n'était qu'une histoire d'amis avec avantages.

Je me penche, baissant d'un ton pour qu'il n'y ait plus qu'elle qui m'entende :

— C'est le cas.

Il y a un moment de silence, assez épais pour nous étouffer.

— C'est exactement pourquoi, ajouté-je, en plongeant mes yeux dans les siens. Nous aurions dû établir une autre règle. Personne d'autre ne touche ta chatte à part moi.

C'est satisfaisant pour moi de voir la manière dont son souffle se meurt, alors que le rouge lui monte aux joues.

— Tu m'as peut-être touchée...

Elle se lèche les lèvres.

— Mais tu ne m'as pas baisée.

Ces mots me frappent comme un coup de poing en plein ventre. Mon pouls s'accélère, et ma queue se contracte. Il faut tout ce que j'ai en moi pour ne pas sursauter.

Je soutiens son regard, prétendant que je ne me consume pas de l'intérieur.

— C'est ce que tu veux, porte-bonheur ?

Ma voix baisse encore, devenant dangereuse.

— Être baisée ?

Elle m'adresse un petit signe de tête hésitant. Avant que je ne puisse répondre, le serveur apparaît.

— Êtes-vous prêts à commander ?

Lilah sursaute comme si elle avait oublié que nous étions en public.

— Nous ne restons pas.

— En fait, nous restons. Et nous aimerions commander.

Elle tourne sa tête vers moi.

— Vraiment ?

Je souris.

— Absolument. Tu es venue ici avec Knox parce que tu avais faim. Et maintenant, je vais te nourrir.

Elle fait la moue. Ma retenue manque de se briser. J'ai envie de me pencher sur la table et de l'embrasser. Je veux la prendre sur mes genoux et la faire se trémousser jusqu'à ce qu'elle me supplie de la ramener à la maison. Au contraire, je lève les yeux vers le serveur.

— Deux steaks. Tous deux à point. Elle prendra un espresso martini et je prendrai une lager.

Il note le tout et s'en va. Après son départ, Lilah se penche en avant, les yeux grands ouverts, et déclare à voix basse :

— Je pensais que tu allais... tu sais.

Je hausse un sourcil.

— Te baiser ?

Ses joues s'enflamment. Elle hoche la tête. Ça lui donne un air tellement adorable. Et complètement baisable.

Je me penche à nouveau.

— Oh, j'ai l'intention de te baiser, Lilah.

Elle en perd le souffle.

— Mais d'abord, dis-je, mes doigts courant le long du bord de la table. Je vais te plier sur mes genoux et donner la fessée à ce cul parfait jusqu'à ce qu'il soit rouge cerise.

Elle halète en haussant les sourcils. Sa réaction vaut tout l'or du monde. Le désir dans ses yeux y est inscrit à l'encre indélébile.

— Je pense que nous savons tous les deux qu'il y a des

choses que je n'ai pas envie de partager avec mes coéquipiers, continué-je dans un grognement d'avertissement. Tu es l'une d'entre elles. Tu es à moi. Souviens-t'en la prochaine fois que l'un d'entre eux t'invitera à déjeuner. Peu importe la raison.

Elle se dandine sur son siège, se demandant peut-être si je lui fais une menace ou une promesse. Alerte spoiler. Les deux.

— Et après que je t'aurais rappelé exactement à qui tu appartiens, dis-je en laissant chaque mot pénétrer en elle. Je te baiserai si fort, que tu ne te souviendras plus des noms des autres gars qui t'ont déjà regardé.

Lilah laisse échapper un souffle tremblant. Ses pupilles sont dilatées, l'expression de son visage étourdie.

— Y a-t-il quelque chose que tu aimerais dire à ce sujet ?

Elle déglutit.

— Non.

— Bien.

Je me penche en arrière avec satisfaction en lui adressant un sourire arrogant.

— Maintenant, assure-toi de manger tout ton déjeuner, porte-bonheur.

— Pourquoi ?

Je souris.

— Parce que tu vas avoir besoin de chaque once d'énergie que tu pourras emmagasiner pour cet après-midi.

Et quand j'en aurai terminé avec elle, il n'y aura plus le moindre doute dans son esprit quant à savoir à qui elle appartient.

33

LILAH

Je ne peux pas m'empêcher de me dandiner sur mon siège alors que nous regagnons le Penthouse. Le cuir est frais sous moi, pourtant je brûle de l'intérieur. Et pas seulement à cause de la chaleur inhabituelle qui passe à travers le pare-brise. C'est autre chose. Une pression. Un désir que je n'ai jamais ressenti auparavant.

La main de Steele repose sur mon genou.

Simple.

Comme toujours.

Pourtant, c'est la chose la plus distrayante du monde.

Chaque partie de moi est concentrée sur l'endroit où ses doigts agrippent ma jambe à travers mon jean. Son pouce trace de minuscules cercles, chacun d'entre eux me faisant trembler. Je m'approche progressivement de la console centrale, encourageant silencieusement sa main à remonter plus haut.

Juste un peu.

J'en veux plus.

Beaucoup plus.

Je veux qu'il me caresse, qu'il me montre exactement à quel point il était sérieux au restaurant.

Parce que maintenant ?

Je suis tellement tendue que j'ai l'impression de pouvoir craquer.

Je le regarde du coin de l'œil, et quelque chose me remue l'estomac. Sa mâchoire est crispée, son profil taillé dans le granite alors qu'il se concentre sur la route qui s'étend face à lui. Il n'a pas dit un mot depuis que nous avons quitté le restaurant, mais son silence en dit long. Sa domination plane dans l'air, lourde comme la tension entre nous.

Ce n'est pas quelque chose que j'attendais de lui.

Steele a toujours été du genre facile. Un refuge tranquille quand tout le reste ressemblait à du chaos. Toujours gentil et stable.

Mais maintenant ?

Maintenant, il est complètement différent.

Décisif.

Possessif.

Il ordonne d'une manière qui fait se crisper mes cuisses, et me fait perdre le souffle.

Il a menacé de me donner la fessée.

La fessée !

Mon cerveau tourne en boucle là-dessus. Un frisson d'anticipation dévale ma colonne vertébrale en essayant d'analyser ce que ça signifie. Ce que ça me ferait. L'idée que sa main puisse se poser sur moi, exigeante, pour me revendiquer, me retourne les entrailles.

Personne n'a jamais posé sa main ainsi sur moi auparavant.

Ni en guise de colère ni en guise de domination.

Et certainement pas de la manière dont Steele le pense.

Ma culotte est trempée à cette idée. Complètement trempée, s'accrochant à moi d'une manière qui fait que chaque changement de position sur le siège est inconfortable. Mon corps connaît déjà la réponse, même si mon esprit est en train de rattraper le coup.

Une fois que nous entrons dans le parking privé sous le bâtiment, Steele coupe le moteur. Le bourdonnement de la voiture se meurt, seulement pour être remplacé par le silence et le bruit sourd de mon propre rythme cardiaque battant à mes oreilles.

Il quitte le siège conducteur, et ouvre ma portière avant que je ne puisse rassembler mes pensées.

— Allez, porte-bonheur, dit-il, d'une voix contrôlée.

Sa voix m'excite plus que je n'aurais pu le penser.

Je ne peux m'empêcher de percevoir l'homme devant moi d'un regard neuf.

Sa main se pose dans le bas de mon dos quand je sors de la voiture. Ce contact me traverse, m'ancre. Il s'y attarde alors que nous traversons le bâtiment jusqu'à l'ascenseur privé. Je me tiens à ses côtés, me tenant parfaitement immobile. Je peux le sentir m'observer. Pas seulement me regarder, mais me voir vraiment. C'est comme s'il savait exactement ce dont j'ai besoin, et à quel point je tombe en morceaux.

L'ascenseur s'ouvre, et les portes glissent pour révéler l'intérieur du Penthouse. Sa main ne s'éloigne jamais de mon dos lorsque nous y entrons. Je marque un temps d'arrêt dans le salon alors que des images de l'autre nuit me traversent l'esprit. Mon cœur bat la chamade quand il s'arrête lui aussi.

— Tu vas vraiment me donner la fessée ?

Il se tourne vers moi avant d'envahir mon espace personnel, jusqu'à ce que je sois obligée de dresser le menton pour maintenir le contact visuel. Ses deux mains glissent dans mes cheveux, se posant à l'arrière de ma tête. Ses yeux sondent les miens avec un sérieux qui fait vaciller mes genoux.

— Oui, Lilah, murmure-t-il. Je vais le faire.

Ses lèvres taquinent ma bouche. Au moment où je fonds sous cette caresse, il recule.

— Je te promets que tu vas profiter de chaque instant, parce que je ne ferai jamais quelque chose qui ne t'offrira pas du plaisir. Est-ce que tu comprends ?

Je hoche la tête, la chaleur explosant en moi. Ses doigts se crispent légèrement dans mes cheveux.

— Utilise des mots, porte-bonheur.

— Oui, chuchoté-je, mon corps entier tremblant. Je comprends.

Sa bouche s'abat sur la mienne, avant que ses lèvres effleurent ma joue.

— Dis-moi, est-ce que ta douce petite chatte est trempée pour moi ?

Ça ne sert à rien de faire semblant. Je mordille ma lèvre inférieure, les joues flamboyantes.

— Oui.

Un faible grondement lui échappe.

— Bien, murmure-t-il, me libérant lentement, laissant ses mains retomber à ses côtés.

— Maintenant, va dans la salle à manger et sors une chaise pour moi.

Mes genoux faiblissent. Je me tourne sur des jambes tremblantes. Chacun de mes pas est calculé, tandis que je me dirige vers la table, et que je sors l'une des chaises pour me tenir derrière. Mes doigts se tordent nerveusement, quand je fais face à la fenêtre.

Dans l'attente.

Emplie de désir.

J'essaie de ne pas m'effondrer.

Je n'ai aucune idée si je suis prête ou non pour la suite. Ce que je sais, c'est que je le désire plus que tout ce que je n'ai jamais voulu dans ma vie.

Le plancher grince derrière moi.

Les pas de Steele se rapprochent.

Contrôlés.

Mon corps se crispe. Il s'arrête directement derrière moi, et sa simple présence m'enveloppe.

Quand sa main se déplace le long de ma colonne vertébrale, je frissonne.

— Tu es silencieuse, déclare-t-il, d'une voix rauque et sombre. Tu deviens nerveuse ?

Je déglutis, toujours face à la chaise, les articulations blanchies contre le rebord de celle-ci.

— Un peu.

Ses doigts se posent à la base de ma nuque, avant de descendre dans mon dos. La sensation est légère, taquine.

— Ne le sois pas.

Il se déplace autour de moi pour s'asseoir sur la chaise, ses jambes écartées. Chaque centimètre de lui est complètement détendu.

À l'exception de ses yeux.

Ils sont sombres, remplis de désir.

— Viens ici, déclare-t-il, plus brusque à présent.

J'avance vers lui, essayant de ne pas trébucher.

Ses yeux ne quittent jamais les miens, tandis qu'il attrape le bouton de mon jean.

— Enlevons-le.

— Ici ?

La surprise s'empare de moi. Sa bouche s'étire légèrement.

— Oui, ici même dans la salle à manger.

Il n'y a pas la moindre précipitation quand il ouvre mon bouton. La glissière de la fermeture éclair fait un bruit assourdissant dans la pièce silencieuse, avant qu'il ne repousse le denim le long de mes hanches, de mes cuisses. Quand il s'accumule autour de mes chevilles, je soulève les talons et me libère, laissant mes jambes nues.

Il jette un coup d'œil au coton fin de ma culotte, sa mâchoire se crispe. Il n'y a aucune chance pour qu'il ne remarque pas à quel point le tissu me colle à la peau.

— Tu ne plaisantais pas. Tu es trempée. Nous devrions aussi te l'enlever.

Ses doigts s'accrochent au tissu délicat, avant de le faire glisser le long de mes jambes pour que je puisse retirer mon sous-vêtement. La chaleur inonde mes joues, quand il m'attire doucement sur ses genoux. Je pose mes mains contre ses cuisses, ne sachant pas comment me positionner. Chaque partie de moi brûle d'anticipation.

— Détends-toi, murmure-t-il. Je te tiens. Comme toujours.

Une de ses mains caresse la courbe de mon dos, lentement, de manière apaisante, tandis que son autre main repose sur l'arrière de mes cuisses.

— Est-ce que tu me fais confiance, Lilah ?

— Oui, dis-je sans hésitation.

Parce que c'est le cas. Ça a toujours été le cas.

Puis, il le lève sa main.

Le premier contact est léger contre ma chair nue.

À peine plus qu'un avertissement.

Je halète. Le son m'échappe avant que je ne puisse m'en empêcher. Pas à cause de la douleur. Je n'en ressens presque pas. Mais de la vive et étourdissante ruée de plaisir qui m'inonde. Avant que la sensation ne puisse complètement s'installer en moi, sa paume s'abat au même endroit, ses doigts chauds se perdant sur ma peau.

— Est-ce que ça va ?

Sa voix est stable, mais rauque à présent. Un fil de désir brut qu'il n'essaie même pas de dissimuler.

— Oui, chuchoté-je.

— Comment ça s'est passé ?

Un frisson me parcourt le dos.

— Bien, dis-je, les joues brûlantes face à cette admission.

Il ne s'éloigne pas, au contraire, son contact devient plus intense, ses doigts pétrissant la chaire douce de mes fesses. Sa prise se raffermit juste assez pour me faire trembler.

— Vraiment ? Tu as aimé ?

Il n'y a plus de taquineries à présent.

Seulement un désir sombre enveloppé dans chaque syllabe qu'il prononce.

Je pince les lèvres et me force à hocher la tête.

— Oui, j'ai aimé ça.

Un son profond et guttural lui échappe tandis qu'il se déplace sous moi, son érection pressant avec insistance contre ma hanche.

— Peut-être devrais-je vérifier par moi-même, murmure-t-il, plus pour lui-même qu'autre chose.

Ses doigts glissent entre mes cuisses, caressant la moiteur qui s'y accumule. Un son désordonné m'échappe, mes hanches se balancent instinctivement vers sa main.

— Oui, laisse-t-il échapper, glissant ses doigts en moi d'une poussée lente et torturante. Tu es toute trempée, bébé. Dégoulinante pour moi.

J'enfouis mon visage entre ses jambes, mortifiée, et comblée tout à la fois.

— Tu aurais certainement ruiné ta culotte, ajoute-t-il. C'est une bonne chose que nous l'avons retirée.

La chaleur m'inonde de toutes parts, mon corps se contracte. Sa cuisse bouge sous mes mains. Ce n'est qu'alors que je réalise à quel point il est aussi excité.

Pas seulement en me touchant.

Mais à cause de tout ça.

De la manière dont je suis allongée sur ses genoux, exposée, en confiance. Même si nous ne l'avons pas encore dit à haute voix.

J'adore ça.

J'aime la manière dont il me touche. Comme si j'étais précieuse.

Comme si j'étais à lui.

— Putain, Lilah.

Sa main caresse l'arrière de ma cuisse avant de remonter à nouveau, faisant battre mon cœur si fort que ça couvre tout le reste.

— Tout ce que je veux, c'est te faire te sentir bien, murmure-t-il. Encore et encore, jusqu'à ce que tu oublies chaque connard qui t'a un jour fait penser que tu n'étais pas suffisante.

Ces mots m'atteignent bien plus que n'importe quel contact, me rendant impossible le fait de parler ou même de penser.

Quand il me décale légèrement, ajustant l'angle de mes hanches sur ses genoux, la preuve de son excitation appuie fortement contre moi à nouveau, et tout mon corps se crispe d'anticipation. Pourtant, il ne se précipite pas. Il ne perd pas le contrôle.

Il me garde maintenue sur ses genoux, ses mains errant sur mon corps, son souffle taquinant ma peau, provoquant une vague de chair de poule dans leur sillage. Sa bouche suit, drapant un baiser léger le long de mon dos, comme s'il avait besoin de goûter chaque centimètre de ma peau exposée. La deuxième fessée atterrit plus fort, allumant une piqûre plus vive qui me provoque un halètement.

La troisième suit rapidement, sa délicieuse brûlure envoyant un éclair de désir à travers tout mon corps, culminant en un gémissement qui s'échappe d'entre mes lèvres. Chaque fessée se construit sur la dernière, en un crescendo de sensation qui me défait de l'intérieur vers l'extérieur. Pourtant, après chaque coup, sa main apaise ma peau, en une douce caresse qui me stabilise, me rappelant sa présence inébranlable.

— Tu te débrouilles si bien, porte-bonheur, déclare-t-il, sa voix veloutée dégoulinante d'approbation. Tu es si douée.

Ces éloges inattendus envoient une vague de chaleur à travers tout mon corps, avant qu'elle ne se loge dans mon bas-ventre. Je n'avais pas anticipé à quel point ces mots m'affecteraient profondément, ou à quel point j'aspirerais à obtenir sa validation. Cette réalisation est à la fois choquante et exaltante.

Au moment où il s'immobilise, je suis haletante, mon corps enflammé par un besoin que je ne savais pas exister. Mon cœur palpite, et je peux percevoir l'évidence humide de mon excitation contre l'intérieur de mes cuisses. La combinaison de sa main ferme, et de ses mots tendres m'a complètement ruinée, me laissant désireuse d'en obtenir davantage.

Mon corps est en feu, mon entrejambe palpite de désir.

Mais ce n'est pas seulement une accumulation d'excitation qui fait rage dans mon estomac.

C'est autre chose.

Quelque chose de plus profond.

Quelque chose que je ne suis pas prête à examiner de trop près.

— Steele, chuchoté-je.

Il me soulève doucement dans ses bras comme si je ne pesais rien, et me porte dans le couloir en direction de sa chambre. Chaque pas me fait frissonner. Mon cul picote encore de la plus délicieuse des manières. Je tremble, j'ai la tête légère. Prise entre l'après brumeux de tout ce qui vient de se passer et l'anticipation croissante de ce qui est encore à venir. Steele pousse la porte de la chambre de son pied puis se dirige vers le lit à un rythme régulier et délibéré. Il me pose sur le matelas avec une douceur qui fait battre mon cœur plus vite.

Il se penche, une main plantée à côté de ma tête, et me regarde. Ses yeux me brûlent avec une intensité sombre et affamée qui me transperce de part en part.

— Ça, murmure-t-il, d'une voix rauque. Ce n'était qu'un petit avant-goût de ce que je vais te donner.

Ces mots se répercutent directement dans mon bas-ventre.

Quand sa bouche s'abat sur la courbe de ma clavicule, qu'elle effleure avant de la mordiller, je me penche contre lui sans réfléchir, cherchant à en obtenir davantage.

J'ai besoin de plus.

Il agrippe l'ourlet de mon pull et le soulève vers le haut, le faisant passer par-dessus ma tête, me mettant à nue sous son regard. Il recule l'espace d'un instant, ses yeux me balayant comme si j'étais la chose la plus captivante qu'il ait jamais vue.

— Tu es tellement belle. Putain.

Ses mains passent dans mon dos pour ouvrir mon soutien-gorge, la tension du tissu s'atténue avant qu'il ne le fasse glisser le long de mes bras et ne le jette sur le côté. La manière vénérable dont il me contemple me met en transe.

Il tend la main, jouant avec mes mamelons, les effleurant de ses pouces jusqu'à ce qu'ils durcissent à son contact.

— Ai-je mentionné à quel point j'aime tes tétons ? demande-t-il, avec un accent taquin.

Je secoue la tête.

— Je ne crois pas.

Le sourire qu'il affiche est machiavélique.

— Alors j'ai été négligent.

Il pince les deux à la fois, envoyant une impulsion de chaleur directement dans mon cœur. Je me penche contre ses mains, avide d'en obtenir plus.

— Tellement impatiente, murmure-t-il, faisant courir sa bouche sur la courbe de mon sein. Et tellement foutrement réactive.

Il pétrit doucement ma poitrine, pince mes deux mamelons.

— Il n'a jamais compris ce qu'il avait, n'est-ce pas ?

Il ne mentionne pas son prénom, mais nous savons tous les deux à qui il fait référence.

Je ne peux pas me résoudre à parler. Pas quand chaque cellule de mon corps explose comme des feux d'artifice à son contact.

Ses mains descendent sur mes côtes, tranquillement et avec

révérence, comme s'il savourait chaque centimètre qu'il avait enfin le droit de toucher.

L'air frais frappe l'humidité entre mes cuisses, me faisant frissonner, mais ce n'est rien en comparaison de la sensation de ses mains qui s'abaissent, de ses doigts me taquinant, ne me donnant jamais assez.

— Tu es trempée pour moi, grogne-t-il à mon oreille. Putain de dégoulinante, bébé.

Je gémis, m'appuyant contre sa main, désespérée pour plus de contact, pour n'importe quoi.

— Tu es parfaite, murmure-t-il. Me laisser te toucher pour me laisser sentir à quel point tu en as besoin.

Il fait courir ses doigts le long de mon intimité, me taquinant jusqu'à ce que je me dandine sous lui.

— Tu n'as pas la moindre idée de l'effet que tu me fais, Lilah, grogne-t-il, posant sa bouche le long de la courbe de ma hanche. Je pense à toi étalée pour moi chaque fois que je ferme les yeux.

Un son désespéré et brisé s'échappe de ma gorge quand il me caresse enfin là où j'en ai le plus besoin, jusqu'à ce que mes muscles se contractent.

— C'est ça, grogne-t-il. Laisse-moi te sentir. Laisse-moi faire chanter ton corps comme personne d'autre ne l'a jamais fait. Laisse-moi te montrer exactement à qui tu appartiens.

Et que Dieu me vienne en aide, j'en ai envie.

J'ai envie de tout ça.

— Tourne-toi, m'ordonne-t-il. Je veux voir ce magnifique cul en l'air.

Pendant une seconde, je suis trop étourdie pour bouger, trop enveloppée par la chaleur de ses mains et le ton rauque de son ordre.

Ensuite, ses doigts glissent jusqu'à mon clitoris, le tapotant une fois. C'est ferme, mais taquin.

— Tu m'as entendu, porte-bonheur ?

L'avertissement dans sa voix fait naître un frisson le long de ma colonne vertébrale. Je me décale, roulant sur le ventre. La fraîcheur des draps rencontre ma peau échaudée, tandis que je soulève mes hanches, obéissante, m'offrant sans la moindre hésitation.

Et juste comme ça, je suis de nouveau entièrement à lui.

Chacune de mes pensées.

Chaque centimètre tremblant de mon corps lui appartient.

La paume de Steele serre mon cul, comme s'il voulait mémoriser chacune de mes courbes. Ses mains sont partout, à la fois m'épinglant au matelas, et me tenant avec possessivité. Je frissonne quand il écarte ma peau, exposant tout de moi sans la moindre once de honte. L'air frais contre ma chair humide et douloureuse me fait gémir alors que mon cœur martèle dans ma poitrine.

Je sais qu'il peut tout voir de moi désormais.

Chaque centimètre trempé, impatient.

Et le frisson de cette connaissance s'ancre dans mon bas-ventre, m'embrasant.

Ses doigts descendent plus bas, légers comme une plume et sans se presser. Lorsque la pulpe de son doigt effleure l'anneau musculaire intact, tout mon corps se crispe. C'est en partie un choc, ainsi qu'une bonne quantité de chaleur pure en fusion.

— Quelqu'un t'a-t-il déjà prise par ici, bébé ? me demande-t-il en passant, comme s'il connaissait déjà la réponse.

Comme s'il avait d'ores et déjà revendiqué cette partie de moi aussi.

Je demeure immobile, chacun de mes sens accordés à sa voix, son contact, et la faible chaleur s'épanouissant profondément en moi.

— Non, chuchoté-je.

Il ne bouge pas. Il continue simplement à me caresser doucement, à me taquiner, en tournoyant autour. Absorbant chaque petite réaction avec une intense concentration.

— Est-ce quelque chose que tu souhaites explorer ?

Je me stabilise en prenant une grande inspiration.

La question ne semble pas invasive.

C'est plus comme une offre. Offerte avec tendresse, superposée dans ses intentions. Et au vu de la manière dont il me regarde, la façon dont il suit chaque battement de mon souffle, chaque tremblement de mes membres, ça me prouve clairement qu'il ne s'agit pas seulement de sexe pour lui.

Il s'agit de confiance.

Il s'agit de me montrer ce que l'on ressent en étant chérie lorsque l'on est complètement à nue.

— Oui, murmuré-je, le cœur battant.

Steele laisse échapper un bruit brut et guttural.

Comme si ma réponse venait d'ouvrir quelque chose de profondément ancré en lui.

— Bien.

Il dépose un baiser en bas de mon dos.

— Parce que l'idée de te prendre de cette façon me rend fou.

Sa confession me fait frissonner.

Quelque chose de primal s'anime en moi, désirant être libéré.

Après quoi, ses doigts glissent vers l'endroit où je suis déjà trempée, il me caresse avec une lenteur exaspérante. Je tremble sous lui, en enterrant mon visage dans les draps, essayant de m'agripper pendant qu'il me pousse plus près du bord, plus près de quelque chose qui paraît accablant.

— Hmm, fredonne-t-il, la voix épaissie par son désir. J'aime te voir comme ça. Toute tremblante pour moi.

Quand il taquine à nouveau cet endroit interdit, je gémis, mordant ma lèvre inférieure. Cette sensation est nouvelle et surprenante.

Trop.

Et pourtant, pas suffisante.

Je veux plus.

Je veux tout.

Il se penche jusqu'à ce que son torse frôle mon dos, sa chaleur s'apposant comme une marque contre ma colonne vertébrale.

Son souffle se perd sur mon oreille quand il se penche pour murmurer :

— Je vais te faire ressentir des choses que tu n'as jamais ressenties auparavant, porte-bonheur. Mais seulement si tu me fais confiance. Seulement si tu m'y autorises.

Je lui fais confiance plus qu'à quiconque.

Au lieu d'avoir peur, je me sens vue.

Vénérée.

Plus que ça, j'ai l'impression de lui appartenir.

Ses doigts courent le long de mon sillon avant de descendre plus bas, me taquinant lentement en des cercles délibérés. Tout mon corps se contracte alors qu'une douleur désespérée s'accumule sous ma peau.

Sans avertissement, il s'écarte.

— Écarte un peu plus les genoux, murmure-t-il.

J'obéis instantanément, perdue en lui et en ce besoin qui vibre à travers chaque centimètre de mon corps. Je perçois un léger et délicieux bruissement de vêtements derrière moi. Puis je perçois son gland, épais et dur, contre l'entrée de mon corps.

— Steele, gémis-je, en m'appuyant sur mes coudes, et en tremblant si fort que je peux à peine rester debout.

— Je te tiens.

Je peux aussi sentir son corps trembler.

Il est tout aussi excité et désespéré que moi.

Et oui, il me tient.

Il fait courir son gland de manière taquine à travers mes replis intimes, recueillant chaque goutte de mon humidité, comme pour savourer cet instant. Son corps tremble, comme s'il se battait pour se retenir.

— J'ai besoin que tu me dises si c'est trop, grogne-t-il à mon oreille. Si tu as besoin que je ralentisse ou que j'arrête, dis-le-moi simplement.

Sa main caresse mon dos de manière apaisante, me stabilisant.

— Je ne le ferai pas, clamé-je d'une voix à peine audible par-dessus les battements tonitruants de mon cœur. J'ai besoin de toi, Steele.

Un son brisé, à moitié un gémissement, à moitié quelque chose ressemblant à une prière, lui échappe. Et puis, enfin, il plonge en moi.

Je halète, mes mains agrippant les draps, alors qu'il m'étire, me remplit centimètre par centimètre, son corps tremblant contre le mien.

— Putain, bébé, grogne-t-il, le front pressé contre mon épaule. C'est si bien. Tellement bon.

Je gémis, me plaquant contre lui, ayant besoin de plus, ayant besoin de tout de lui.

— Ressens-tu à quel point je suis profondément en toi ? demande-t-il, d'une voix semblable à celle du péché. Chaque coup de reins conçu pour t'adorer. Te noyer dans le plaisir. C'est tout ce que je veux, t'offrir tellement de bonheur que tu ne pourras plus jamais vivre sans lui. Je vais te ruiner pour quelqu'un d'autre. Une poussée dévastatrice à la fois.

Mes hanches bougent instinctivement, le suppliant silencieusement de tenir cette promesse. Et Steele me le donne, me pénétrant plus profondément jusqu'à ce qu'il ne reste plus le moindre espace entre nous.

Jusqu'à ce que je sois tellement remplie de lui que j'ai l'impression que nous sommes faits pour ça. Il impose un rythme qui fait se recroqueviller mes orteils et me fait gémir sans contrôle. Chaque mouvement de son sexe me fait me sentir adorée, revendiquée. Il atteint quelque chose profondément en moi qui rend ma vision floue et fait se crisper chacun de mes doigts sur les draps.

— Tu me prends tellement bien, gémit-il. Cette chatte était faite pour moi.

Je ne peux pas discuter. Encore plus que ça, je ne veux pas.

Parce que c'est vrai.

Son rythme s'accélère.

Plus vite.

Plus fort.

Mon corps vient à la rencontre de chacun de ses coups de reins avec un désespoir égal au sien. Sa prise sur mes hanches se raffermit alors qu'il me pilonne, de manière implacable et parfaite. Ma peau est humide, mes cuisses tremblent, et je sais que je suis proche.

La tension à l'intérieur de moi s'accumule avec chaque mouvement régulier de ses hanches.

Chaque petit gémissement qu'il pousse contre ma peau.

Chaque mot chuchoté qui s'échappe d'entre ses lèvres.

— Si belle. Si parfaite.

Le plaisir continue de croître jusqu'à ce qu'il soit aussi vif, doux et dévorant.

Jusqu'à ce que je vacille sur le bord.

Et quand il tend la main, atteignant mon clitoris de ses doigts habiles, me caressant au rythme parfait de ses coups de reins, je me retrouve à danser sur le bord du gouffre, à peine capable de tenir.

— Steele...

— Je sais, bébé. Lâche prise. Je veux te sentir jouir sur ma queue.

Je lâche prise en gémissant, mes muscles se contractant autour de lui alors que ma vision devient floue et qu'un millier d'étoiles explosent derrière mes paupières. Tout mon corps se contracte, pulsant d'un plaisir si intense que mes genoux fléchissent.

Steele grogne au moment de me rejoindre par-dessus bord. Ses hanches s'enfoncent profondément une dernière fois avant qu'il se répande en moi, poussant un cri rauque, suivi de mon prénom.

Pendant un long moment, nous nous accrochons l'un à l'autre, instables et silencieux, perdus.

Il me relâche et me prend dans ses bras.

— Tu es à moi maintenant, Lilah, murmure-t-il contre mes cheveux, la voix rendue rauque par l'émotion.

Et nichée contre lui, le cœur encore battant, le corps bourdonnant de l'écho de lui en moi, je sais que c'est vrai.

Pour la première fois de ma vie, je comprends ce que cela signifie d'être complètement baisée.

Et rien ne m'a jamais paru aussi incroyable.

34

STEELE

Je m'appuie contre le plan de travail pendant que Lilah se déplace dans la cuisine. Ses cheveux sont relevés en un chignon sur le sommet de sa tête et un pull ample glisse d'une de ses épaules tandis qu'elle arrange soigneusement des tranches de fromage et de charcuterie sur une planche de bois.

Je n'ai jamais voulu dévorer quelqu'un qui tranche du fromage et arrange des amandes de ma vie. Je ne pensais même pas que c'était une possibilité.

— Tu sais qu'il va être démoli d'ici dix minutes, pas vrai ? dis-je en souriant alors qu'elle expose soigneusement une pile de crackers.

Lilah ne se donne même pas la peine de regarder ce qu'elle fait.

— Ce n'est pas pour toi. C'est pour les filles, et nous apprécions vraiment l'effort.

Elle attrape un brin de romarin, le glisse entre les crackers comme si elle dressait un repas étoilé.

— Je suis presque certain que Callie, Rina et Sloane ne se soucieront pas de l'apparence.

Un sourire effleure le coin de ses lèvres.

— Tu ne comprends tout simplement pas l'art d'une bonne planche de charcuterie, Sanderson. La présentation compte.

Je m'écarte du plan de travail et m'avance vers elle, avec des mouvements délibérés.

— Est-ce que c'est vrai ?

Elle tend la main pour attraper les olives, complètement imperturbable lorsque je m'avance derrière elle, enroule un bras autour de sa taille et serre la courbe de sa gorge.

— Steele, m'avertit-elle avec un rire.

Je mordille l'endroit juste en dessous de son oreille.

— Tu sens la vanille et le romarin.

— Tu vas gâcher mon plateau.

— J'aimerais gâcher beaucoup plus que ça.

Avec un petit ricanement, elle me pousse doucement avec ses coudes.

— J'ai des choses à faire avant que les filles ne viennent ici. Toi, tu dois te préparer pour partir.

Je gémis de façon spectaculaire.

— Tu me chasses de mon propre appartement ?

— Oui. Toi et les gars pouvez créer des liens autour d'une bière et de mauvaises décisions.

Elle a raison, je devrai me bouger, mais quelque chose à propos de Lilah dans ma cuisine, chez moi, me rend presque incapable de m'éloigner.

J'adore ça.

Avant que je puisse répliquer, une notification sur mon téléphone m'indique que les invités sont en train de monter.

On dirait que la soirée entre filles a officiellement commencé.

Je me dirige vers l'ascenseur pour saluer Callie et Rina. Gaufre traîne derrière moi, frappant une balle d'avant en arrière tandis que je trouve les deux jeunes femmes chargées de vin et de sacs à emporter. Callie m'adresse un petit sourire en ajustant la sangle de son sac à main.

— Salut, Steele.

Elle a toujours été un peu hésitante en ma présence. Réservée. Et encore plus depuis sa rupture avec Zane. Rina d'autre part ? Il n'y a pas une once de timidité dans son corps. Peut-être parce que le recrutement de joueurs en tant que responsable de relations publiques de l'équipe nécessite un certain niveau de confiance. Elle hausse un sourcil en me saluant.

— Merci de nous laisser utiliser ton appartement ce soir, dit-elle en me frôlant dans l'entrée. Nous essaierons de ne pas trop nous emporter.

— Ne me fais pas de promesses que tu ne peux pas tenir, répliqué-je.

— Évidemment.

Lilah nous observe dans le couloir avec un sourire.

— On dirait que vous avez apporté assez de ravitaillements pour une semaine entre filles.

Callie soulève ses sacs.

— Mieux vaut être préparée.

Rina m'adresse un vague geste de la main.

— Cette semaine a été un véritable enfer. Je prévois de boire assez pour oublier que j'ai ne serait-ce qu'un emploi.

Je jette un coup d'œil à Callie.

— J'espère que c'est toi qui conduis.

Elle hoche la tête.

— Maman désignée. Comme toujours.

Juste au moment où nous atteignons la cuisine, des voix masculines bruyantes remplissent l'entrée, je jette un coup d'œil vers l'ascenseur au moment où Knox, River, Oliver et Jax apparaissent. Knox sourit.

— Salut, Cap.

Je fronce les sourcils.

— Qu'est-ce que vous faites ici ? Je pensais que le plan était de se retrouver au bar.

Knox hausse les épaules, complètement impertinent.

— Oui, mais ensuite nous avons entendu que Lilah organisait une soirée entre filles, et nous avons pensé que nous passerions d'abord par ici.

Oliver sourit, se dirigeant déjà vers le vin que Rina a apporté.

— D'ailleurs, qu'est-ce que serait une soirée sans moi ?

Rina lui arrache la bouteille des mains.

— Si tu touches à mon vin, je te fous mon pied au cul.

— Ce ne serait pas la première chose qu'il appréciera dans son derrière, rétorque Jax avec un reniflement.

Oliver lui fait un doigt d'honneur en se retournant vers Rina, ses yeux bleus brillant de malice.

— Je ne savais pas que tu étais aussi possessive.

Elle fulmine.

— L'alcool est ce qui me permet d'oublier toutes mes interactions avec toi.

— Comme si c'était possible. Je suis le point culminant de tes semaines, bébé. Et nous le savons tous les deux.

— Si ça te plaît, continue de te le raconter, grogne-t-elle.

— Nous avons essayé de culpabiliser Laiken pour qu'il crée des liens avec l'équipe, mais il a refusé. Tu sais combien il déteste laisser Élodie toute seule, déclare River.

Je renifle.

— Pensais-tu vraiment qu'il voudrait passer du temps libre avec nous s'il pouvait être avec sa fille ?

— C'est un homme intelligent. Je choisirais Élodie plutôt que vous, à tout moment, ajoute Knox.

Le regard de River se pose sur Callie et s'y attarde.

— Hé, Callie. Comment va Nora ?

Cette dernière se crispe en s'agrippant au plan de travail, son expression soigneusement neutre.

— Elle va bien.

River se rapproche, pas le moins du monde découragé par la froideur dont elle fait preuve envers lui.

— Je voulais te parler de l'autre...

Son ton devient glacial quand elle l'interrompt.

— Ne te dérange pas. Tu n'as pas besoin de continuer à me surveiller. Si Zane désire avoir des nouvelles de sa fille, il sait comment me joindre.

La mâchoire de River se crispe.

— Quoi ? Non, ce n'est pas...

Avant qu'il ne puisse terminer, Callie se détourne, mettant effectivement un terme à la conversation. Knox murmure :

— Eh bien, c'était certainement gênant. J'ai l'impression que c'est de cette manière que se déroulent la plupart de tes interactions avec les femmes.

Avant que quelqu'un d'autre ne puisse commenter, l'ascenseur s'ouvre. Je lève les yeux, m'attendant à trouver la dernière des amies de Lilah.

— Merde. Qui est-ce ? murmure Jax, les yeux fixés sur cette dernière.

Je suis son regard vers la petite brune aux yeux perçants.

— Sloane. Elle travaille chez Lakeshore Sweets avec Callie.

Jax hoche distraitement la tête, la contemplant toujours comme si c'était la première femme qu'il voyait dans sa vie. Avant que Sloane puisse saluer tout le monde, Jax s'avance dans sa direction. Ses lèvres affichant un sourire facile.

— Tu travailles à la boulangerie, dont tout le monde parle toujours, c'est ça ? Peut-être que je devrais y passer un jour.

— Vraiment ?

Sloane le regarde de haut en bas.

— Tu ne me sembles pas être du genre sucré.

Jax affiche un sourire caractéristique en réponse.

— Pas habituellement, mais j'aime apprendre de nouvelles saveurs.

Sloane hausse un sourcil.

— Quelle coïncidence, c'est aussi le cas de Nora.

Knox s'étouffe avec sa bière alors que Jax se rapproche, usant de son charme à plein régime.

— Dans ce cas, elle et moi avons quelque chose en commun.

Sloane renifle en secouant la tête.

— Serait-ce le fait d'avoir zéro maîtrise de toi-même et un penchant pour faire des crises ?

Knox siffle et River étouffe un rire.

— Elle te tient là, Jax, ricane Knox.

Notre coéquipier ignore cet avertissement.

— Peut-être que je pourrais t'inviter à sortir un jour, pour que tu puisses le découvrir par toi-même.

Sloane lui jette à peine un coup d'œil, et déclare d'un ton neutre :

— Non, merci. Certains d'entre nous n'ont pas le temps de jouer.

Le sourire en coin du jeune homme vacille pendant une fraction de seconde avant de se remettre en place.

— Si tu changes d'avis, mon offre reste valable.

— Je ne le ferai pas, conclut Sloane en levant les yeux au ciel.

Knox les suit du regard, je croise celui de River. Je ne connais pas bien Sloane, mais son comportement irritable ne semble pas du tout dissuader notre coéquipier. Knox me tape sur l'épaule.

— Allez, Cap. Nous devrions nous en aller et laisser les filles entre elles.

Je regarde Lilah, qui se prélasse sur le canapé en ricanant avec Callie. En toute honnêteté, je préférerais de loin rester ici.

Rina observe fixement Oliver.

— Fais-moi plaisir et essaie de ne pas finir sur TMZ.

Il lui adresse un clin d'œil.

— Pas de promesses, bébé.

Rina attrape un coussin et le balance dans sa direction. Avec un sourire, Oliver écarte le projectile. Quand les portes de l'ascenseur se ferment, Knox secoue la tête en riant.

— Alors, dis-moi, Cap. Est-ce qu'elle réalise à quel point tu es mordu d'elle ?

Je lui rends son regard.

— Pas encore. Mais elle le fera.

Knox sourit, en me tapant l'arrière de la tête.

— J'ai hâte de voir comment ça va se terminer. C'est bien mieux que les K-dramas que ma sœur n'arrête pas de mater.

Oliver sourit.

— Ta sœur, hein ?

— Va te faire foutre, Van Doren.

Il tourne la tête vers moi avec un sourire en coin.

— J'espère juste que Cap brisera enfin son abstinence. Je détesterai qu'il oublie comment on fait.

Ils n'ont pas la moindre idée que la série est déjà terminée.

Et que je n'ai pas l'intention de revenir en arrière. Jamais.

35

LILAH

Nous sommes toutes allongées dans le salon de Steele, entourées de couvertures duveteuses, de charcuterie à moitié avalée et de quelques bouteilles vides. La vue à l'extérieur des immenses fenêtres est tout simplement magnifique.

C'est le décor parfait pour une soirée confortable.

— Alors, commence Rina en sirotant son Cabernet et en plissant les yeux dans ma direction. Je pense que nous avons toutes besoin d'une mise à jour.

Je joue les innocentes.

— À propos de quoi ?

Callie renifle.

— Euh, bonjour ? L'offre d'amis avec des avantages à Steele qui a été rejetée soi-disant. Je meurs d'envie de savoir ce que tu as décidé. Les étincelles qui volaient entre vous lors de l'événement des Railers la semaine dernière...

— Je suis encore en train de récupérer, ajoute Rina, faisant tourbillonner son vin. On pouvait couper la tension entre vous deux avec un couteau à beurre.

Je ricane, mais au moment où mon regard se pose sur la

table basse – celle-là même où j'ai été étalée il n'y a pas si long-temps – la chaleur inonde mes joues.

— J'ai décidé d'accepter son offre, murmuré-je en avalant une longue gorgée de vin pour dissimuler mon rougissement.

Il y a une inspiration collective autour de moi.

Callie se penche, les yeux écarquillés de curiosité.

— Comme dans... vous couchez ensemble maintenant ?

Je secoue la tête.

— Je ne vous donnerai pas de détails, mais oui, nous le faisons.

Rina laisse échapper un bourdonnement satisfait, en s'enfonçant plus profondément dans le canapé, affichant un air suffisant.

— Je le savais. Cet homme te regarde comme si tu étais la seule femme sur la planète.

— C'est clair, acquiesce Callie, en poussant mon genou avec le sien. Et il l'a toujours fait.

J'affiche un petit sourire légèrement étourdi.

— C'est le jour et la nuit entre Devon et lui. Il n'y a aucune comparaison.

Cela mérite un chœur de hochements de têtes et quelques murmures « évidemment » de partout dans la pièce.

Sloane, qui sirote son vin, pose son verre avec un fracas décisif.

— D'accord, vraie discussion. Les amis avec des avantages peuvent certainement fonctionner. Mais seulement si les deux personnes sont claires sur ce qu'elles veulent.

— Et vraiment honnêtes, ajoute Rina en tapotant ses ongles contre son verre. Parce que sinon ? Ça devient vite le bordel.

Callie fronce les sourcils.

— Mais c'est Steele. Ce n'est pas un homme au hasard. C'est ton meilleur ami. Ça rend les choses encore plus risquées.

Je mordille ma lèvre inférieure, en sentant le poids de leurs regards sur moi.

— Je sais. Faites-moi confiance, je le sais. Simplement, être avec lui, c'est différent. Ce n'est pas seulement une question de sexe. C'est facile. Confortable. Presque comme si notre amitié avait toujours conduit à ça.

— Peut-être que c'est le cas, déclare doucement Callie.

— Tu mérites la facilité, ajoute fermement Sloane. Tu mérites d'être vénérée et adorée.

— Désirée, intervient Rina. Et n'essaie même pas de le nier. Cet homme te désire. On peut le voir chaque fois qu'il te regarde.

Un sentiment de chaleur s'épanouit dans ma poitrine en entendant leurs paroles, sans la moindre hésitation.

— Cependant, c'est effrayant, avoué-je. Et si je merdais et le perdais ?

— Tu ne le feras pas, me rassure Callie, en attrapant ma main. Si c'est réel, et ça a l'air follement de là où je me trouve, tu ne vas pas le perdre.

— Et si tu le perds, enchaîne Sloane en haussant les épaules avec un regard malicieux, nous mettrons la clé sur sa Lamborghini.

Je ricane, ma peur s'amenuisant quelque peu.

— Quoi qu'il arrive, déclare Rina en levant son verre. Tu n'es pas toute seule. Tu nous as.

J'abats mon verre contre le leur, me sentant plus légère, plus stable que je ne l'ai été depuis des semaines. La conversation s'estompe un instant, nous sommes toutes perdues dans nos propres pensées. Je me décale sur le canapé et observe Sloane, qui est allongée dans le fauteuil avec son verre de vin en équilibre sur un genou.

— Alors...

Je commence d'un ton taquin.

— Qu'as-tu pensé de Jax ?

Sa réaction est immédiate. Elle laisse échapper un reniflement puis avale une longue gorgée de son vin, comme si elle avait besoin de force avant de répondre.

— Pas grand-chose.

Je ricane.

— Sérieusement ?

Elle fronce les sourcils, pas le moins du monde impressionnée.

— Ça semble être un joueur de hockey typique. Tout en charme, comme s'il n'avait jamais entendu le mot « non » de sa vie.

Callie sourit.

— Ton évaluation n'est pas fausse.

Sloane continue sèchement.

— D'après ce que j'ai lu sur le site de commérages des Railers, il est un titre en attente.

Elle jette un coup d'œil à Rina.

— Quelqu'un après qui elle devra nettoyer.

Callie se penche, une lueur espiègle dans les yeux.

— Il voulait sortir avec toi. Pas d'intérêt ?

— Absolument aucun.

Sloane secoue la tête sans hésitation.

— J'ai beaucoup trop de choses à faire pour ajouter à cela des complications avec un homme. Surtout un qui collectionne les femmes comme des cartes à échanger.

Rina éclate de rire.

— Rappelle-moi de ne jamais te laisser approcher de mon profil d'application de rencontre. Tu tuerais la moitié de mes prétendants.

Sloane lève son verre.

— Sûrement. Mais seulement par amour.

Nous éclatons toutes de rire, le rythme facile revenant alors que la conversation dérive des garçons vers le Gala, les préférences en matière de vin, les pires rencards que nous n'ayons jamais eus. Mais quelque part en dessous de tout ça, je n'arrête pas de penser à Steele. À la manière dont il m'a regardée la nuit dernière, comme si j'étais la seule chose qui ait jamais compté pour lui. Et à la manière dont je me suis senti.

Chérie.

Adorée.

Il y a une part de moi qui sait que cette relation d'amis avec avantages est temporaire. Que le temps presse, peu importe ce que nous sommes devenus. Mais il y a une autre partie, qui gagne en vigueur, qui se demande ce qui se passerait si j'arrêtais de me battre contre la vérité, et que je me laissai complètement aller.

Rina me pousse doucement avec son pied.

— Tu es très calme.

Je cligne des yeux, réalisant que tout le monde m'observe.

— Je suis juste en train de réfléchir.

Callie m'adresse un sourire complice.

— À propos d'un certain centre protecteur avec de larges épaules et une attitude de Golden retriever ?

Avec un gémissement, je lui balance un oreiller.

— Peut-être.

Elles ricanent toutes les trois. C'est incroyable d'être entourée par des personnes qui me connaissent vraiment, et qui choisissent quand même de rester.

Peu importe ce qui se passe avec Steele, je leur suis reconnaissante.

Callie se décale sur son siège, faisant courir son doigt le long de son verre de vin. L'ambiance tranquille s'évapore en un instant.

Je fronce les sourcils.

— Est-ce que ça va ?

Elle soupire.

— Oui. As-tu vu les dernières nouvelles concernant Zane ?

Le visage de Rina se tord de dégoût.

— Malheureusement. Cet homme est un cauchemar ambulant pour les relations publiques. Et je suis bien placée pour le savoir puisque c'est moi qui dois toujours faire face aux retombées.

Callie grimace.

— Sa petite amie et lui se grimpaient dessus au gala la semaine dernière. Ils ne pouvaient pas garder leurs mains pour eux. Elle a à peine vingt et un ans et poursuit déjà chaque caméra qu'elle peut atteindre.

Sloane se penche en avant.

— Nora et toi méritez tellement mieux que d'être entraînées dans tout ce cirque.

Callie déglutit, ses doigts se crispant autour de son verre.

— Ça ne me dérange pas avec qui il sort. Je m'en fiche. C'est juste...

Sa voix vacille... et pour la première fois de la soirée, une vraie peur jaillit dans ses yeux.

— Et si ça devient sérieux ? Et s'il se marie avec elle et décide qu'il veut jouer au père de famille ? Et s'il essaie de me prendre Nora ?

Le silence s'abat sur nous.

Rina est la première à secouer la tête.

— Pas question. Pas la moindre chance.

Sloane cligne des yeux.

— Zane n'est pas intéressé à l'idée d'être père. Il est intéressé par l'idée d'être célèbre. Voilà tout.

— Mais les gens changent, murmure Callie. Et s'il décide qu'il veut la garde juste pour paraître bien devant les caméras ? Et s'il l'utilise comme un accessoire pour redorer son image ?

J'agrippe sa main et la serre fermement.

— Tu es le foyer de Nora, Callie. Son endroit sûr. Quiconque a des yeux peut le voir.

— Elle a raison, réplique férocement Rina. Les juges ne remettent pas la garde d'un enfant à un père absent depuis la naissance avec des rêves de télé-réalité. Le comportement de Zane parle pour lui-même.

— Et s'il tente de s'en prendre à toi, ajoute sombrement Sloane, il devra d'abord passer par nous toutes.

Callie laisse échapper un rire étouffé avant de poser ses yeux sur nous.

— Vous êtes les meilleures.

— Nous sommes loyales envers toi, affirme Rina en levant son verre en une simulation de toast.

Callie sourit entre ses larmes, ses épaules se détendant légèrement.

— Merci. Je suppose que j'ai simplement peur de ce que l'avenir nous réserve.

— Tu as le droit d'avoir peur, dis-je doucement. Mais tu n'es pas toute seule dans cette histoire. Nous sommes avec toi.

— Jusqu'au bout, déclare solennellement Sloane.

Callie hoche la tête, un peu plus calme à présent.

— Merci. Ça signifie énormément.

Nous échangeons un regard qui en dit long.

Quoi qu'il arrive, nous l'affronterons ensemble.

Rina secoue la tête, appuyée contre le canapé. Elle soulève son verre de vin.

— Je le jure, Zane doit être en mission pour être mentionné sur Railers Rumors plus que quiconque dans l'équipe. Lui et sa petite amie mettent pratiquement en scène leur propre putain de campagne de relations publiques. Chaque fois que j'y jette un œil, il y a un autre titre ridicule à son sujet.

Callie grogne en se frottant les tempes.

— Je sais. Mon téléphone explose constamment avec des messages me demandant si je les ai vus. Comme si j'avais besoin qu'on me rappelle qu'il se ridiculise.

Rina avale une gorgée de vin, son visage s'assombrissant.

— J'ai essayé de faire fermer ce site. Ou, au minimum, de les forcer à supprimer certains des messages les plus invasifs.

Mais c'est impossible. Ils sont protégés par une échappatoire de la liberté d'expression, et tant que personne ne publie de mensonges flagrants, c'est tout à fait équitable.

Callie renifle.

— Oui, parce que prendre des photos des membres de l'équipe dans un bar, ou spéculer sur leur vie sexuelle est tout à fait acceptable.

— N'est-ce pas ? renifle Rina. J'ai dû faire face à tellement de catastrophes de relations publiques à cause de ce site. Et Oliver n'a pas besoin d'aide dans ce domaine. La moitié du temps, il baigne dans les histoires comme si c'était un jeu.

Je hausse un sourcil, moqueur.

— On dirait que quelqu'un prend son travail un peu trop personnellement.

Rina m'observe fixement par-dessus son verre.

— Je jure devant Dieu, Lilah, si tu dis un mot de plus à propos d'Oliver et moi, je me casse. Tu sais à quel point je ne le supporte pas. Je serais plus que ravie s'il était transféré dans une autre équipe. De préférence à l'autre bout du pays.

Je hausse un sourcil et porte mon verre à mes lèvres.

— En es-tu certaine ? On dirait qu'il y a beaucoup d'alchimie entre vous.

Rina tourne sa tête vers moi si vite, que je suis surprise qu'elle ne se fasse pas un coup du lapin.

— Est-ce que tu es dingue ? Comment peux-tu même dire ça ?

Callie sourit.

— Parce que vous vous chamaillez tous les deux comme un vieux couple marié.

— Je t'en prie, ricane Rina. C'est un joueur de hockey. Tout ce qu'il veut, c'est marquer. Et nous parlons à la fois sur la glace et en dehors.

Je penche la tête.

— Alors tu as remarqué ?

Elle me lance un regard noir.

— Il serait difficile de ne pas le faire. Ça fait partie de mon travail. Jusqu'à ce qu'il se reprenne et cesse de s'attirer des ennuis, je suis coincée avec lui.

Callie hausse les épaules.

— Je ne sais pas, ça pourrait être pire.

— Je ne vois pas comment.

— Tu pourrais ressentir quelque chose pour lui.

Rina s'étouffe pratiquement avec son verre.

— Mon Dieu, non. Tout d'abord, c'est de Oliver Van Doren que nous parlons.

Elle fronce les sourcils.

— Vous savez, le grand O. Deuxièmement, il m'est impossible de sortir avec un joueur de hockey. Je suis presque certaine qu'il y a une règle stricte contre la fraternisation. Mon travail est de m'assurer que sa dernière mauvaise décision ne fera pas la une des journaux.

Callie fredonne, clairement pas convaincue.

— Tu en es certaine ?

— Oh que oui !

Rina avale une longue gorgée de vin, puis pose son verre avec un sourire en coin.

— D'ailleurs, il est sur le point d'avoir des choses plus importantes dont il devrait s'inquiéter.

Je plisse les yeux.

— Qu'as-tu fait ?

Le sourire de Rina devient franchement machiavélique.

— Disons simplement qu'Oliver est sur le point de devenir l'un des célibataires chanceux mis aux enchères lors du gala de charité du mois prochain. Il ne le sait tout simplement pas encore.

Callie hoquète. Paraissant à la fois amusée et horrifiée.

— Oh mon Dieu. Il va perdre la tête.

J'éclate de rire.

— Tu es maléfique. J'adore ça.

Rina hausse les épaules.

— Je préfère le considérer comme un retour de karma.

Sloane hausse un sourcil.

— Tu l'as inscrit dans la vente aux enchères de célibataires sans lui dire ?

— Affirmatif.

— C'est scandaleux !

Callie essuie ses larmes de ses yeux.

— J'ai hâte de voir sa réaction !

Rina soupire dramatiquement.

— J'ai hâte de lui rappeler qu'il devrait vraiment lire ses e-mails avant d'accepter aveuglément les choses.

Je secoue la tête, souriant encore.

— Tu es vraiment son pire cauchemar.

Rina sourit.

— Il n'a qu'à arrêter de m'offrir des raisons de le torturer.

Nous éclatons toutes de rire alors que le sérieux de notre conversation précédente disparaît. Je m'affale dans le canapé, mon verre de vin à la main, et me laisse imprégner par la chaleur de mes bonnes amies, de nos doux commérages, ainsi que le bourdonnement réconfortant de la ville par-delà les fenêtres. Pourtant, dans un coin de ma tête, je ne peux m'empêcher de me demander ce que Steele est en train de faire en ce moment. Et s'il pense à moi lui aussi.

36

STEELE

Le Penthouse est calme quand je rentre après minuit, les lumières de la ville se répandent à travers les fenêtres. Tout semble silencieux comme toujours quand je suis seul à la maison.

Sauf que, je ne suis plus seul.

Au moment où je sors de l'ascenseur, je sens sa présence. Elle s'enroule autour de moi, se faufilant dans l'air, subtil, mais indéniable.

Et tout ce que je veux...

Non, tout ce dont j'ai besoin, c'est de la trouver.

De la toucher.

De la réclamer.

Ce que j'attends, c'est de trouver Lilah endormie dans mon lit. Nue. Étalée sur mes draps, ses cheveux blonds s'enchevêtrant contre mon oreiller, sa peau portant encore l'empreinte de mes mains. Je n'ai pas arrêté de penser à elle toute la soirée.

À la manière dont elle s'est enveloppée autour de moi.

Parfaite.

Humide.

Et mienne.

C'était le putain de Nirvana.

Il n'y a aucune autre façon de le décrire.

Je ne pensais pas qu'il était possible de devenir accro à une personne.

J'avais tort.

Au lieu de trouver ma douce fille endormie dans mon lit, elle est blottie sur le canapé du salon. Elle porte un de mes anciens tee-shirts Railers, ses jambes sont nues, repliées sous elle. Ses cheveux sont relevés en un chignon désordonné sur le sommet de sa tête, et Gaufre est blottie sur un fauteuil.

L'espace d'un instant, j'admire la vue. C'est une scène domestique confortable qui s'est jouée dans mon esprit des centaines de fois depuis que j'ai acheté cet appartement. Elle lève les yeux vers moi avec un sourire qui perce chaque couche de contrôle que je pensais avoir dressé.

— Hé, murmure-t-elle.

— Salut, porte-bonheur.

Je retire mes chaussures, je relève les manches de ma chemise et je verrouille la distance entre nous. C'est comme si un fil invisible me reliait à elle. Je me demande si ça sera toujours ainsi.

— Je ne pensais pas que tu serais encore debout.

Un sourire étire ses lèvres.

— La soirée fille s'est terminée tard. Rina a été étourdie par deux verres de vin et nous avons terminé toutes les pâtisseries que Callie a apportées. Nous avons beaucoup parlé et ri. C'était exactement ce dont nous avions toutes besoin.

Je m'affale sur le canapé à ses côtés, laissant les coussins nous incliner l'un vers l'autre. Incapable de m'en empêcher, ma main se pose sur sa cuisse. Sa peau est chaude sous ma main.

— Je suis heureux. Tu le mérites.

Elle incline la tête, ses yeux remplis de curiosité.

— Comment s'est passée ta nuit ?

Je hausse les épaules.

— Bien.

La vérité ?

J'ai passé toute la soirée à écouter à moitié Knox et River, prétendant me soucier du match rejoué sur les télés de The Rail Yard. Tout en comptant les minutes jusqu'à ce que je puisse rentrer chez moi et me draper autour de cette femme.

— Tu m'as manqué, avoué-je, laissant ma main remonter un peu plus haut le long de sa cuisse.

Elle se rapproche, et balance une jambe sur mes genoux jusqu'à ce qu'elle me chevauche. Le tee-shirt qu'elle porte remonte plus haut sur ses hanches, c'est exactement le moment où je réalise qu'elle ne porte pas de culotte.

Ma queue réagit avant mon cerveau, en pressant fortement contre mon pantalon. Elle sourit, d'un air diabolique.

— Tu vois quelque chose que tu aimes ?

— Oui, dis-je. J'y ai pensé toute la soirée.

Elle se penche et m'embrasse au coin des lèvres.

— Tu m'as manqué toi aussi.

C'est tout ce qu'il faut pour que ma retenue se brise. Mes mains glissent le long de ses cuisses, caressant ses fesses, la guidant pour l'approcher de l'endroit où je la désire le plus.

— Comment ai-je pu bien pu passer dix années sans t'avoir ? murmuré-je, plus pour moi que pour elle.

Elle balance ses hanches contre moi.

— Je n'en suis pas certaine. Peut-être que tu devrais rattraper le temps perdu.

Je souris.

— Fais-moi confiance. J'en ai bien l'intention.

Je fais passer son tee-shirt par-dessus sa tête, la dénudant sous le clair de lune. Sa peau brille sous le baiser argenté des rayons de lune, elle est si belle qu'elle me fait presque tomber à genoux. Elle défait les boutons de ma chemise rapidement, repoussant le tissu de mes épaules avant de poser ses lèvres sur mes pectoraux. La sensation qu'elle me procure me donne envie de l'explorer, d'adorer chaque centimètre de son corps.

— On dirait que mon bébé a été excité toute la nuit, murmuré-je, appréciant cette idée.

Elle rougit sans détourner le regard.

— Je n'arrêtais pas de penser à ce que tu me ferais en rentrant à la maison, murmure-t-elle. Chaque fois que je regardais la table basse, je pensais à la manière dont tu m'as fait jouir avec ton cigare.

Un gémissement lui échappe quand je pose mes mains sur ses seins.

— J'aime cet aspect de toi.

Je fais courir mes pouces sur ses mamelons jusqu'à ce qu'elle halète.

— Celle qui aime qu'on joue avec elle. Qu'on la fesse. La goûte. La possède.

Par moi.

Seulement moi.

— Et avant que j'en aie terminé, promets-je contre sa bouche. J'aurai chaque centimètre de toi. Chaque gémissement. Chaque dernier tremblement. Je vais te satisfaire d'une manière que personne d'autre n'a jamais faite.

Elle tremble sur mes genoux.

— Tu me fais tellement de bien, admet-elle.

— Prépare-toi à plus, bébé, parce que je n'en ai pas fini avec toi.

D'un seul mouvement fluide, je la soulève dans mes bras. Ses jambes se referment autour de ma taille, sa moiteur trempant mes abdominaux, tandis que je la porte à travers la pièce et l'épingle contre la fenêtre. Le verre frais lui soutire un soupir quand il frôle son dos.

Je sais à cet instant que je n'en aurai jamais assez.

Pas dans cette vie.

Et pas dans la prochaine.

— Comprends-tu à présent que tu m'appartiens ? chuchoté-je contre ses lèvres.

Elle hoche la tête, silencieuse.

Ce n'est pas suffisant.

Même pas proche.

— Dis-le, exigé-je.

— Je t'appartiens, murmure-t-elle, la voix tremblante, mais sûre d'elle. Juste toi.

— Exact.

Je plaque ma queue contre elle, la faisant gémir. Ses ongles s'enfoncent dans mes épaules.

Je l'embrasse comme un homme affamé.

Parce que c'est exactement ce que je suis.

D'un mouvement rapide, je fais glisser la fermeture éclair de mon jean, libérant mon sexe avant de m'enfoncer en elle d'un geste profond, la réclamant d'une seule poussée.

Son corps se cambre contre la fenêtre, se contractant autour de moi.

— Merde, tu es tellement parfaite, gémis-je, en commençant à bouger.

Lentement au début.

Puis plus fort.

Plus intensément.

Je la pilonne du besoin de marquer sa peau, de graver mon nom dans son âme.

Ces gémissements résonnent dans l'air nocturne jusqu'à ce qu'elle se brise entre mes bras, en criant mon nom comme une prière. C'est tout ce qu'il faut pour que je la suive au-delà du précipice, me déversant en elle dans un gémissement qui ressemble plus à un vœu.

Après, je la serre contre moi, sa tête repliée sous mon menton, nos corps emmêlés, épuisés, immobiles.

Je dépose un baiser sur son front humide et murmure :

— C'est comme ça que l'on finit correctement une soirée, porte-bonheur.

Elle ne répond pas.

Mais à la manière dont elle se fond contre moi, ça me dit tout ce que j'ai besoin de savoir.

37

LILAH

J e me réveille avec l'odeur du café et la sensation de lèvres chaudes qui effleurent mon épaule. Un murmure s'ensuit, profond, rauque.

— Bonjour, porte-bonheur.

Avec un sourire, j'ouvre les yeux et me tourne vers lui juste à temps pour un autre baiser. Sur le bout de mon nez.

— Tu te réveilles tôt, murmuré-je.

— J'ai l'entraînement dans une heure, m'apprend Steele, déjà à moitié habillé. Je voulais juste te voir avant de m'en aller.

Je renifle.

— Je suis presque certaine que tu m'as vue tout entière la nuit dernière appuyée contre la fenêtre.

— Exactement.

Son sourire est enjoué.

— Pourquoi penses-tu que je parte de si bonne humeur ?

Je frappe son bras, mais il attrape mon poignet et dépose un baiser sur mes lèvres. Il est assez lent et doux pour que j'envisage de le supplier de ne pas aller s'entraîner du tout. Il recule avec un faible gémissement, ses yeux assombris par le désir.

— Ne me regarde pas comme ça. Je ne peux pas me permettre un autre avertissement.

La dernière chose dont j'ai envie, c'est de risquer sa carrière.

— Alors, va, chuchoté-je, en le poussant vers la porte, même si chaque partie de moi a envie de le garder ici. Avant de faire quelque chose que l'on pourrait regretter.

Avec un sourire en coin, il attrape ses clés.

— Gaufre est dans la cuisine, à regarder son bol. Je suis presque certain qu'elle va quémander un petit-déjeuner au thon.

Je ricane quand un faible miaulement résonne dans le hall.

— Elle est tellement dramatique. Je me demande de qui elle tient ça.

Steele m'adresse un clin d'œil en se dirigeant vers la porte.

— Envoie-moi un message si tu t'ennuies. Ou si tu te sens seule. Ou si tu as faim. Ou si tu as besoin que je rachète ce vin que tu aimes.

— Je te verrai quand tu reviendras.

Il est à moitié sorti quand il m'adresse un sourire par-dessus son épaule.

— Bien sûr que tu le feras.

Les portes de l'ascenseur se ferment, et juste comme ça, le Penthouse est à nouveau plongé dans le calme. Il n'y a plus que Gaufre et moi. Le chaton saute sur le lit et s'installe à côté de moi pour un petit somme.

Une heure plus tard, je suis habillée et je regarde l'emploi du temps de Steele quand mon téléphone sonne, m'indiquant l'arrivée d'un message d'Ashley, mon ancienne assistante du cabinet d'avocats.

Ashley : Hé ! Désolée pour le court préavis, mais nous avons un carton de tes affaires ici. Pourrais-tu passer le récupérer ?

Mon cœur bascule. Je n'y suis pas retournée depuis que je suis tombée sur Devon et Marissa.

Moi : Oui. Bien sûr. Je peux passer ce matin.

Il y a une pause avant que les petits points de saisie réapparaissent.

Ashley : Il t'attendra à la réception.

Je fixe l'écran pendant une seconde avec douleur.

Aïe.

Je suppose que je ne suis plus la bienvenue à l'étage.

Après avoir nourri Gaufre de thon, et m'être ressaisie, j'attrape mes clés et je descends au garage. Mon Audi est garée dans le parking de Steele depuis que j'ai quitté l'appartement de Devon. C'est étrange de réaliser à quel point j'ai rapidement commencé à considérer cet endroit comme mon chez-moi.

Le trajet jusqu'à mon ancien bureau ne prend pas beaucoup de temps, pourtant mes pensées sont bruyantes.

Au moment où je me gare et franchis les portes d'entrée, mon estomac se tord. C'est étrange pour moi d'être de retour ici. Étrange de savoir que cette partie de ma vie est officiellement derrière moi. Ashley sort de l'ascenseur, un petit carton entre ses bras. Elle ouvre grand les yeux quand elle m'aperçoit.

— Lilah, dit-elle en m'étreignant légèrement avec un bras. Je suis tellement désolée pour tout. Je ne sais pas quoi dire.

— Tout va bien. Vraiment.

Elle me tend le carton. Le restant de mes affaires. Quelques livres, des stylos, un presse-papiers en forme de maillet. Le genre de choses qui semblent plus encombrantes que nécessaire.

— Alors, poursuit Ashley en se mordant la lèvre. Avec quelle entreprise as-tu postulé ?

— En réalité... je ne pense pas que je vais revenir en arrière. Pas vers le droit en tout cas. Du moins, pas maintenant.

Elle hausse les sourcils.

— Vraiment ?

— Oui.

Je jette un coup d'œil vers le carton que je tiens dans mes mains.

— Je crois que j'ai envie de faire quelque chose de différent. Quelque chose qui me donne envie de sortir de mon lit le matin.

Tandis que ses mots franchissent mes lèvres, je réalise à quel point ils sont vrais. Pour la première fois depuis un moment, ils me paraissent justes.

Ashley hoche la tête.

— C'est une bonne chose pour toi. On reste en contact, d'accord ?

— Promis.

Puisque je n'ai plus rien d'autre à ajouter, je m'en vais avec mon carton. Mes épaules me paraissent plus légères qu'à mon arrivée. Sur un coup de tête, j'opère un détour de quelques pâtés de maisons et m'immobilise à l'extérieur d'un petit café à l'intérieur duquel j'avais l'habitude de me rendre quand je pensais encore que mes rêves de bureaucrate me rendraient heureuse.

Au moment où je franchis le seuil, je suis frappée par l'odeur chaleureuse de l'espresso et de l'amande grillée. C'est comme une étreinte dont je ne savais pas avoir besoin.

— Hé, étrangère.

L'une des baristas avec qui je discutais souvent m'accueille avec un large sourire.

— Ça faisait longtemps.

— Oui, dis-je en lui rendant son sourire. J'ai été très occupée.

— Tu veux ta commande habituelle ?

Je hoche la tête.

— Ce serait incroyable, merci.

Elle me désigne le coin pâtisserie.

— Croissants ?

Je contemple celui qui est plein de chocolat comme s'il flirtait avec moi.

— Je vais en prendre un.

— Tout de suite.

Mon téléphone vibre au moment où je le sors de ma poche.

Steele : Je suis en pause. Une chance de recommencer ce soir ?

Moi : Je ne sais pas... ça dépend. Qu'est-ce que j'y gagne ?

Steele : Moi. Nu et reconnaissant, adorant chaque centimètre de toi.

Mes lèvres tremblent. Je peux pratiquement entendre son ton flatteur.

Moi : Tentant. Mais je vais avoir besoin d'un meilleur argumentaire de vente.

Steele : Je te donnerai même à manger après. Tu aimes les crêpes aux myrtilles, pas vrai ?

Moi : Essaies-tu de me séduire avec des glucides ?

Steele : J'essaie de te séduire, point final. Où est-ce que tu es ?

Moi : Comment sais-tu que je ne suis pas au Penthouse ?

Steele : Parce que je pourrais ou non suivre ta position.

Mon cœur rate un battement à cette admission alors que je tape ma réponse :

Moi : Euh, excuse-moi ?

Steele : Détends-toi. C'est purement protecteur. Tu es tout pour moi, porte-bonheur.

Mes doigts survolent trop longtemps le clavier.

Cet homme.

Moi : D'accord.

Steele : Alors... tu n'as pas répondu à ma question. Où es-tu ?

J'hésite pendant une demi-seconde.

Moi : Sortie prendre un café.

Techniquement, ce n'est pas un mensonge.

Steele : Tu sais qu'il y a du café à l'appartement, n'est-ce pas ? Genre, tout un sac de tes grains préférés ?

Moi : Parfois, une fille a besoin de changer d'air.

Steele : Tu es sûre que ce n'est pas parce que je te manque déjà ?

Moi : Ne commence pas, Sanderson.

Steele : Trop tard. Nous savons tous les deux que tu es la personne avec qui je préfère jouer.

Moi : Quel honneur.

Steele : Tu devrais te sentir honorée. Alors... est-ce que tu es seule ?

Moi : Oui, papa. Je prends juste latte. Aucun homme étrange ne m'a enlevée. Pour l'instant.

Steele : Hmm. Je ne sais pas. Je pourrais avoir besoin d'une preuve visuelle. Selfie ?

Moi : Tu es ridicule.

Steele : Une petite photo. Fais-moi plaisir.

Moi : Tu aggraves ton cas.

Steele : J'attends toujours...

Moi : Tu es impossible.

Steele : D'accord. Mais si tu n'es pas de retour dans vingt minutes, j'envoie une équipe de recherches.

Moi : Tu es à l'entraînement. Peut-être que tu devrais te concentrer là-dessus.

Steele : Ça ne veut pas dire que je ne peux pas faire deux choses à la fois. Ça ne veut pas non plus dire que je ne pense pas à toi avec tes jambes posées sur mes épaules.

Mon corps entier se réchauffe, je serre mes cuisses, et lui lance un regard qu'il ne peut pas voir.

Moi : Steele.

Steele : Quoi ? C'est toi qui as commencé.

Moi : Tu es le pire.

Steele : Menteuse, je suis le meilleur.

Moi : Continue à rêver.

Steele : Seulement de toi.

J'inspire, mon rythme cardiaque augmentant. Ses mots sont toujours à moitié une plaisanterie, à moitié un défi, mais il y a quelque chose qui se glisse sous ma peau et reste là.

Steele : De toute façon. La répétition de la nuit dernière est toujours sur la table. Et peut-être aussi le dîner.

Moi : De la nourriture gratuite ?

Steele : Le chemin vers ton cœur, je le sais. Ça, c'est ma nana.

Je déglutis.

Difficilement.

Sa copine.

Est-ce que c'est ce que je suis maintenant ?

La barista glisse mon latte et mon croissant sur le comptoir avec un sourire.

— Le chocolat est encore chaud. Tu veux un sac ?

— Ce serait génial. Merci.

— Ça fait treize dollars.

Je glisse mon portable dans mon sac à main et commence à fouiller pour trouver mon portefeuille quand une voix s'élève dans l'air, assez familière pour me figer sur place.

— C'est pour moi.

Mon corps entier se crispe quand je pivote pour découvrir que Devon se tient derrière moi. Il est comme toujours. Poli. Parfait. Pas un cheveu qui n'est pas à sa place. Ce qui me frappe le plus, c'est à quel point il paraît détendu. Plus léger. Les rides qui froissaient son front se sont estompées, et il y a un éclat sur sa peau ainsi qu'une lueur dans ses yeux que je ne lui ai jamais vus.

Il a l'air... heureux.

Et pour une raison quelconque, ça me tombe dessus comme un coup de poing en plein ventre.

J'agrippe la sangle de mon sac.

— Ce n'est pas nécessaire.

— Tout va bien, Lilah. Laisse-moi t'offrir une tasse de café.

Avant que je ne puisse argumenter, il tend un billet de vingt dollars à travers le comptoir.

— Vous avez toujours été l'un de mes couples préférés. C'est agréable de voir que vous tenez encore le coup.

Je me force à sourire.

Aucun de nous ne la détrompe.

Je recule d'un pas, mon café à la main, en espérant échapper à cette gêne.

— Bien. Merci encore.

— Je suppose qu'Ashley t'a contactée ?

Je hoche la tête.

— Oui.

Il pince les lèvres.

— Je lui ai dit de t'envoyer tes affaires par la poste. Ça aurait été plus facile.

Bien sûr qu'il l'a fait.

— Ça ne me dérangeait pas. C'était sur ma route.

Il m'étudie l'espace d'un instant, en penchant la tête comme s'il essayait de me comprendre encore une fois.

— Tu as l'air d'aller bien, Lilah.

Je me crispe.

— Toi aussi, tu as l'air heureux.

Il hésite. Et puis, avec le genre de facilité qui parvient encore à me piquer, il dit :

— Je le suis.

Ces paroles s'installent lourdement dans mon cœur. Je pourrais m'en aller tout de suite, et laisser cela être la fin de cette conversation. Mais je ne le fais pas. Si je désire clore complètement ce chapitre, j'ai besoin de comprendre comment il s'est terminé en premier lieu.

— Pourquoi ?

Devon fronce les sourcils.

— Pourquoi quoi ?

— Pourquoi n'étais-tu pas satisfait de moi ?

Je me rapproche, essayant de garder une voix stable.

— Pourquoi est-ce que tu m'as dit que tu ne voulais pas d'enfant pendant cinq ans, alors que maintenant tu vas en avoir un avec une autre ?

Sa mâchoire se crispe, il fourre ses mains dans les poches de son pantalon.

— Je ne sais pas, dit-il enfin. Quand j'étais avec toi... j'ai toujours eu l'impression que c'était quelque chose que je devais faire. Pas quelque chose que je voulais vraiment.

Mon estomac se tord.

— À cause de nos parents ?

Il hausse les épaules.

— Je suis certain qu'ils y ont joué un rôle. Tu sais très bien comment ils étaient. Toujours à nous demander quand nous nous marierons et à quoi ressemblerait notre avenir. Ça m'a toujours paru être une obligation. Une obligation dont je ne savais pas comment me sortir.

Ma bouche s'ouvre puis se referme. C'est comme être frappée par une vérité pour laquelle je n'étais pas prête.

— J'aurais en effet aimé que tu me dises quelque chose, murmuré-je. Je n'ai jamais voulu que tu te sentes ainsi.

— Avec du recul, je sais que j'aurais dû t'en parler, admet-il. J'aurais dû mettre un terme à toute cette histoire bien plus tôt. J'aurais dû me montrer honnête, mais je ne voulais pas te blesser.

— Tu m'as blessée, dis-je doucement.

Il hoche la tête.

— Je sais.

Il y a encore une chose que je n'ai pas laissé partir. Une image brûlée si profondément dans mon esprit qu'elle refait surface chaque fois que je pense l'avoir dépassée.

— Quand je suis entrée dans le bureau et que je vous ai vu Marissa et toi...

Ma voix vacille...

— Je... je ne t'avais jamais vu comme ça avant. Tu... je ne sais même pas. Tu paraissais décomplexé. Vivant.

Il rougit en détournant le regard.

— Est-ce qu'on a vraiment besoin d'en parler ?

— Oui, affirmé-je. J'ai besoin de comprendre comment tu peux être une personne avec moi et quelqu'un de complètement différent avec elle.

Son regard se pose vers les fenêtres et la rue animée au-delà.

— Avec Marissa... je ne sais pas. Je me sens plus libre. Comme si je pouvais simplement être moi-même sans penser à ce que je suis censé être.

Il hausse les épaules, comme si cela expliquait tout.

— Ça m'a fait réaliser que nous n'étions pas faits l'un pour l'autre, Lilah. Que nous ne l'avions jamais été. Je ne le comprenais pas à l'époque, mais maintenant oui.

— Et pourtant, tu es resté, au lieu de simplement mettre fin à notre histoire, chuchoté-je.

— Oui, eh bien. Je suppose que je ne voulais pas être le méchant. Tu as toujours été si droite. Intelligente. Motivée. J'avais l'impression que tu avais dressé un plan sur cinq ans, et je ne voulais pas être celui qui le ferait dérailler.

Ces mots s'abattent sur moi comme un coup de poing. Ils ne sont pas censés être cruels, mais ils sont certainement assez négligents pour me laisser un bleu.

— Alors, tu pensais quoi ? Que tu allais rester jusqu'à trouver quelque chose de mieux ?

Devon se racle la gorge.

— Ce n'est pas ce que je voulais dire.

Pourtant, il ne le nie pas.

Et peut-être que c'est pire.

Il baisse son regard.

— Quoi qu'il en soit, je suis content que tu ailles bien. Où que tu vives, quoi que tu fasses, je suis certain que tu finiras par retomber sur tes pieds.

Comme si j'étais un chat qui venait de trébucher, pas une femme ayant été trompée, et qui devait maintenant tout reconstruire. Je hoche fermement la tête.

— Prends soin de toi.

Il ouvre la bouche pour répondre, mais je ne lui en laisse pas l'occasion.

Peu importe ce qu'il était censé représenter dans ma vie, notre histoire est terminée.

Et cette fois, c'est moi qui ferme le livre.

38

STEELE

J e quitte l'ascenseur et entre dans le Penthouse, la porte se refermant derrière moi avec un bruit sourd.

C'est calme.

C'est le genre de calme que j'aime à présent.

Le genre qui me fait sourire.

La maison était juste un endroit où je me rendais entre les matchs. Un appartement avec des finitions épurées, des surfaces froides et une vue sur le lac Michigan qui ne m'apportait rien.

Mais depuis que Lilah a emménagé ?

Maintenant, c'est différent.

Plein.

Vivant.

Débordant d'énergie.

Plus que cela, ça ressemble un foyer.

De la manière dont cela a toujours été prévu.

Je jette mes clés sur la crédence et je retire ma veste en haussant les épaules, jetant un coup d'œil en direction de la cuisine par habitude. Je m'attends à moitié à l'apercevoir pieds nus, chantant faux sur n'importe quelle playlist indépendante lunatique avec laquelle elle est tombée amoureuse cette semaine, dansant pendant qu'elle prépare quelque chose qui a une odeur de paradis et est encore meilleur.

Mais la cuisine est vide.

Pas de musique. Pas de mouvement. Pas d'odeur d'ail ou de beurre, ni aucune magie qu'elle produit habituellement.

Une grimace étire mes lèvres alors que mes muscles se crispent.

C'est ridicule à quel point je me sens mal à l'aise.

— Lilah ?

Ma voix résonne dans le silence tandis que je me mets en mouvement.

Pas de réponse.

Mon estomac se retourne.

Ensuite, une petite boule de poil grise sort de sous la table basse, miaulant tandis qu'elle dérape sur le parquet de bois.

— Hé, Gaufre.

Je m'accroupis, tendant la main. Elle se caresse contre, sa queue zigzaguant comme une petite antenne floue. Elle laisse échapper un autre miaulement joyeux quand je la gratte derrière les oreilles.

— Où est ta maman ? murmuré-je en la soulevant dans mes bras à hauteur de visage.

Elle cligne des yeux comme si elle gardait des secrets.

— Tu vas me le dire ?

Gaufre répond par un bâillement dramatique avant de se plaquer contre mon torse, ronronnant comme un petit moteur. Je ricane en passant ma main sur son dos.

Je suppose que ça veut dire non.

Sa présence apaise quelque chose en moi. L'appartement semble un peu moins vide avec elle dans mes bras. Mais ça ne m'explique toujours pas où se trouve Lilah.

J'emmène le chaton avec moi en vérifiant la chambre, mon cœur battant plus vite qu'il ne le devrait. La porte est ouverte.

La première chose que j'aperçois, c'est un tas de vêtements sur le sol près du lit.

C'est bon signe.

Elle est ici.

Pourtant, quelque chose ne va pas.

Je pose Gaufre sur le lit et lui adresse une petite gratouille derrière les oreilles avant de pivoter. Lilah est allongée dans la baignoire, les genoux remontés sous son menton, les bras enroulés autour d'eux, la vapeur s'élevant dans la pièce. Ses yeux sont rougis, sa peau tachetée. Pas par la chaleur, mais par quelque chose de beaucoup plus profond.

Cette vision me fige sur place.

— Lilah, dis-je doucement en entrant dans la salle de bain.

Au lieu de me regarder, elle continue à fixer la surface de l'eau, les yeux humides. Je m'abaisse jusqu'au bord de la baignoire, assez proche pour que nos genoux se touchent presque.

— Parle-moi, bébé. Il s'est passé quelque chose ?

Silence.

C'est le genre de choses qui retourne mon estomac et me fait grincer des dents. Ma femme ne se tait jamais à moins qu'elle ne souffre d'une manière qui lui vole ses mots.

— Porte-bonheur, murmuré-je, essayant de l'atteindre. Ai-je vraiment besoin de menacer de te donner la fessée ou est-ce encore un moyen de dissuasion ?

Un rire larmoyant lui échappe.

— Sûrement pas.

Ce minuscule son me frappe bien plus fort qu'il ne le devrait. Mais c'est quelque chose. Un signe qu'elle est toujours là. Je tends la main et lui caresse la joue. Sa peau est humide et chaude.

— Allez, Lilah. Quoi que ce soit, tu peux me le dire.

Elle prend un moment pour se ressaisir.

— Ashley m'a envoyé un message ce matin, pour m'informer qu'il y avait un carton de mes affaires à la réception.

— Tu aurais dû me le dire. Je serais venu avec toi.

Elle hausse les épaules.

— J'ai pensé que ce serait rapide. Nous avons eu une brève conversation, tout allait bien.

Sa voix vacille aux derniers mots.

— Et puis...

Elle déglutit fortement.

— Je me suis arrêté dans ce petit café que j'adorais. Celui près du bureau.

Elle marque un temps d'arrêt. Je me prépare pour ce qui arrive.

— J'ai croisé Devon.

Ma main s'attarde sur sa joue, je ne prononce pas le moindre mot. J'attends simplement, voulant qu'elle se débarrasse de tout ce qui lui fait du mal.

— Je ne m'attendais vraiment pas à le voir là.

Elle cligne des yeux.

— Il avait l'air d'aller bien. Il était heureux. Ce n'est pas une version de lui que j'ai reconnue.

Ma mâchoire se crispe à tel point que j'en ai mal.

— Je lui ai demandé pourquoi il ne m'avait pas avoué la vérité plus tôt. À propos de ce qu'il ressentait, du fait qu'il voulait quelque chose de différent. Tu sais ce qu'il a répondu ?

Son regard se lève vers le mien.

— Qu'être avec moi ressemblait à une obligation. Parce que c'est ce que nos parents voulaient. Et qu'il ne savait pas comment s'en tirer.

Putain de merde.

Je ferme les yeux pendant un instant et compte jusqu'à trois. Le seul élément qui m'empêche de frapper dans quelque chose est le fait qu'elle a besoin de moi en cet instant. Et pas d'un homme des cavernes disposé à frapper dans tout et n'importe quoi.

Avec une voix plus ou moins régulière, elle déclare :

— Je lui ai offert près de deux années de ma vie. J'ai continué sans cesse à essayer de faire en sorte que les choses fonctionnent. À essayer d'être la version de moi-même dont il avait besoin. Et pendant tout ce temps... Il attendait juste une porte de sortie.

Je ne supporte pas de l'entendre parler d'elle ainsi. Putain.

Comme si elle était remplaçable. Jetable.

Elle rit, mais il n'y a aucune trace d'humour à l'intérieur.

— Je ne l'ai même pas vu venir. C'est vraiment tordu, non ? Je pensais que nous étions un couple solide. Qu'il m'aimait ! Et maintenant, je ne sais pas si j'ignorais la vérité ou si je m'accrochais simplement à la version à laquelle je voulais croire.

Elle enroule ses bras autour d'elle, comme si elle essayait de maintenir les pièces ensemble.

— Il a dit que ça n'a jamais été correct. Qu'avec Marissa, c'est juste plus facile.

Elle ferme les yeux un instant.

— Il m'a fait sentir que c'était moi le problème, murmure-t-elle. Comme si m'aimer était tout simplement trop.

Je ne réalise pas que je me suis levé jusqu'à ce que je retire ma chemise et que je la balance sur le côté. Mon pantalon et mon caleçon suivent rapidement. Je rentre dans la baignoire sans un mot puis m'installe derrière elle pour l'attirer dans mes bras. En ce moment, tout ce que je veux faire, c'est absorber chaque once de sa douleur.

Au lieu de résister, elle se fond contre moi. Son dos se plaque contre mon torse, sa tête passe sous mon menton comme si elle était faite pour se trouver à cette place. Mes jambes s'enroulent autour des siennes, j'embrasse la peau nue de son épaule, la maintenant en place.

— C'est un lâche, clamé-je. Et un vrai connard de t'avoir dit tout ça.

Elle n'argumente pas pendant que ma prise sur elle se resserre.

— Il ne t'a jamais vraiment vue, Lilah. Pas comme moi. Il n'avait pas envie de te voir. Et c'est sa perte.

Elle laisse échapper un rire brisé, comme si elle ne me croyait pas.

— Devon n'a jamais compris ce qu'il avait, murmuré-je, ma main la caressant. Tu n'es pas quelqu'un qui rentre dans une petite boîte ordonnée. Tu es faite de feu. Tu es douceur. Ta force est enveloppée dans le plus joli paquet que j'ai jamais vu. Et il ne pouvait pas se dresser pour y répondre.

— Alors pourquoi ça fait tellement mal de l'entendre ?

Je pose mes lèvres sur le côté de sa gorge.

— Parce que tu lui as donné le meilleur de toi, et qu'il ne savait pas quoi en faire.

Elle se déplace, juste assez pour pouvoir me faire face. Elle pose sa joue contre moi, ses doigts glissant le long de mes flancs, comme si elle voulait mémoriser ce que je ressens.

— Je déteste qu'il t'ait fait douter de toi. Mais ce gars ? Il ne peut pas définir à quoi doit ressembler l'amour pour toi.

— Alors, qui ?

— Toi, bébé, déclaré-je sans la moindre hésitation.

Ses doigts agrippent mon torse, s'ancrent à moi comme si j'étais la seule chose stable dans son monde.

— Tu me promets que nous serons toujours amis ? me demande-t-elle, sa question à peine audible.

Je dépose un baiser sur ses cheveux humides.

— Promis.

Même si ce mot est bien trop petit pour ce que je ressens pour elle.

Même si l'amitié est le minimum de ce que je veux. Mais elle est fragile en cet instant, et je ne vais pas risquer de rompre cette confiance. Donc, je retiens le reste. Le poids de combien de temps je l'ai aimé.

La douleur de ne pas encore pouvoir le lui dire.

La vérité sortira quand elle sera prête.

Et quand ce sera le cas, je serais juste ici, attendant de l'attraper.

Nous restons assis dans le calme, tandis que l'eau refroidit autour de nous, nos peaux humides et nos cœurs battant à l'unisson.

Et je sais, que peu importe, le temps qu'il lui faudra pour y croire, peu importe combien de morceaux brisés nous devrons rassembler, je serai là.

Parce qu'elle n'est pas seulement mon porte-bonheur.

Elle est tout mon putain de cœur.

Et je ne la laisserai jamais partir.

39

LILAH

Le parfum dans la cuisine m'enveloppe comme une étreinte.

Je perçois l'odeur des épinards et de l'ail dans l'air, quelque chose de chaud et de beurré provenant des biscuits à l'avoine granola qui refroidissent sur le plan de travail, alors que le faible son de ma playlist s'élève de mon téléphone. Je sors le moule à muffins du four alors que les cookies aux œufs et riches en protéines grésillent, leurs chapeaux dorés et gonflés juste comme je les aime.

Gaufre est nichée au bout du tapis, les pattes repliées sous son petit corps duveteux, sa queue s'agitant paresseusement. Je jette un coup d'œil vers elle tandis que je glisse la boîte sur la plaque de cuisson.

— Je sais, murmuré-je avec un sourire. Je suis en train de devenir cette personne qui discute avec son chat. Attends, bientôt je te montrerai des TikTok.

Le frigo bourdonne en arrière-plan, le smoothie que j'ai préparé plus tôt refroidit déjà à l'intérieur et les biscuits sont parfaitement croustillants sur les bords.

Pour une fois, tout me paraît correct.

Je me balade pieds nus, portant un des vieux tee-shirts de hockey Western U de Steele qui atteint mes cuisses. L'ourlet effleurant ma peau lorsque je bouge, chaud et familier. Mes cheveux sont en désordre, et je n'ai pas de maquillage. Je suis plus heureuse que je ne l'ai été depuis des années.

Ma rencontre avec Devon a été douloureuse, pourtant elle m'a permis de clore ce chapitre de ma vie. Maintenant, je peux me concentrer sur d'autres choses.

Des choses qui me rendent heureuse.

Comme cuisiner.

Il y a quelque chose dans le rythme de hacher, remuer et goûter qui m'apporte de la paix.

Et l'idée que je nourris quelqu'un à qui je tiens ?

Quelqu'un qui est devenu le centre de mon univers ?

Ça signifie tout.

Je termine les coquetiers quand les pas de Steele résonnent dans le couloir. Mon cœur bat plus vite de cette manière agaçante dont il réagit toujours quand il est à proximité. Il m'est difficile de me souvenir s'il y a eu un moment où ça ne s'est pas produit.

Il entre dans la cuisine encore humide de sa douche, sentant le savon frais et le propre. Il repousse ses cheveux de son visage. Il porte un jogging et un tee-shirt sans manches de son équipe.

C'est injuste à quel point il est capable de capter mon attention à présent.

Il sourit.

— Pourquoi es-tu sortie du lit aussi tôt ce matin ?

Il enroule ses bras autour de ma taille par-derrière et m'attire à lui pour m'embrasser juste derrière mon oreille.

— Hmm, dis-je, en penchant la tête, tandis que la chair de poule recouvre ma peau. Deux fois ce n'était pas assez pour toi hier soir ?

— Non.

Il me mordille le cou.

— Je pourrais avoir besoin d'un troisième round ce matin pour m'aider juste avant l'entraînement.

Avec un rire, je m'écarte de ses bras, lui tendant une assiette.

— Tu es insatiable. Tiens, essaie ça et dis-moi ce que tu en penses.

Il hausse un sourcil et mord dans le muffin.

— Putain de merde, réplique-t-il après une bouchée. C'est incroyable.

Mon sourire s'étend plus largement.

— Vraiment ?

— Absolument.

Il en attrape un autre avant que je ne puisse l'arrêter, et est déjà en train de le mâcher.

— Tu vas me ruiner, tu le sais ?

Je glisse une mèche de mes cheveux derrière mon oreille, et m'appuie contre le plan de travail. Ma nervosité grimpe en flèche.

— J'ai eu une idée. C'est la raison pour laquelle je me suis levée tôt.

Son regard croise le mien. Attentif.

— Oui ? Quel genre d'idée ?

Je mordille ma lèvre inférieure.

— Que penserais-tu si je commençais à préparer des repas et des collations saines ? Tu sais, pour les personnes soucieuses de leur santé, les athlètes ou les professionnels occupés. Comme la préparation des repas, des friandises protéinées, des produits de boulangerie avec des macros à l'esprit.

Il m'observe sans m'interrompre, ce qui ne fait que me rendre plus nerveuse.

— J'ai toujours adoré cuisiner. Et après tout ce qui s'est passé avec le cabinet d'avocats... je ne pense pas que j'ai envie d'y retourner. Je ne sais même pas si j'ai vraiment voulu être avocate. Mais ça ? Cuisiner ? J'ai l'impression d'être moi-même. Et je pense que je pourrais vraiment être douée avec ça.

Steele garde le silence pendant une seconde, il continue juste à mâcher, son regard fixé sur le mien. Puis, il sourit.

— Je trouve que c'est une excellente idée, Lilah.

— Vraiment ?

— Bien sûr. Tu t'illumines dans cette cuisine.

Il jette un coup d'œil dans la pièce et désigne le plan de travail, mes préparations et Gaufre, qui dort encore dans un coin.

— Je ne t'ai jamais vu être autant dans ton élément. C'est le moment idéal pour rebondir, et poursuivre quelque chose qui te rendra vraiment heureuse.

L'émotion gonfle en moi. Avant que je ne puisse m'en empêcher, je m'élance vers l'avant et enroule mes bras autour de lui, le serrant fort contre moi. Ses bras glissent autour de ma taille, son menton se pose sur ma tête.

— Tu me soutiens toujours tellement, marmonné-je contre lui. Comment puis-je avoir autant de chances ?

— C'est moi qui ai de la chance, déclare-t-il, en embrassant le sommet de ma tête.

Quand je m'écarte enfin, il sourit.

— Tu devrais préparer un lot de tout ce que tu prévois et je l'apporterai à l'arène. On pourrait laisser les gars essayer.

— Tu ferais ça ?

— Bien sûr que oui. S'ils aiment ce que tu prépares, tu pourrais obtenir un groupe de discussion précoce.

Je me fige.

— D'accord. Je peux faire ça.

— Bien sûr que tu peux.

Il tapote mon nez.

— Maintenant, combien de temps ai-je avant que le minuteur pour ta prochaine fournée ne s'arrête ?

— Environ vingt minutes.

— Parfait.

Il attrape un biscuit au granola en me lançant un regard malicieux.

— Ça me laisse assez de temps pour t'entraîner au lit.

Je ricane.

— Steele...

— Tu seras mon dessert, me taquine-t-il.

Gaufre miaule dans un coin.

— Même le chat te juge, répliqué-je avec un sourire.

— Elle peut me juger, répond-il, en me soulevant comme si j'étais une mariée. Elle peut s'occuper de la cuisine pendant ton absence.

Et avec ça, nous disparaissons dans le couloir dans un enchevêtrement de rires, de baisers et de miettes de muffins aux œufs.

Après que Steele est parti pour l'entraînement, je nettoie le plan de travail, emballe quelques muffins pour ses coéquipiers, et me perds religieusement dans une recette différente quand mon portable sonne. Je clique sur répondre et mets le haut-parleur.

— Hé, Rina ! Quoi de neuf ?

— As-tu été sur le net ce matin ?

— Non, je me suis levé tôt pour préparer le petit-déjeuner. Pourquoi ? Que se passe-t-il ?

Je marque un temps d'arrêt, en plissant les yeux.

— Qu'est-ce que Oliver a fait ? Ou est-ce qu'il s'agit de Zane et sa petite amie ? S'il te plaît, dis-moi qu'ils ne se sont pas encore bourrés de rumeurs sur le site des Railers.

Au lieu de rire, elle reste étrangement silencieuse.

— Rina ?

Je laisse tomber la cuillère dans le bol de mélange, en essuyant mes mains tandis qu'un sentiment de malaise s'abat sur moi.

— C'est Steele.

Mon estomac se retourne.

— Qu'y a-t-il à propos de lui ?

Elle soupire.

— Sur le site de rumeurs. Quelqu'un a posté une photo de vous deux et elle devient virale.

— D'accord, et alors quoi ? Pourquoi est-ce que c'est important ?

— Elle a été prise chez Gold Coast Table. Tu es debout devant lui, sa main est enroulée autour de ta gorge.

L'image mentale me frappe. Je me souviens de cet instant. C'est quand il m'a demandé si j'avais pris ma décision.

— Je ne comprends pas.

— L'angle de la photo donne l'impression qu'il t'étrangle, ajoute Rina, d'un ton inhabituellement calme. Comme s'il te faisait du mal.

— Je... ce n'est pas ce qu'il faisait.

Ma voix tremble :

— Il ne s'agissait pas de ça...

— Je sais. Je sais, Lilah. Mais Internet n'en a rien à faire. Les commentaires affluent déjà. Les gens le prennent pour quelqu'un d'abusif.

Mon estomac se retourne. Je plaque une main dessus, essayant de ne pas vomir.

Ça ne peut pas arriver.

— Ne va pas sur Internet. Je travaille dessus. J'ai déjà contacté le site pour essayer de faire supprimer cette photo, mais elle se répand rapidement. Je suis désolée.

— Merci, Rina, murmuré-je.

Nous raccrochons. Et malgré son avertissement, j'ouvre le navigateur et je tape le nom de Steele.

C'est la première image qui apparaît.

Ils ont zoomé, coupé le reste du monde, et dépeint une histoire qu'ils voulaient raconter. Son visage est capté dans un moment de désir brut qui semble imprudent et hors propos. Sa main, toujours fermée et respectueuse, devient quelque chose de plus sombre à travers la lentille avide d'un scandale. Quelque chose de tranchant se tord dans mon estomac en parcourant les commentaires.

Je ne suis pas surprise. Il a toujours été agressif sur la glace.

Il la contrôle clairement.

Dégoûtant.

Elle a besoin d'aide.

La pièce tourne autour de moi. Mes jambes me lâchent, je m'abandonne sur le tabouret à côté de Gaufre, qui miaule et en descend.

Je n'arrive pas à y croire.

Un moment d'intimité pris hors contexte.

Une seconde d'affection qui s'est transformée en quelque chose de laid.

Et Steele qui n'en a pas la moindre idée.

40

STEELE

Je souris encore quand j'entre dans le vestiaire trente minutes plus tard.

Il y a une légèreté en moi que je n'ai pas ressentie depuis longtemps. Sûrement parce que je viens de laisser Lilah debout dans ma cuisine, les cheveux en désordre et les joues rougies, en train de préparer quelque chose de sain et délicieux après avoir été complètement et bien baisée.

La meilleure partie ?

Elle était heureuse.

Détendue.

Et merde, ça me fait du bien !

Je jette mon sac dans mon casier et j'étire mes bras au-dessus de ma tête.

— Bonjour, dis-je, en ouvrant ma bouteille d'eau.

— Hé, Cap.

Jax dresse le menton en me saluant.

— Quoi de neuf, Cap ? me demande Oliver.

Quelques-uns des joueurs me saluent quand je traverse le vestiaire. Quelque chose ne va pas dans leurs voix et la manière dont ils regardent tous dans ma direction. En fronçant les sourcils, je ralentis mes pas. Knox lève les yeux après avoir lacé ses patins, sa mâchoire s'activant comme s'il retient quelque chose qu'il ne veut pas dire.

— Ne t'inquiète pas pour ça, murmure-t-il, son regard évitant le mien. Ça passera.

Mes sourcils se froncent.

— Qu'est-ce qui, exactement, va passer ?

Avant que quelqu'un ne puisse répondre, la porte du vestiaire s'ouvre et l'entraîneur entre.

— Sanderson, m'appelle-t-il. Landry veut te voir dans son bureau.

Je me fige. C'est tout ce qu'il faut pour que ma bonne humeur du matin s'estompe.

Le propriétaire de l'équipe veut me voir ?

Eh bien, merde.

Ce n'est jamais bon signe.

Mon esprit commence à s'agiter.

Est-ce que j'ai raté quelque chose ?

Exagérer une apparence ?

Foiré un engagement RP ?

Personne ne m'offre de réponse, un faible sentiment de malaise commence à se frayer un chemin en moi.

Je lui adresse un brusque hochement de tête et je le suis jusqu'au bureau de Hugh Landry, avec le sourire que je me suis forcé à afficher en y entrant la première fois. Je peux à peine me souvenir de ce que ça faisait. Une fois devant sa porte, je frappe.

— C'est ouvert, grogne-t-il.

Dès que j'entre, je réalise qu'il n'est pas seul dans la pièce. Evelyn est assise près de la fenêtre, l'expression de son visage solennel. Rina se tient à ses côtés. L'étincelle qui remplit généralement ses yeux est introuvable.

Merde.

Ce qui se passe est encore pire que je ne l'imaginais.

Hugh est assis derrière son bureau, ses mains jointes comme s'il se préparait pour la bataille. Mon estomac se tord.

Personne ne dit un mot au début.

Rina évite mon regard, tout comme certains de mes coéquipiers dans le vestiaire.

Hugh se déplace légèrement, ce mouvement est suffisant pour attirer mon attention sur lui.

— Sache simplement que cette situation est inconfortable pour tout le monde.

— Quelle situation ? Quelqu'un doit me dire ce qui se passe, demandé-je.

Rina sort son portable, et hésite une seconde avant de finalement me le tendre.

Je m'en empare.

L'écran s'illumine avec le site de rumeurs des Railers.

J'aperçois une photo.

Granuleuse, mais assez évidente.

C'est une photo de moi.

Je me tiens debout derrière Lilah chez Gold Coast Table.

Ma main est enroulée autour de sa gorge.

Ça a l'air mauvais.

Putain de merde.

La rage et l'incrédulité m'envahissent en même temps.

— Qu'est-ce que c'est que ça, putain, marmonné-je. Ce n'est pas ce à quoi ça ressemble.

Je lève les yeux, croisant le regard d'Hugh, avant de jeter un coup d'œil vers Evelyn et Rina.

— Vous savez toutes les deux que Lilah est ma meilleure amie.

Evelyn hausse un sourcil.

— D'après ce qu'on voit, elle est bien plus que ça.

Je rougis.

— Elle l'est, avoué-je. Mais je ne lui faisais pas de mal.

C'était un moment privé. Quelque chose d'intime qui a été déformé.

— Tu es une figure publique, Steele, intervient Hugh. La perception est importante. Cette photo, dénuée de contexte, te dépeint comme agressif, voire abusif.

Je serre les dents en croisant les bras.

— Ma vie privée ne concerne que moi. Ça ne les regarde pas.

— Tu sais comment cela fonctionne, déclare tranquillement Rina. Tu es dans la ligue depuis assez longtemps pour comprendre que les gens aiment remplir les blancs. Et en ce moment, le récit qu'ils sont en train de construire devient très laid.

Je secoue la tête, la frustration s'emparant de moi.

— Qu'est-ce que je suis censé faire ? Laisser les médias me dépeindre comme un putain de monstre ? Je ne lui ai fait aucun mal. Je ne lui ferai jamais de mal.

— Nous le savons, me rassure doucement Evelyn. Mais le reste du monde ne le sait pas.

Hugh se penche en avant.

— Nous devons contrôler les dégâts avant que ces rumeurs ne gagnent plus d'ampleur.

— Cela pourrait aider si Lilah s'en chargeait, soupire Rina.

Mon regard se pose sur elle.

— Absolument pas.

Elle essaie à nouveau.

— Steele...

— Non.

Ma mâchoire se crispe.

— Je ne l'entraînerai pas là-dedans plus qu'elle ne l'est déjà. Ce n'est pas son problème.

Le regard d'Evelyn reste inébranlable.

— Pour l'instant, elle est la seule qui peut façonner ce récit.

Mes poings se serrent alors que mille images de Lilah

traversent mon esprit. Son visage quand elle apercevra cette vidéo, la douleur dans ses yeux, le retour de bâton qu'elle n'a jamais demandé...

Mon impuissance se transforme en quelque chose de plus tranchant.

— Je vais gérer ça, dis-je en me relevant.

Je n'attends pas qu'ils me répondent. Je suis déjà à la porte, chacun de mes pas guidés par une seule pensée.

Je dois atteindre Lilah avant que cette histoire ne le fasse.

41

LILAH

Le ciel à l'extérieur est gris, alourdi par des nuages qui n'ont pas vraiment encore donné de pluie. Le lac Michigan s'étend devant moi à travers les fenêtres de Steele, mais même ce dernier semble terne et incolore aujourd'hui. Il correspond au nœud dans mon estomac. Ce poids serré et inconfortable de la peur qui m'accompagne depuis que j'ai vu la photo.

Mon téléphone est plaqué à mon oreille alors que la voix aiguë de ma mère perce le silence.

— J'ai eu une dizaine de personnes qui m'ont envoyé cette photo, Lila. Une douzaine. As-tu la moindre idée comme c'est embarrassant pour moi ? Pour nous ?

Je ferme les yeux et pose mon front contre le verre.

— Je n'ai pas demandé à ce que cette photo soit prise.

— Ce n'est pas vraiment le but. Tu nous mets dans cette position en le laissant enrouler sa main autour de ta gorge en public. Quel genre de message penses-tu que cela envoie ?

Je ne réponds pas immédiatement. Principalement parce que je ne sais pas quoi dire.

Ce n'était pas ce à quoi ça ressemblait.

Du tout.

Mais ça n'a pas la moindre importance pour les sites de potins ou pour les gens qui ne voient que ce qu'ils veulent voir. Qui l'ont dépeint comme quelque chose de sombre et de laid.

Son ton monte d'un cran.

— Comment penses-tu obtenir un autre emploi dans un cabinet d'avocats réputé après ça ? Qui va embaucher quelqu'un d'impliqué dans un scandale aussi laid ?

— Je ne veux pas d'un autre emploi dans le droit, lâché-je avant de pouvoir m'en empêcher.

Le silence qui s'ensuit est brutal.

— Je suis désolée, qu'est-ce que tu as dit ?

— J'ai dit que je ne voulais pas être avocate.

Ma voix est stable quand j'ajoute :

— Je ne pense pas que ce monde soit fait pour moi. Je ne pense pas qu'il ne l'ait jamais été.

Il y a un battement stupéfait avant qu'elle n'ajoute :

— Après que nous avons dépensé plus de cent mille dollars pour ton diplôme, tu dis que tu vas tout jeter ?

Les larmes me montent aux yeux.

— Ce n'est pas une question d'argent.

— Je n'ai pas la moindre idée de qui tu es, Lilah. Je ne le sais vraiment pas. Fais-tu une sorte de dépression nerveuse ? Est-ce un appel à l'aide ? Veux-tu que je te réserve un séjour à Miraval pour que tu puisses te détendre et reprendre tes esprits ?

— Je ne souffre pas de dépression, maman.

— Je ne comprends rien à ce qui se passe dans ta vie. D'abord ta rupture, puis tu te fais virer et maintenant cette... photo. Je n'ai jamais été aussi déçue.

Les mots sont comme une gifle en plein visage. Je pince mes lèvres, pour ne pas dire quelque chose que je finirai par regretter. Je lève les yeux vers le plafond. J'ai toujours essayé de rendre mes parents fiers de moi. Parfois à mon propre détriment.

Je refuse de le faire davantage.

— Est-ce que tu as trompé Devon avec lui ? C'est vraiment ce qui s'est passé ?

— Non. Bien sûr que non.

— Alors que fais-tu avec Steele Sanderson ? Êtes-vous en couple maintenant ? J'ai toujours su que ce joueur de hockey poserait un problème. C'est un sport tellement violent.

Je ferme les yeux.

— Nous sommes amis, chuchoté-je. Nous l'avons toujours été.

Ce n'est pas entièrement un mensonge, mais cela ne ressemble pas vraiment à la vérité non plus.

— Je dois y aller, dis-je en l'interrompant avant qu'elle ne puisse me demander autre chose.

— Je...

— Au revoir.

Je raccroche avant de perdre mon calme.

Je suis toujours debout près de la fenêtre quand je sens la présence de Steele derrière moi.

Quelques instants plus tard, ses bras s'enroulent autour de ma taille et ses lèvres se posent sur ma joue.

— Je suppose que c'était ta mère ? me demande-t-il tout bas.

Je hoche la tête, ne faisant pas confiance à ma voix. Après une seconde, je déclare :

— Ils ont vu la photo. Disons simplement que mes parents ne sont pas contents. Leurs amis en ont été complètement scandalisés.

Il pose ses lèvres contre ma tempe.

— Je n'en ai rien à foutre de tes parents. Et encore moins de leurs amis. Mais je tiens à toi. Est-ce que ça va ?

— Honnêtement ? Je ne sais pas, avoué-je en pivotant dans ses bras pour lui faire face. Attends... pourquoi est-ce que tu rentres aussi tôt ? Est-ce qu'il s'est passé quelque chose ?

Il hésite l'espace d'un battement de cœur.

— On m'a traîné dans le bureau de Hugh. Rina et Evelyn étaient là elles aussi.

Mon estomac se retourne.

— À cause de la photo ?

— Oui.

— Je suis tellement désolée, chuchoté-je, la culpabilité s'abattant sur moi. Je n'y ai jamais pensé... je veux dire, nous vivions un moment privé. Ça ne m'est jamais venu à l'esprit que quelqu'un pourrait prendre une photo de nous.

— C'est ma faute, admet-il. J'aurais dû m'en douter. J'aurais dû me rendre compte que les gens regardent toujours dans ma direction. Surtout depuis que je suis passé professionnel.

— Es-tu en difficulté ?

Quand il reste silencieux, mon cœur se serre.

— Ça va passer, dit-il finalement. Je ne suis pas inquiet.

La façon dont il évite de croiser mon regard m'informe sur tout ce que je dois savoir.

Tout ce qu'il refuse de dire à voix haute.

42

STEELE

Maintenant que je tiens Lilah dans mes bras, tout s'arrange enfin. Je raffermis ma prise, souhaitant pouvoir absorber une partie du fardeau qu'elle porte et le faire mien.

— J'ai peur que ça nuise à ta carrière, murmure-t-elle.

Je me recule juste assez pour la regarder et glisse une mèche de cheveux derrière son oreille.

— Tu penses que je me soucie du hockey en cet instant ?

Elle essaie de sourire, mais ça sonne faux.

Elle est concernée.

Toute la positivité et l'excitation que je ressentais plus tôt ce matin ont disparu.

Que je sois damné si je permets à quiconque, y compris sa mère, les médias ou un troll d'Internet de lui voler ses rayons de soleil.

Surtout quand elle commençait enfin à tourner la page.

Putain.

Je pose mes lèvres sur le sommet de sa tête. Son corps se fond contre le mien comme si elle était faite pour se tenir là, alors que nous restons dans le calme du salon. La ville s'étend au-delà de la fenêtre, grise et froide, un reflet de l'orage qui se prépare en elle.

Je raffermis mon emprise sur elle, en chuchotant contre sa tempe :

— Je pense que tu as besoin d'une distraction.

Elle laisse échapper un rire sans joie.

— De quoi exactement ? D'Internet qui m'a désigné comme une victime ou de ma mère qui vient de me désavouer parce que je ne veux plus être avocate ?

— D'un peu tout ça, dis-je.

Il y a une partie de moi qui craint qu'elle ne me glisse entre les doigts, si je ne fais pas attention.

— Laisse-les parler, bébé. Pendant qu'ils sont occupés à juger, c'est moi qui ai le droit d'être ici avec toi.

Elle se crispe légèrement.

— Steele…

Au lieu de la laisser finir, je la soulève dans mes bras.

Gaufre bouge de là où elle se trouve sur le canapé, en levant la tête paresseusement pour nous regarder. Ensuite, elle se recroqueville dans un coin comme si elle savait ce qui allait arriver et refusait d'en faire partie.

Chat intelligent.

Lilah m'observe fixement.

— Que fais-tu ?

— Je prends soin de toi, déclaré-je simplement. C'est tout ce que j'ai toujours voulu faire.

Je la porte à travers le Penthouse jusqu'à ma chambre, sans m'arrêter jusqu'à ce que nous soyons dans la salle de bain. Ce n'est qu'alors que je la dépose doucement et que je m'éloigne juste assez longtemps pour ouvrir l'eau de la douche, et ajuster la température jusqu'à ce que la vapeur s'élève dans l'air.

Quand je me retourne, elle m'observe avec de grands yeux interrogateurs.

J'agrippe l'ourlet de son pull, le soulevant lentement et lui offrant ainsi toutes les chances de m'arrêter si ce n'est pas ce qu'elle veut. J'avance avec des mains prudentes en faisant passer le tissu par-dessus sa tête pour le laisser tomber sur le sol. Je prends mon temps avec le reste de ses vêtements, en effleurant chaque centimètre de sa peau nue qui se révèle. Il n'y a pas de précipitation, pas de rudesse. Seulement une dévotion patiente et constante. Je veux qu'elle en ressente chaque seconde et dans chaque partie d'elle.

Comme elle le mérite.

Au moment où chacun de ses vêtements a été retiré, elle tremble. Non pas d'angoisse, mais du genre d'anticipation qui fait vibrer tout notre corps de désir.

— Tu es tellement belle, murmuré-je en faisant courir mon pouce sur l'os saillant de sa hanche.

Ensuite, je retire mes propres vêtements et je la conduis sous la douche jusqu'à ce que la brume chaude tombe en cascade sur nous. Lilah laisse échapper un soupir quand l'eau s'abat sur elle.

Je prends le shampooing et je le fais mousser dans mes mains avant de me déplacer derrière elle. Elle incline sa tête en arrière, ce qui me permet de masser doucement son cuir chevelu. Après l'avoir rincé, je répète le processus avec l'après-shampooing. Mes doigts glissent dans ses cheveux jusqu'à ce que ses mèches soient soyeuses au toucher.

Lilah se penche contre moi quand j'ai terminé, ses muscles détendus, comme si elle lâchait enfin prise. J'embrasse son épaule, puis l'autre, avant de faire courir ma bouche le long de sa gorge jusqu'à ce qu'elle fasse enfin pivoter son visage vers le mien.

— Je déteste te voir comme ça, murmuré-je. Tendue et triste. Te remettre en question, toi et les décisions que tu as prises.

— Je vais bien, chuchote-t-elle.

— Non. Mais je vais faire tout ce qui est en mon pouvoir pour m'assurer que tu te sentes bien.

Je fais courir mes mains sur ses bras, sur ses côtes et sur son ventre. Elle demeure immobile, la tension et le désir ondulant lorsque ma paume glisse entre ses cuisses. Elle gémit quand je la touche de la manière dont je sais qu'elle en a besoin. Lente, compétente et entièrement concentrée sur elle. Je vénère chaque centimètre de son corps comme si c'était la seule chose que j'ai toujours voulu faire.

Et quand elle commence à se défaire dans mes bras, je la retiens.

Elle pousse un gémissement quand je la plaque contre le mur, encerclée par mon grand corps et les carreaux de carrelage. Ses doigts s'enfoncent dans mes épaules alors qu'elle enroule ses jambes autour de ma taille.

— S'il te plaît, ne te retiens pas, me supplie-t-elle.

— C'est la dernière chose que j'ai envie de faire.

Parce que ce n'est pas seulement une question de plaisir.

Il s'agit de lui rappeler qu'elle est désirée.

Aimée.

Chérie.

Pas pour ce qu'elle fait.

Ou pour la personne que les gens s'attendent à ce qu'elle soit.

Mais exactement pour qui elle est.

Après que nous avons atteint tous les deux notre libération, je la serre contre moi, en la rinçant jusqu'à ce qu'elle soit toute propre.

Elle pose son front contre le mien et ferme les yeux.

— Merci. D'une certaine manière, tu sais toujours exactement ce dont j'ai besoin.

J'embrasse tendrement ses lèvres.

— Ne l'oublie jamais, porte-bonheur.

Si j'obtiens ce que je veux, je passerai le reste de mes jours à m'assurer qu'elle ne se demande jamais où est sa place.

Ni l'homme auquel elle appartient.

43

STEELE

Avec mes coudes appuyés contre mes genoux et les yeux fixés sur la bande de glace fraîche devant moi, je suis assis seul dans l'arène déserte. L'air à l'intérieur de la patinoire est frais et silencieux. On dirait le calme avant la tempête.

Cet endroit a toujours été mon sanctuaire.

Même avant de devenir pro, la patinoire était le seul endroit où tout avait un sens. Pas de bruit, pas de gros titres, pas de conneries. Juste le raclage des patins, la coupe tranchante des lames, et le rythme du jeu.

Aujourd'hui, c'est différent.

Plus lourd.

Je passe une main sur mon visage au moment où mon portable vibre dans ma poche.

Le nom de Bridger illumine l'écran.

Bien que, si vous voulez être plus technique, « fuckface » est le nom qui clignote.

Je réponds.

— Hé.

Sa voix crépite.

— Tu es à l'arène ?

— Oui. Je m'entraîne.

Il y a un léger retard avant qu'il ne demande :

— Ça va ?

Je glisse une main dans mes cheveux.

— Oui. Je vais bien.

— J'ai vu l'histoire. La photo. Personne qui te connaît ne croit à ces conneries. Ce n'est rien de plus qu'un pute à clics.

— Certaines personnes y croient, murmuré-je. Mais ce ne sont pas celles qui comptent.

— Ça m'énerve, réplique-t-il. Tu as toujours gardé ta tête baissée, ta réputation propre. Et maintenant, ils agissent comme si tu étais un connard violent ? Ce ne sont que des conneries.

Il y a un moment de silence entre nous avant qu'il ne demande, plus doucement cette fois :

— Comment va Lilah ?

Je soupire.

— Aussi bien que tu l'imagines.

— C'est mauvais à ce point ?

— Elle tient le coup. Mais, oui. Ça la ronge de l'intérieur.

— Offre-lui notre soutien. Sérieusement. Holland est furieuse depuis qu'elle a vu la photo.

Je hoche la tête, même s'il ne peut pas me voir le faire.

— Dis-lui que nous apprécions.

Un mouvement dans ma périphérie attire mon regard. Je lève les yeux pour apercevoir Rina entrer. Son regard balaie les tribunes, et quand il croise le mien, elle se dirige vers moi avec d'une démarche déterminée.

— Je te remercie d'avoir pris contact, dis-je à mon cousin. Mais je dois y aller.

— Je t'aime, mec. Prends soin de toi.

— Je t'aime moi aussi.

Je raccroche au moment exact où Rina grimpe la dernière

marche et s'installe à mes côtés sur la première rangée. Elle ne parle pas tout de suite, elle contemple simplement la glace déserte.

— Je pensais que tu serais dans le vestiaire.

— J'avais besoin d'une minute. Quoi de neuf ?

Elle hésite, puis soupire.

— J'ai entendu parler du retrait de Peak Sportswear. Je suis désolée.

Je passe à nouveau une main dans mes cheveux.

— Oui. Mon agent m'a appelé ce matin pour m'annoncer la nouvelle. Ils ont donné la ligne habituelle « optique », me disant que je suis une responsabilité RP et qu'ils réévaluent la direction de leur marque. Traduction ? Une photo graveleuse et un groupe de guerriers d'Internet avec trop de temps libre ont suffi à les faire fuir.

Elle croise mon regard.

— Est-ce que Lilah est au courant ?

Je secoue la tête.

— Lui as-tu déjà parlé de faire une déclaration ?

La colère qui monte en moi est vive et immédiate.

— Non.

— Steele...

— Je ne la traînerai pas là-dedans, craqué-je, avant de faire un effort conscient pour baisser d'un ton. Elle est déjà en plein milieu de la tempête. Je n'ajouterai pas plus de carburant à tout ça.

Rina croise ses bras en serrant les dents.

— Elle ne voudrait pas que tu perdes des parrainages à cause de ça. Tu le sais.

— Je me fous de l'argent. J'ai bien investi au fil des ans. Je n'en souffrirai pas.

Elle cligne des yeux, surprise.

— Alors quoi...

— Je tiens à elle, déclaré-je catégoriquement. Je tiens à la protéger, à protéger la manière dont elle me voit. Je me moque de la façon dont les médias tournent le récit. Elle ne doit à personne une explication sur ce qui se passe entre nous. Point barre. Fin de l'histoire.

Rina soupire.

— D'accord. Alors nous allons essayer de le gérer du mieux que nous pouvons.

— Oui. Merci.

Nous restons ainsi ensemble un moment, tous les deux observant la couche de glace lisse.

— Elle a de la chance d'avoir quelqu'un d'aussi loyal à ses côtés, déclare finalement Rina.

— Non. C'est moi qui ai de la chance.

Et je combattrai quiconque essaiera de détruire ce que nous avons construit.

44

LILAH

Je suis déjà assise à la table d'angle chez Lakeshore Sweets, en train de déguster le mocha latte que Callie a préparé spécialement pour moi, quand Sloane et elles s'installent à côté de moi.

— Comment est-ce que ça va ? me demande Callie, en dépliant le muffin qu'elle pousse dans ma direction.

— Je ne sais même pas, avoué-je. J'ai l'impression d'être prise au milieu d'une tornade, et que peu importe ce que je fais, le vent n'a de cesse de s'intensifier.

Sloane fronce les sourcils.

— C'est dégoûtant, honnêtement. La manière dont cette photo a été prise complètement hors contexte ? C'est toi et Steele. Toute personne qui a des yeux peut voir à quel point il t'adore.

Callie hoche la tête.

— Et ne me lance même pas sur la manière dont il te tourne autour. Je sais exactement ce que c'est quand les gens pensent qu'ils ont le droit d'avoir un impact sur nos vies. Entre les conneries avec Zane et tout ce cirque médiatique, j'ai eu plus que ma part. Je ne laisserai jamais ni moi ni ma fille être entraînée dans toute cette merde à nouveau.

Avant que je ne puisse répondre, la cloche au-dessus de la porte sonne, et Rina se précipite à l'intérieur, retirant déjà son écharpe.

— Tu es en retard, dis-je.

Aussi reconnaissante que je sois de la voir, je ne peux m'empêcher de l'observer avec prudence. J'ai presque peur d'entendre les nouvelles qu'elle apporte. Elle hésite, en glissant les mains dans les poches de son manteau.

— J'ai dû discuter avec l'un des joueurs.

Je penche la tête.

— L'un des joueurs ?

Rina se détourne de moi.

— Est-ce que c'était Steele ? Tu peux me le dire.

Elle ouvre la bouche, la referme. Puis soupire.

— Je savais que je n'aurais pas dû venir ici juste après ma conversation avec lui.

— Je vais te préparer un café, intervient Callie, en se relevant déjà. Extra shoot.

Rina s'installe à côté de moi et murmure :

— Merci, bébé.

Mon ventre se tord.

— Rina, dis-moi juste ce qui se passe. Tu sais comment il est. Il veut me protéger de tout.

— Il va être contrarié si je t'en parle, déclare-t-elle, en déboutonnant son manteau.

Je baisse d'un ton :

— Je t'en prie. Dis-moi simplement ce qui se passe. J'ai besoin de savoir.

Elle hausse les épaules.

— L'un de ses sponsors de longue date s'est retiré ce matin. Il a dit que l'optique de la photo ne correspondait pas à leur image de marque, ils ont retiré toute publicité de l'arène.

Pendant un moment, je cligne des yeux, incapable de réfléchir correctement.

— Quoi ?

Sloane pose l'une de ses mains sur la mienne tandis que Callie revient avec le café de Rina.

— Il a perdu un sponsor ?

Je chuchote, à peine capable de prononcer les mots.

— Il ne voulait pas que tu sois au courant, m'apprend doucement Rina. Il veut te protéger autant qu'il le peut.

Mon ventre se tord.

— Que puis-je faire pour arranger ça ?

Rina hésite.

— Je ne crois pas qu'il existe une solution magique, Lilah. Mais... et si nous faisions une interview ? En tête-à-tête avec quelqu'un en qui nous avons confiance. Une journaliste avec de l'intégrité. Quelqu'un qui ne déformera pas tes paroles.

Ce n'est même pas une chose à laquelle je dois réfléchir. Autant il veut prendre soin de moi, autant j'ai envie de le défendre aussi farouchement.

— Je le ferais.

Callie serre mon bras pendant que Sloane me tend une serviette pour épancher les larmes que je ne m'étais même pas rendu compte d'être en train de verser.

— Prenons le contrôle de cette histoire, affirme fermement Rina. Nous écrirons la fin nous-mêmes.

Pour la première fois depuis des jours, je ressens la plus petite étincelle d'espoir fleurir dans ma poitrine.

45

STEELE

Le vestiaire bourdonne d'énergie après l'entraînement. Les gars sont en train de retirer leur équipement, j'entends le bruit des serviettes, et l'enceinte de quelqu'un qui laisser échapper un mélange de rap rétro et de rock classique. L'odeur de la sueur emplit l'air, et des rires rebondissent sur les murs. Ça ressemble plus à un soulagement qu'à une routine.

Pour la première fois de toute la semaine, mon esprit est apaisé.

Pas parce que le bruit alentour s'est calmé, mais parce que j'ai tout laissé sur la glace.

Je retire mon maillot trempé de sueur, le tissu collant à mon dos comme une seconde peau, et le balance dans mon casier. Mes muscles sont épuisés de la meilleure des manières.

Essorés et douloureux.

Mais ma tête ?

Elle est dégagée.

Ce qui est plus que la montée d'adrénaline, c'est le soutien sans faille de mes coéquipiers.

Plus tôt, Knox m'a frappé l'épaule en passant et a dit : « *ne t'inquiète pas, capitaine. Les gens adorent le drama. Ça va se calmer en un rien de temps. »*.

Laiken, à sa manière stoïque habituelle, se tenait dans le coin, accroché à sa crosse. Quand je suis passé, il a levé les yeux juste assez longtemps pour dire : « *tu es quelqu'un de bien. Nous savons quel genre d'homme tu es. Laisse leurs conneries suivre leur cours. »*

Leur confiance silencieuse en moi m'a atteint bien plus fort que je ne l'avais prévu.

Cette équipe, ces gars me soutiennent.

Ça signifie tout pour moi.

Je hoche la tête en direction d'Oliver et Jaxon, qui sont en train de se disputer pour savoir si un shake protéiné peut être qualifié de déjeuner. River leur met un coup de pied à tous les deux, comme si cela pouvait régler la question.

Je glisse mon sac par-dessus mon épaule et je sors dans le hall. Mon téléphone vibre dans ma poche au moment où une voix familière m'appelle.

— Sanderson.

Je lève les yeux et découvre Hugh qui tente de me rattraper à toute allure. Le propriétaire de l'équipe est vêtu de son costume marin sur mesure qui coûte certainement plus cher que ma première voiture. Il arbore sa confiance aiguisée, mais aujourd'hui, il paraît presque satisfait, ce qui est bien loin de l'expression qu'il affichait l'autre matin dans son bureau. Il abat sa main sur mon épaule.

— Content que tu te sois décidé à lui parler. Je savais que c'était la voie à suivre.

Je fronce les sourcils.

— J'ai parlé à qui ?

— Lilah, répond-il en jetant un coup d'œil à sa Rolex argentée. L'interview devrait commencer d'une minute à l'autre. Et la faire ici était une action de relations publiques intelligente.

Mon estomac se tord.

— Quelle interview ?

Il plisse les yeux.

— Celle que Rina a programmée il y a quelques heures. Tu ne lui en as pas parlé ?

Non. Non, je ne l'ai pas fait.

Et je n'avais très certainement pas l'intention de le faire.

Parce qu'elle ne devrait pas avoir à se manifester publiquement pour expliquer ce qui se passe entre nous devant le monde entier. Pas après tout ce qu'elle a déjà traversé.

Pas après avoir juré que je ne la mettrai pas dans cette position.

Je laisse tomber mon sac au sol et je pivote sans même lui dire au revoir. Je me déplace rapidement, avalant la distance jusqu'à la salle de conférence où toutes les conneries médiatiques ont généralement lieu.

J'envoie un message à Rina.

Puis un autre.

Je n'obtiens pas de réponse.

Merde.

Dès que je franchis le dernier virage, j'entends la voix calme et polie d'une femme puis celle de Lilah. Au lieu d'hésiter, j'ouvre les portes, la pièce devient silencieuse alors que plusieurs têtes pivotent dans ma direction. Le caméraman se fige, son objectif encore en train de s'ajuster. La journaliste cligne des yeux comme si elle venait d'être prise en flagrant délit. Et ma douce Lilah est assise sur sa chaise, ébahie et nerveuse.

Ce qui m'énerve le plus, c'est qu'elle est toute seule pour affronter ça.

— Si quelqu'un doit parler pour nous, dis-je en entrant à grands pas dans la pièce, alors ce sera nous deux. Ensemble. En tant que couple.

Lilah ouvre légèrement la bouche, comme si elle ne parvenait pas à croire que je vienne tout juste de débarquer ici. La dernière chose que j'ai envie de faire, c'est de la laisser seule pour affronter cette situation. Je prends une chaise sur le côté de la pièce et je la soulève, la plaçant directement à côté de la sienne avant de m'y abattre lourdement et de poser ma main sur la sienne.

— Ça te va, porte-bonheur ?

Elle hoche la tête, les yeux humides d'émotions.

— Oui.

Incapable de m'en empêcher, je porte sa main à mon visage et dépose un baiser contre ses doigts.

— Nous traverserons cela ensemble. Tu comprends ?

Elle sourit.

— Merci d'être venu.

— Il n'y a nulle part ailleurs où je préférerai être. Et personne d'autre avec qui je préférerai être.

C'est l'entière vérité.

La journaliste se racle la gorge, essayant de retrouver ses repères.

— Monsieur Sanderson, je n'avais pas réalisé que vous étiez...

— Bonjour, Chandra, m'introduis-je en douceur. Merci d'avoir pris le temps. Nous sommes prêts à discuter.

Elle jette un coup d'œil entre nous, puis fait un signal au caméraman. La lumière rouge s'allume. Une à la fois, elle nous pose ses questions difficiles.

Sommes-nous en couple ?

Que s'est-il passé sur la photo ?

Y avait-il consentement ?

Je laisse Lilah parler en premier parce que sa voix compte et qu'elle mérite d'être entendue avec ses propres mots. C'est seulement quand elle a terminé de parler que je me penche en avant et que je regarde droit dans l'objectif.

Je parle d'une voix stable.

Contrôlée.

Mais chaque syllabe que je prononce est teintée d'une part de vérité :

— Ce que les gens ont vu sur cette photo n'était pas de la violence. C'était de l'intimité. C'était privé. Et c'était réel.

Je m'arrête, en serrant la main de Lilah.

— Cette femme n'est pas seulement ma meilleure amie, c'est celle que j'aime. Je l'aime depuis l'université. Qu'elle le réalise ou non, ça a toujours été elle. Et peu importe ce qui se passe à l'avenir, ce sera toujours elle.

Lilah laisse échapper un souffle tremblant à mes côtés, et sa prise se resserre sur ma main.

La caméra continue de tourner, mais tout ce que je vois, c'est elle.

Tout ce que je ressens, c'est la véracité de mes paroles. À vif et au grand jour, ne se cachant plus entre des regards volés et des phrases à moitié terminées.

C'est nous contre le bruit.

Nous contre les rumeurs.

Nous contre le monde entier.

Et après une décennie d'amitié, j'ai enfin l'impression d'être exactement là où nous sommes censés être.

46

LILAH

Le silence dans la voiture et épais, mais pas inconfortable.

Eh bien, pas exactement.

Je suis assise avec mes mains posées soigneusement sur mes genoux, ma veste enroulée étroitement autour de moi comme une armure. Mon esprit continue de se rejouer l'interview en boucle, bloqué sur un moment précis.

Sa déclaration.

Cette femme n'est pas seulement ma meilleure amie, c'est celle que j'aime.

Il l'a dit si clairement.

Comme si cela avait toujours été évident.

Et peut-être que pour lui, ça l'était.

Mais pas pour moi.

La ville se brouille devant la vitre alors que nous conduisons vers le Penthouse. Les lumières, la circulation, le bruit... tout s'estompe en arrière-plan. À l'intérieur de la voiture, il n'y a que moi et l'écho de ses paroles.

Steele n'essaie pas de combler le silence. Une de ses mains repose sur le volant, l'autre est enroulée de manière décontractée sur le levier de vitesse. De temps à autre, je capte son regard qui se pose sur moi.

Qui vérifie comment je vais.

Il m'observe.

En attente.

Mais il ne pousse pas.

Il ne le fait jamais.

Peut-être que c'est pour cette raison qu'il m'a fallu aussi longtemps pour voir ce qui était juste devant moi pendant toutes ces années.

Quand nous entrons dans le parking souterrain, je cligne des yeux, comme si j'émergeais enfin d'un rêve. Steele coupe le moteur et se tourne vers moi. Son visage est peut-être l'incarnation du calme, mais ses yeux sont remplis d'inquiétude.

Il tend la main, effleurant doucement quelques mèches de cheveux qui s'éparpillent sur ma joue.

— Est-ce que ça va ?

— Oui, dis-je automatiquement, même si ce n'est qu'à moitié vrai.

— Bien.

Il m'étudie l'espace d'un instant.

— J'aurais aimé que tu me dises ce que tu faisais.

Je mords ma lèvre inférieure.

— Je craignais que tu essaies de m'en empêcher.

— Tu as raison. Je l'aurais fait, réplique-t-il, sa mâchoire se crispant.

La chaleur de ses doigts se répercute sur ma joue, et je ne peux m'empêcher de me pencher contre lui. M'ancrant. Cet homme a toujours représenté une présence stabilisatrice dans ma vie.

— Tout ce que j'ai toujours voulu, c'est te protéger.

— Je sais, murmuré-je. Mais tu n'as pas à le faire. Pas toujours. Je suis assez forte pour gérer ce que la vie me réserve.

Il m'adresse un petit sourire.

— Je sais que tu es forte, bébé. Tu es la femme la plus forte que je connaisse. Assez forte pour tirer un trait sur une carrière qui ne t'a pas rendue heureuse. Assez forte pour recommencer. Assez forte pour te battre pour ce que tu veux.

J'observe son visage, chaque ligne de celui-ci est gravée par la sincérité.

— Puis-je te demander quelque chose ?

— Tout ce que tu veux.

— Quand tu as dit à Chandra que tu m'aimes depuis l'université... est-ce que tu le penses sincèrement ? Ou est-ce que c'était juste pour les caméras ?

Il ne cligne même pas des yeux.

— J'en pensais chaque mot, Lilah. Je t'ai toujours aimé. J'ai toujours été amoureux de toi.

Mon monde bascule littéralement face à cette déclaration.

— Alors pourquoi ne me l'as-tu jamais dit ?

Il soupire, la voix fatiguée et pleine de regrets.

— Tu étais toujours avec quelqu'un d'autre. Et quand tu ne l'étais pas... j'avais trop peur de ruiner ce que nous avions. Si ton amitié était tout ce que tu pouvais m'offrir, j'étais prêt à l'accepter. Parce que n'importe quelle version de toi était meilleure que rien du tout.

Les larmes me montent aux yeux.

— Je t'aime, Steele. Plus que je n'aurais jamais pensé pouvoir aimer quelqu'un.

— Je t'aime aussi, porte-bonheur.

Il tend la main dans ma direction.

— Prête à rentrer chez nous ?

Je hoche la tête, le poids de cette journée cédant la place à quelque chose de plus chaleureux. Plus léger. Alors que nous avançons main dans la main en direction de l'ascenseur, une bulle de joie se forme en moi. Lumineuse et pleine de promesses. Tout finit par se mettre en place. Et cela a tout à voir avec l'homme qui se tient à mes côtés.

Celui qui a été présent pour moi à chaque chagrin d'amour.

Chaque faux pas.

Chaque tempête.

Steele a été la seule constante à travers tout ça.

À l'intérieur de l'ascenseur, il enroule son bras autour de moi et je me plaque contre lui inhalant son odeur chaude et boisée qui a toujours eu le pouvoir de me calmer. Ce n'est que maintenant que je comprends pourquoi.

Parce qu'il est ma maison.

Il l'a toujours été.

Nous entrons dans le Penthouse et découvrons Gaufre nichée sur le canapé. Elle lève la tête juste assez longtemps pour nous reconnaître avant de se rendormir avec un miaulement. L'arôme persistant de la torréfaction et de la vanille flotte dans l'air depuis ce matin, mais tout semble différent à présent.

Entier.

Je pose mon sac près de l'ascenseur et dérive vers les fenêtres. Le lac s'étend au loin, en une toile bleu foncé scintillant sous les rayons du soleil. Je pose ma main sur la fenêtre. Ce n'est pas l'horizon qui m'attire, mais la vie que je vois enfin qui m'attend. Celle que j'ai à vivre avec Steele.

Il s'avance derrière moi et enroule ses bras autour de ma taille. Son corps est solide contre mon dos, sa chaleur pénètre jusque dans mes os.

— Tu gardes toujours le silence quand tu réfléchis à des pensées profondes, murmure-t-il, sa bouche effleurant la courbe juste derrière mon oreille.

Je souris.

— Je suis juste en train de réfléchir à tout ça.

— Et ?

— Et pour la première fois, j'ai l'impression d'être exactement là où je dois être.

Son étreinte se resserre.

— Bien. Parce que tu ne vas nulle part.

Je pivote pour lui faire face.

— Je n'en ai pas envie.

Il plonge ses yeux dans les miens.

— Tu en es certaine ? Parce qu'une fois que tu auras prononcé les mots, je serai à fond dedans. Plus d'amitié avec avantages. Plus de ligne. Juste nous. Tout ça.

Et il le pense.

Chaque mot.

— Je n'ai jamais été plus sûre de quoi que ce soit.

Il m'embrasse, lentement, respectueusement, en une promesse écrite en silence. Je l'embrasse en retour avec tout ce que j'ai. Chaque cicatrice, chaque espoir, chaque once d'amour que j'ai eu trop peur de dire à haute voix jusqu'à présent.

Quand nous nous écartons enfin, son pouce caresse ma joue.

— Alors... on va vraiment faire ça ?

— On va le faire.

Et juste comme ça, la douleur avec laquelle je vis constamment depuis des années se dissipe.

L'homme que j'ai toujours aimé en tant qu'ami ?

Il est à moi maintenant.

Et je suis à lui.

Pas seulement pour ce soir.

Pas seulement jusqu'à ce que l'étincelle s'estompe.

Mais pour tous les jours à venir.

Ce n'est pas la fin de notre histoire.

Ce n'est que le début.

Et je n'en changerai pas une seule page.

47

STEELE

L'ascenseur bipe. Je jette un coup d'œil vers les portes au moment où ces dernières s'ouvrent. La première vague de mes coéquipiers se déverse dans le Penthouse. Knox, River et Laiken ouvrent la marche, suivis de Jax et Oliver. Ils sont en train de ricaner comme si nous étions au milieu du vestiaire.

Je jette un coup d'œil en arrière pour trouver Lilah debout près de l'îlot de la cuisine, lissant nerveusement son tablier. Ses épaules sont un peu trop crispées, ses yeux grands ouverts alors qu'elle suit chacun de leurs mouvements.

Désirant seulement lui offrir du réconfort, je me place derrière elle et glisse ma main le long de sa taille avant de me pencher pour déposer un baiser sur sa nuque.

— Ça va aller.

Elle lève ses yeux vers moi avec incertitude.

— Et si ce n'est pas le cas ?

— Aucune chance qu'ils n'aiment pas tout ce que tu as préparé.

— Je l'espère sincèrement. C'est juste... que ça a de l'importance. Et s'ils détestent et qu'ils me disent qu'ils aiment uniquement pour rester polis ?

— Vraiment, est-ce que tu les as déjà rencontrés ? Le seul qui a ne serait-ce qu'une once de politesse dans son corps, c'est Laiken. Le reste d'entre eux ? Ce sont des hommes des cavernes.

Elle rit à contrecœur. À peine un souffle, mais ça me va.

— Tu as travaillé d'arrache-pied là-dessus, continué-je, en caressant sa joue. Tu es talentueuse comme l'enfer, Lilah. Ça va se passer beaucoup mieux que tu ne le penses. Fais-moi confiance.

L'ascenseur résonne à nouveau, et plus de pas se font entendre dans l'appartement. Je perçois un cœur de salutations qui s'élève dans l'air alors que mes coéquipiers s'avancent comme des ours affamés se réveillant d'hibernation. Oliver se dirige directement vers le présentoir, en faisant glisser l'une des boules protéinées dans sa bouche avant même que Lilah ne puisse dire un mot.

— Bon sang, qu'est-ce que c'est ? s'enquiert-il la bouche pleine.

Rina, qui est arrivée quelques minutes plus tôt et se tient à côté du frigo avec un verre de vin, soupire comme si son âme venait juste de quitter son corps.

— Tu manges comme un animal sauvage.

Il lui adresse un clin d'œil.

— Je fais également d'autres choses comme un animal. Un intérêt à le découvrir en personne ?

Elle grimace.

— Tu es la dernière personne avec qui je ne coucherais jamais.

— Alors, ce que tu me dis, c'est que je suis sur la liste ? C'est bon à savoir.

— Il n'y a pas de liste, mais s'il y en avait une, tu ne serais très certainement pas dessus.

— Continue à te dire ça, ma chérie. Je pense que tu protestes beaucoup trop.

Rina lève sa main pour se masser la tempe avant de nous jeter un coup d'œil.

— Vous voyez ce que je dois gérer au quotidien ? Est-ce que c'est étonnant que je boive trop ?

Je décide que c'est certainement le bon moment pour intervenir avant que Rina ne choisisse de faire preuve de violence.

— Lilah a tout préparé elle-même. Tout est sain, riche en protéines et faible en sucre.

— Tu veux dire que tout cela est en réalité bon pour notre régime strict ?

Knox s'empare d'un des biscuits à l'avoine et aux amandes pour l'inspecter.

— Oui, intervient Lilah. Il n'y a pas de sucre raffiné. Juste du miel, des graines de chia, du lin et de l'avoine.

Un par un, les gars observent les préparations. Et les goûtent. Il y a un battement silencieux avant que les réactions n'arrivent.

— C'est bon, murmure Laiken.

Ce qui, venant de lui, est un grand éloge.

— Ce sont des muffins aux œufs ? demande River. Waouh, délicieux. Qu'est-ce qu'il y a dedans ?

— Épinards, saucisses de dinde et patate douce, répond Lilah, plus confiante maintenant.

Elle s'éloigne de moi et se dirige vers le plan de travail. Jax soulève un bocal d'avoine près de son visage pour l'examiner.

— Et ça ?

— Beurre d'amande, flocons d'avoine, protéines de vanille, graines de chia et myrtille.

Jax en avale une bouchée et pousse un gémissement.

— C'est vraiment délicieux.

La tension dans les épaules de Lilah se relâche. Un sourire s'épanouit sur son visage, comme la lumière du soleil après une tempête. Il m'envahit comme une vague que je n'avais pas vue venir. C'est une chose de croire en quelqu'un et une autre de voir le monde finalement se rattraper. Mes coéquipiers en reprennent plusieurs fois. Il y a des discussions sur le carburant de la journée de match, l'aide à la préparation des repas et les demandes de recettes.

Toute l'ambiance est remplie d'intérêts et d'un enthousiasme sincère.

Une fois la dégustation terminée, les garçons s'en vont un par un. Laiken hoche la tête en guise d'approbation, Jax lui propose de la payer en café froid si elle lui en prépare chaque semaine, Oliver essaie d'obtenir son numéro à nouveau et se fait gifler par Rina dans le processus. Une fois que tout le monde est parti, l'appartement replonge enfin dans un silence confortable.

— Tu l'as fait, murmuré-je contre sa tempe.

— J'ai réussi, déclare-t-elle, encore un peu étourdie. Alors... oui. Nous pouvons considérer cela comme une victoire.

Je glisse une mèche de cheveux derrière son oreille.

— Tu as fait plus que réussir. Tu as tout fait péter. Je suis tellement fier de toi, porte-bonheur.

Elle déglutit, d'un mouvement subtil, mais parlant. Je peux sentir l'émotion vibrer en elle. Toute la joie, l'incrédulité et la fierté.

Elle se tourne plus complètement pour me faire face avant de glisser ses bras autour de moi.

— Merci, dit-elle tranquillement. Pour tout. Pour avoir cru en moi-même quand je n'y croyais pas. Et pour être toujours là.

Je caresse sa joue.

— Je serai toujours là pour toi, quoi qu'il arrive. Ce n'est même pas une question.

— Tu as été ma constante à travers tout ça. La seule personne sur laquelle je pouvais toujours compter. Et je ne te le dis pas assez, mais j'en suis reconnaissante. Je suis reconnaissante de t'avoir dans ma vie.

Je pose mon front contre le sien.

— Tu n'as pas à me remercier de t'aimer, Lilah. Jamais.

Je sens son sourire.

— Quand même, dit-elle, sa voix à peine plus audible qu'un murmure. Merci.

Elle est à moi.

Et elle le sait, maintenant.

Quoiqu'il nous arrive par la suite, quels que soient les rêves qu'elle poursuivra, je me tiendrai à ses côtés.

Tout comme je l'ai toujours fait.

48

LILAH

Perchée sur l'un des tabourets près du comptoir avant de Lakeshore Sweets, les senteurs de cannelle, d'espresso et de vanille emplissant l'air, je berce ma tasse entre mes deux mains. La boulangerie de Callie est calme maintenant que le rush du matin est passé. Pour le moment. Pas de clients, pas de livraisons, pas de distractions. Juste nous quatre, un plateau de pâtisseries est suffisamment de commérages pour alimenter une télé-réalité.

Rina gémit en prenant une bouffée de croissant au chocolat, et en fermant les yeux.

— Mon Dieu, Callie. C'est sérieusement indécent.

Sloane renifle, et donne un coup de pied sur le tabouret vide à ses côtés.

— On dirait que tu fais l'amour.

— Je t'en prie.

Rina fait un signe de la main, même pas un peu embarrassée.

— Je suis beaucoup plus bruyante que ça. Parfois, j'aime ajouter un petit extra pour un effet dramatique. Tu sais... pour l'intrigue.

Je crache presque mon café, m'étouffant de rire. En toussotant, je passe une serviette sur ma bouche pendant que Sloane me tapote le dos.

— Tu vas bien ? me taquine-t-elle, amusée.

— Oui, sifflé-je. Je ne m'attendais tout simplement pas à ce niveau d'honnêteté.

Callie offre un regard noir à Rina, les lèvres tremblantes.

— Je ne peux pas dire que je me souvienne à quoi ça ressemble.

Rina hausse un sourcil.

— Que veux-tu dire ?

Callie hausse les épaules, brutalement intéressée par l'intérieur de sa tasse.

— Disons juste que ça fait un moment.

Rina plisse les yeux.

— De combien de temps parlons-nous exactement ?

Il y a quelques secondes de silence avant que Callie admette :

— Depuis Nora.

C'était il y a plus de deux ans. À en juger par l'intensité de sa voix, elle est embarrassée par sa confession.

— Beurk, murmure-t-elle. Je déteste parler de ça.

— Hé.

Je la pousse doucement avec mon coude :

— Si tu ne peux pas en parler avec nous, avec qui peux-tu en parler ?

— Elle a raison, ajoute Sloane. Nous sommes tes personnes. Nous ne te jugeons pas. À moins que tu mettes des raisins secs dans les biscuits. Alors, nous aurions un sérieux problème.

Callie laisse échapper un petit rire, mais avant qu'elle ne puisse répondre, la cloche au-dessus de la porte d'entrée résonne. Nous nous tournons toutes les quatre vers l'entrée, et mes yeux s'écarquillent quand j'aperçois River Thompson.

Rina se redresse.

— En voilà une surprise.

Il porte un jean et un sweat à capuche noire de l'équipe des Railers. Ses cheveux sont encore humides, comme s'il sortait tout juste de la douche. Il hoche poliment la tête dans notre direction. Quand son regard se pose sur Callie, il se remplit de quelque chose de brut et douloureux.

— Hé, dit-il doucement. Je ne savais pas que tu travaillais.

L'expression de Callie se fait réservée.

— Je possède cette boulangerie, River. J'habite à peu près ici.

Aïe.

Percevant la tension, Sloane se lève, et attrape une tasse.

— Tu veux ta commande habituelle ?

Habituelle ?

Je jette un coup d'œil à Rina en fronçant les sourcils. Elle me rend mon regard. L'attention du joueur reste focalisée sur Callie avant de se tourner vers Sloane. Il lui adresse un petit sourire poli.

— Oui, ce serait génial. Merci.

Alors que Sloane lui prépare un café et un bagel, River bascule, comme s'il essayait de se décider à en dire plus.

— Comment va Nora ? s'enquiert-il finalement.

Callie lui jette à peine un regard.

— Elle va bien.

Il hoche la tête, acceptant ses informations limitées.

— Je suis content.

Même après avoir obtenu sa commande, il s'attarde un moment de plus que nécessaire.

— Au revoir, Callie, déclare-t-il d'une voix douce. À bientôt.

Il y a un moment de silence avant qu'elle ne consente à répondre :

— Au revoir.

Il nous adresse un signe de tête puis se dirige à contrecœur vers la sortie. Le silence persiste pendant cinq secondes.

— Je suis désolée, cet homme vient ici assez souvent pour avoir une commande habituelle ? siffle Rina, en se tournant vers Callie. Excuse-moi ? Pourquoi est-ce que nous n'étions pas au courant ?

Callie soupire.

— Il aime le café. Et apparemment, les bagels.

Rina renifle.

— Ma chérie. Il aime quelque chose. D'accord. Alerte spoiler. Ce ne sont pas les glucides.

Callie lui jette un regard noir.

— Ça n'a pas la moindre importance. Je ne suis pas intéressée.

Je penche la tête, sans même essayer de dissimuler ma curiosité.

— Vraiment ? Il est tellement adorable.

Le regard de Callie se durcit.

— Oublies-tu qu'il fait partie du cercle intime de Zane ?

Et voilà.

Ce nœud amer de l'histoire attachée trop fort pour se défaire.

— Mais il n'est pas Zane, rétorqué-je doucement.

Elle plonge ses yeux dans les miens, sans dissimuler la douleur cachée à l'intérieur.

— Non. Mais il l'a soutenu. À travers tout ça. Même quand ce fumier ne le méritait pas.

Je serre sa main, désirant lui offrir du soutien et du réconfort. Rina fronce les sourcils.

— Je comprends. Mais peut-être que ce n'est pas aussi simple. Parfois, les gens soutiennent les personnes qu'ils aiment parce qu'ils essaient de s'accrocher au bien dont ils se souviennent. Ça ne signifie pas pour autant qu'ils sont d'accord avec tous les choix qui sont faits.

— Je ne sais pas, murmure Callie. C'est difficile pour moi de ne pas le voir comme faisant partie de ce monde. Celui qui m'a fait tant de mal.

Sloane hoche la tête.

— C'est compréhensible. Mais il te regardait comme si tu étais la seule personne dans cette pièce.

Rina fredonne son accord.

— Si j'étais toi, je lui donnerais mon numéro juste pour faire comprendre mon point de vue à Zane.

Callie laisse finalement échapper un sourire.

— Tu es ridicule.

— Mais nous sommes ton genre de ridicule, dis-je. C'est la raison pour laquelle nous sommes de si bonnes amies.

Rina avale une autre gorgée de sa pâtisserie avant d'ajouter :

— Sérieusement, tu devrais réaliser que si cet homme vient ici assez souvent pour avoir une commande habituelle, ça n'a rien à voir avec ton café.

Callie soupire en regardant l'avant de sa boulangerie.

— Il a toujours été là. Au début, j'ai pensé que c'était une coïncidence puisque nous sommes si proches de l'arène. Mais dernièrement, je ne sais pas. Peut-être que ce n'est pas le cas. Mais allons bon, c'est l'ami de Zane. Ils ont toujours été partenaires dans le crime.

Rina penche la tête.

— Tu ne dois rien à Zane. Et tu as tous les droits de protéger ta paix. Mais... tu mérites quelqu'un qui te regarde comme si tu étais le centre de son univers.

Callie murmure, d'une voix à peine plus audible qu'un murmure :

— La dernière chose que je veux, c'est davantage de drames. Ou me faire ramener sous le feu des projecteurs. Ce monde ne ressemble plus au mien.

— Tu as traversé l'enfer, cela remonte à des années, insiste Sloane. Mais si River n'a vraiment rien à voir avec Zane, peut-être que tu devrais arrêter de te préparer à l'impact et simplement essayer de voir ce qu'il y a de l'autre côté.

— Je ne te dis pas de coucher avec lui, ajoute Rina. Mais s'il essaie de prouver qu'il n'est pas comme son coéquipier, peut-être que tu pourrais lui donner un peu d'espace pour le faire.

Callie nous observe toutes longuement.

— Vous êtes un peu en train de vous liguer contre moi.

— Tu as raison, c'est ce que nous faisons, avoué-je, en souriant. Mais c'est seulement parce que nous t'aimons.

— Et nous voulons ce qu'il y a de mieux pour toi, ajoute Sloane. Quelqu'un qui te traite comme une reine.

Rina s'enfonce sur sa chaise en faisant tourbillonner son café.

— Nous voulons peut-être également quelqu'un qui pourrait peut-être servir de distraction visuelle lorsque Zane et sa starlette de la semaine âgée de vingt et un ans se présenteront au prochain événement des Railers...

Callie lève les yeux au ciel.

— Je n'en reviens pas que tu viennes de dire ça.

— Je ne suis pas au-dessus d'un peu de justice mesquine, s'amuse Rina. Imagine seulement le regard sur le visage de Zane si River entrait avec toi à son bras.

— Tu es impossible, ricane Callie.

Rina hausse les épaules.

— Il mérite de souffrir un peu.

Nous tombons l'espace de quelques instants dans le silence, l'odeur du café emplissant l'espace autour de nous. À l'extérieur, les feuilles dorées tourbillonnent dans la brise d'octobre, dansant devant la vitrine de la boulangerie comme des confettis.

Callie soulève sa tasse avec un soupir.

— D'accord, bien. S'il revient encore... peut-être que je lui adresserai plus qu'un mot.

Sloane frappe dans ses mains.

— On progresse !

Rina rayonne comme si elle venait de remporter une médaille d'or.

— C'est certainement un début.

J'observe mes amis rire, se taquiner et siroter leur café alors que le bourdonnement réconfortant de la boulangerie nous enveloppe. Callie sourit maintenant, et pour la première fois depuis un moment, elle paraît plus légère. Elle mérite quelqu'un qui voit tout cela. Sa force, sa douceur, et tout ce qui se trouve entre les deux.

Alors que je jette un coup d'œil en direction de la porte où se trouvait River il y a quelques instants, je ne peux m'empêcher de me demander si peut-être quelqu'un le fait déjà.

EVELYN

La vue de mon bureau ne vieillit jamais.

Les fenêtres du sol au plafond donnent sur la patinoire où l'entraînement bat son plein. Des patins sculptent la glace, les maillots se mélangent en mouvement, et le bruit sourd des palets qui frappent dans le verre résonne à travers l'arène comme des battements de cœur.

Je tiens une tasse de thé entre mes mains, sa chaleur m'apaisant tandis que je m'appuie légèrement contre l'encadrement de la fenêtre.

Steele Sanderson est de retour et en pleine forme. Dominant, concentré et implacable. Le scandale qui planait autrefois sur lui comme un nuage de tempête s'est levé, remplacé par des moments forts où il déchire sur la glace et affiche un sourire destiné à une seule femme.

L'interview a fonctionné. Le récit a changé. Les chacals se sont retirés, du moins pour l'instant.

Encore mieux que ça ?

Le sponsor est revenu en masse hier avec un contrat révisé.

— La rédemption lui fait du bien, déclare Rina depuis son siège, en tapant des e-mails sur son iPad.

J'acquiesce.

— Il le mérite. Et Lilah aussi. Ils se sont comportés avec plus de grâce que la plupart des gens de deux fois leurs âges.

Rina sourit.

— Ça ne fait pas de mal que leur histoire soit un véritable caprice pour les médias. Tu devrais voir toutes les vidéos avec des théories d'engagements et des comptes à rebours pour leurs éventuels bébés. Il y a même une page de fans dédiée à elle portant son maillot.

— Oh, s'il te plaît, dis-je en souriant malgré moi. Laissez-les vivre un peu d'abord.

Je pose ma tasse de thé quand je perçois le changement dans l'air. Cette lourdeur indubitable qui vient toujours avant qu'il n'entre dans une pièce.

Je n'ai pas besoin de me retourner pour voir de qui il s'agit.

Hugh Landry.

Son parfum me frappe ensuite. De l'ambre chaud avec des nuances de quelque chose de plus riche. Quelque chose de plus sombre. Autrefois, c'était le parfum qui s'accrochait à mes draps après qu'il s'en allait, faisant battre mon cœur plus vite, contre mon meilleur jugement.

Je me redresse en jetant un coup d'œil par-dessus mon épaule.

C'était il y a longtemps.

Dans une autre vie.

Il s'appuie contre l'encadrement de ma porte, son costume noir charbon parfaitement taillé pour son corps qui d'une manière ou d'une autre n'a pas vieilli d'un jour. Ses cheveux noirs, maintenant striés d'argent au niveau de ses tempes, sont coiffés en arrière, et ce scintillement insupportable dans ses yeux bleus est aussi arrogant que jamais.

Il est trop confiant.

Trop à l'aise.

Comme s'il n'avait pas laissé mon monde en ruine il y a vingt-cinq ans.

— Rina, dit-il doucement. Toujours un plaisir.

— Bonjour, Hugh, répond-elle poliment.

Même si elle ne connaît pas toute l'histoire, elle peut la sentir. Le courant sous-jacent et la tension qui circulent entre nous. L'histoire qui ne s'est jamais éteinte complètement.

— Tu peux me laisser discuter seul avec Evelyn ? déclare-t-il, son regard fixé sur le mien.

Je fronce les sourcils.

— Je ne pense pas que ce soit vraiment nécessaire.

Sa réponse est immédiate.

— Si. C'est le cas.

Quand Rina me lance un regard, je hoche la tête, en lui offrant un sourire pratiqué. J'ai eu vingt-cinq ans pour le perfectionner.

— Tout va bien. Nous parlerons demain.

Une fois qu'elle s'échappe, Hugh ferme la porte derrière elle sans qu'on le lui demande.

Typique.

— Ce n'est pas nécessaire de fermer la porte, clamé-je froidement. Tu ne resteras pas ici assez longtemps pour que cela en vaille la peine.

— En réalité, réplique-t-il, en s'avançant plus loin dans la pièce. Nous avons beaucoup de choses à discuter.

Il serait impossible de ne pas remarquer comment l'espace se rétrécit autour de lui.

Je prends ma tasse et avale une autre gorgée de thé simplement pour éviter de casser quelque chose que je vais regretter. Cet homme a toujours eu la capacité de me secouer. Et je déteste qu'après toutes ces années, ça reste toujours vrai.

Il y avait un moment où tout ce qu'il avait à faire était de me regarder, et mes genoux s'affaiblissaient. J'aurai fait tout ce qu'il me demandait sans poser de questions. Pendant une seconde, mon esprit retourne presque trente ans auparavant, vers l'homme qu'il était quand nous sommes tombés amoureux.

Dès que cette pensée me traverse l'esprit, je la chasse. Il m'a fallu de nombreuses années pour surmonter nos fiançailles rompues et passer à autre chose. Ce n'était pas la même chose pour lui. Il a épousé ma meilleure amie moins de douze mois plus tard.

— Maintenant que tu as chassé Rina, ne me tiens pas en haleine. Finissons-en.

Je fais semblant de jeter un coup d'œil à ma montre.

— J'ai des plans pour le dîner de ce soir.

Il fronce les sourcils.

— Annule-les.

Je me redresse en clignant des yeux.

— Excuse-moi ?

Lorsqu'il se rapproche, il me devient nécessaire de dresser le menton pour soutenir son regard.

— Je t'ai dit de les annuler. J'ai fait une réservation dans ton restaurant préféré.

Déconcertée par sa proximité, je ricane.

— Comme si tu savais lequel c'est.

— Gold Coast Table, réplique-t-il sans la moindre hésitation.

— C'est... correct.

Je secoue la tête et repose mon thé.

— De quoi est-ce qu'il s'agit ? Peu importe. Dehors. Je ne suis pas intéressée par tout ce que tu as à dire.

— Peter Michaelson a accepté de me vendre ses 4 %.

Ces mots me frappent comme un éclair. Je suis sous le choc, c'est presque impossible pour moi de les assimiler.

— Tu mens.

— Non. Les papiers seront finalisés d'ici la fin de la semaine, ce qui signifie que je détiendrai 52 % de l'équipe.

La pression monte en moi jusqu'à ce que j'aie l'impression que je pourrais exploser.

— Il a dit qu'il ne les vendrait jamais à aucun de nous.

— Je lui ai fait une offre qu'il ne pouvait pas refuser.

Bien sûr qu'il l'a fait.

Ce bâtard.

Ça lui a peut-être pris deux décennies, mais Hugh Landry trouve toujours un moyen.

Je recule, j'ai besoin d'espace.

Besoin d'air.

J'ai l'impression de suffoquer. J'ai envie de me griffer la gorge.

— Alors, qu'est-ce qui se passe maintenant ?

Même avec un peu de distance entre nous, l'odeur de son parfum me gagne, m'entraînant vers des souvenirs que je n'ai aucune envie de revisiter.

— Nous allons discuter pendant le dîner pour déterminer ce qui est prévu pour l'équipe. Et, plus important encore, pour nous.

Je secoue la tête en détournant le regard, incapable de soutenir le sien.

— Il n'y a pas de nous, Hugh. Il n'y en a pas eu depuis longtemps.

Il lève lentement sa main, et avant que je ne puisse bouger, ses doigts effleurent mon menton, le basculant vers le haut jusqu'à ce que je me retrouve contrainte de soutenir son regard.

— Il pourrait y en avoir.

Mon cœur trébuche.

La pire partie de tout ça ?

Une petite partie de moi, perfide, a envie d'y croire.

Mais j'ai déjà survécu à ses promesses et aux ruines qu'il a laissées derrière lui.

Je n'ai aucune envie d'en repasser par là.

— Tu veux parler affaires ? D'accord. Mais garde tes sales pattes pour toi.

Le sourire qu'il affiche est de connivence.

— Je serai prêt dans trente minutes.

Sans attendre une réponse, il se tourne et s'en va, comme s'il n'avait pas simplement réorganisé le sol sous mes pieds.

Et je le déteste un peu pour ça.

Mais pas autant que je déteste la partie de moi qui a envie d'entrer dans son jeu.

ÉPILOGUE

Steele

J'entre dans le Penthouse, mon sac en bandoulière sur mon épaule.

— Lilah ?

Je suis déjà en train d'ouvrir mon sweat et de retirer mes baskets près de la porte.

— Tu es là ?

L'odeur est ce qui me frappe en premier.

L'air est épais avec l'arôme de l'ail, du romarin et de quelque chose d'alléchant. Mon estomac gronde d'appréciation en le suivant jusqu'à la cuisine. Je jette mon sac sur le banc, m'attendant à trouver Lilah qui fredonne sur une playlist en portant un legging et un pull.

Ce que je découvre à la place fait court-circuiter mon cerveau.

Elle est debout devant la cuisinière en ne portant rien d'autre qu'un tablier. Ses cheveux sont relevés en un chignon, et ses jambes nues sont pleinement exposées. J'ai l'impression de voir son dos nu alors qu'elle remue quelque chose dans une poêle. Je m'affale contre la porte, les bras croisés, tout en ravalant un sourire.

Cette femme est vraiment adorable.

— Eh bien, eh bien, murmuré-je. Qu'est-ce qu'un homme doit faire pour que tu lui prépares plus de repas comme ça ?

Avec un regard par-dessus son épaule, elle sourit :

— J'accepte les pourboires.

Je me décroche du mur, verrouillant la distance entre nous avec des pas délibérés. Mes doigts tremblent de l'envie de la toucher, mais je les garde pour moi.

Pour l'instant.

— Continue de parler de pourboires, porte-bonheur, et je vais finir par m'enfoncer en toi juste ici contre le plan de travail.

Je la contourne, laissant mes yeux parcourir chaque centimètre de son corps avant de froncer les sourcils.

— Qu'est-ce qu'il y a exactement sous ce tablier ?

Elle m'adresse un clin d'œil.

— Absolument rien.

Un grognement m'échappe. Je me place derrière elle, et me rapproche. Mes mains glissent le long de sa taille, mes doigts taquinant les abords de son tablier, le nœud noué dans son dos.

— Je crois que tu es en train d'essayer de me tuer.

Même si son rire est léger et facile, il est empli de chaleur.

— Va t'asseoir. Je te gâte ce soir.

Je dépose un baiser sur sa nuque.

— C'est vrai ?

— Oui, dit-elle en me repoussant de sa hanche. Salle à manger. Maintenant.

Avec un gémissement, j'obéis, en lui donnant une petite tape avant de battre en retraite.

En arrivant dans l'autre pièce, je me fige. La table est dressée. Il y a des bougies, qui projettent des ombres sur la nappe blanche. Ainsi qu'une bonne bouteille de vin et deux verres. Sans parler des serviettes en tissu.

— Merde, marmonné-je.

— Rien que le meilleur pour mon bébé.

Elle entre en portant deux assiettes avant de les poser avec fioritures. Puis elle détache le tablier et le retire de ses épaules, le jetant sur le dossier d'une chaise. J'en perds le souffle.

— Comment veux-tu que je mange quoi que ce soit quand tu es complètement nue ?

Au lieu de la laisser s'asseoir en face de moi là où elle a posé son assiette, je tends la main et l'attrappe pour l'attirer à moi, sur mes genoux.

— Ici même, dis-je en l'ajustant jusqu'à ce qu'elle me chevauche, mes mains étendues sur ses fesses nues. C'est là que je te veux.

Elle ricane, effleurant mes cheveux humides de ses doigts.

— Tu ne vas pas pouvoir te concentrer sur le repas si je reste assise sur tes genoux comme ça.

— J'en suis conscient, déclaré-je en prenant une fourchette. Mais je veux quand même que tu restes ici.

Je coupe un morceau de poulet et l'apporte à ses lèvres.

— Ouvre.

Elle hausse un sourcil, mais obéit, ses lèvres effleurant les dents de la fourchette. Je porte la prochaine bouchée à ma bouche, mais mon autre main trace déjà un chemin le long de sa cuisse, en des cercles oisifs qui la font frissonner.

— Tu aimes me nourrir maintenant ? me taquine-t-elle.

— Je pense que nous savons tous les deux à quel point j'aime prendre soin de toi.

Mes doigts remontent plus haut.

— Et que j'aime te toucher. Alors, oui, cela ressemble à quelque chose de gagnant-gagnant.

Son rire est rauque tandis qu'elle incline sa tête vers l'arrière. C'est exactement de cette façon que nous mangeons.

Nous nourrissant lentement entre deux baisers et quelques caresses. Elle fredonne quand je fais courir ma bouche le long de sa mâchoire.

— Tu es dangereux, murmure-t-elle.

— Dangereux ?

Je fais courir ma langue le long de son pouls. Ses mains agrippent ma chemise.

— Oui. Tu me fais oublier tout ce qui existe au-delà de ces murs.

J'embrasse son épaule.

— C'est le but, bébé. Toi et moi ? C'est tout ce que j'ai toujours voulu.

La manière dont elle se laisse aller contre mon corps m'indique qu'elle ressent la même chose. Elle pose son front contre le mien, la douceur de son souffle effleurant ma peau, ses doigts retraçant des motifs paresseux sur mon torse.

— Si je ne fais pas attention, tu vas me faire tomber plus fort, tu le sais ?

Je souris, en glissant une mèche de cheveux derrière son oreille.

— Bien. Tout ce que tu as à faire, c'est me faire confiance, et je serai là pour te rattraper chaque fois.

L'espace d'un instant, aucun d'entre nous ne bouge. Les bougies vacillent, la ville bourdonne devant les fenêtres. L'odeur du dîner flotte dans l'air, mais manger est la dernière chose à laquelle je pense. Elle se décale sur mes genoux, appuyant juste assez pour me faire siffler entre mes dents.

— Cela devait être un doux petit dîner, murmure-t-elle, ses lèvres effleurant le lobe de mon oreille.

— Et ça l'était, déclaré-je, en posant mes mains sur ses hanches. Jusqu'à ce que tu décides d'en faire un test de ma putain de retenue.

Ses lèvres s'inclinent en un sourire machiavélique.

— Ta retenue ? Tu n'es pas exactement connu pour ça lorsque cela me concerne.

— Non, avoué-je, mon pouce effleurant le haut de son intimité. Mais j'essaie de m'améliorer.

— Tu en es certain ?

Elle me taquine, en attrapant mon verre de vin et en avalant une petite gorgée avant de me le tendre. Je le lui prends des mains. Mes yeux restent fixés sur les siens alors que je le pose sur la table.

— Je suis assez certain que je suis sur le point d'échouer, dis-je, dans un grognement. Misérablement.

Avant qu'elle ne puisse répondre, je la soulève et me lève d'un seul mouvement fluide.

— Steele.

Elle halète, et enroule ses bras autour de mon cou.

— Le dîner était parfait, la complimenté-je, en l'emmenant déjà vers la chambre. Mais je suis plus que prêt à prendre mon dessert. Dans notre lit.

Elle mordille sa lèvre inférieure, essayant de résister à un sourire.

— Et si je veux du gâteau ?

— Tu vas obtenir quelque chose de bien meilleur que du gâteau, bébé.

— Est-ce que c'est vrai ?

Je la dépose sur le matelas comme si elle était quelque chose de précieux.

— Oui. Et si tu es sage et que tu avales tout mon sperme, je t'amènerai du gâteau au lit. Peut-être que je le dévorerai sur tes jolis petits seins.

Son rire s'estompe quand je m'attarde au-dessus d'elle, faisant courir mon nez le long du sien.

— Marché conclu.

— Je pensais ce que j'ai dit plus tôt, murmuré-je, en plongeant mes yeux dans les siens. Tout ça. Ceci... nous... ça vaut tout l'or du monde.

Ses yeux s'emplissent de chaleur, sa main se pose sur ma joue.

— Je sais.

Et juste avant que je l'embrasse, elle prononce les mots qui envoient mon cœur directement en surrégime.

— Je t'aime, Steele Sanderson.

Je souris contre ses lèvres.

— Tu es tout pour moi, porte-bonheur. Tout et pour toujours.

Je l'embrasse doucement.

Minutieusement.

Ce n'est pas juste un baiser. C'est une confession, une promesse et un plaidoyer, le tout enveloppé en un seul.

Elle se cambre contre moi, ses mains se glissant dans mes cheveux, ses jambes s'enroulant autour de ma taille comme si elle ne voulait plus jamais lâcher prise.

Et j'espère qu'elle ne le fera pas.

— Dis-moi ce que tu veux.

— Toi. Juste toi.

C'est tout ce que je veux entendre.

Mon regard reste ancré au sien alors que je me glisse à genoux pour retirer mes vêtements. Elle me regarde comme si j'étais quelque chose qu'elle voulait savourer. Et quand je suis enfin aussi nu qu'elle, tout ce que je vois dans son regard, c'est du désir.

Le genre qui se consume lentement, destiné à durer toute une vie, pas seulement une nuit. Je prends mon temps avec elle parce que c'est exactement ce qu'elle mérite. J'embrasse la colonne de sa gorge, sa clavicule, goûtant et savourant chaque centimètre de sa peau qui m'appartient. Elle frissonne quand ma bouche trouve l'endroit sous son oreille, je souris.

Ses doigts tremblent quand elle les glisse sur mon torse,

retraçant les lignes qu'elle a déjà mémorisées. Je me décale plus bas, mes lèvres s'attardant sur le gonflement de sa poitrine, savourant son soupir quand je prends son téton dans ma bouche. Elle se plaque contre moi, ouverte, sa respiration est erratique.

— Steele, gémit-elle, ses ongles s'enfonçant dans mes épaules.

— Je te tiens, bébé.

J'embrasse son sternum, puis je descends, vénérant chaque partie de son corps.

Au moment où je me glisse enfin en elle, nous tremblons tous les deux. Deux battements de cœur synchronisés, deux personnes qui gravitent autour de ce moment depuis des années. Ses yeux croisent les miens, vitreux et emplis d'émotions.

Ce n'est pas seulement du sexe.

C'est de l'amour.

Chaque coup de reins, chaque parole chuchotée entre deux baisers, chaque effleurement de ses doigts contre ma mâchoire me le dit. Quand elle jouit sous moi, son cri étouffé contre ma bouche, je la suis juste après, gémissant son nom comme si c'était une prière.

Parce que ça l'est.

Et lorsque nous en avons terminé, je reste exactement là où je suis, nos corps enchevêtrés, sa main reposant à l'endroit exact de mon cœur.

— Je n'ai pas envie de bouger, avoue-t-elle.

— Tu n'as pas besoin de le faire.

J'embrasse sa tempe, puis sa mâchoire.

— Je ne vais nulle part.

Pas ce soir.

Jamais.

ÉPILOGUE BONUS

STEELE

Le bar est bondé, tout l'endroit vibre au rythme de notre victoire. La musique s'élève au-dessus de nos têtes, les verres s'entrechoquent et les rires résonnent sur les murs en briques apparentes. L'enseigne au néon géante qui dit « Da Bar » brille d'un bleu électrique dans le coin éloigné, projetant une teinte fraîche sur l'ensemble. C'est exactement le genre de charme exagéré pour lequel ce bar est connu.

Quelqu'un a perché un chapeau de Railers sur la tête de l'énorme statue d'ours en bois qui monte la garde près des fléchettes. River essaie de jeter une bague sur son oreille.

Mon regard se pose vers Knox, qui se tient à l'extrémité du bar, déjà à mi-chemin d'un Jack coca. Oliver et Jax descendent des shots, Laiken secoue la tête en guise de désapprobation.

Zane est présent lui aussi. Il est collé à sa petite amie qui se filme actuellement en train de l'embrasser pour ses abonnés. Ils sont odieux et bruyants, faisant un spectacle pour ceux qui les regardent.

Callie est assise avec Rina et Sloane, en train de siroter un cocktail tout en prétendant que Zane n'existe pas. Rina est celle qui l'a forcée à sortir ce soir, affirmant que ce n'est pas parce que son ex est un prostitué des médias qu'elle ne devrait pas venir s'amuser avec ses amies.

Il m'est difficile de prêter attention à quoi que ce soit quand ma nana est plaquée contre moi, son corps moulé au mien comme si c'était là où avait toujours été sa place.

Parce que c'est le cas.

Et maintenant, elle le comprend elle aussi.

Il lui a peut-être fallu une décennie pour trouver son chemin jusqu'à moi, mais elle y est arrivée à présent.

Et elle ne va nulle part.

Lilah se penche contre moi, son rire effleurant ma mâchoire. Je dépose un baiser sur sa tempe, mes bras se resserrant autour de sa taille. Je n'arrive pas à arrêter de la toucher ce soir.

Ni même jamais.

Une serveuse s'avance avec un bloc-notes à la main.

— Encore une tournée ?

Les gars choisissent leurs boissons. Bière, bourbon, tequila. Rina commande une Margarita glacée. Lilah sourit à la serveuse.

— Juste de l'eau pour moi.

Je la regarde avec surprise.

— Tu en es sûr, bébé ? Ils ont en réserve ce vin que tu aimes. Je m'en suis assuré.

Elle secoue la tête.

— Non, de l'eau, ça ira. Merci.

Rina plisse les yeux.

— Qu'est-ce qui se passe ici ? Est-ce que tu es en train de mourir ? Tu es en pleine désintox ? Ou…

Elle halète dramatiquement et pointe sa paille en direction de Lilah.

— Tu es enceinte, c'est ça ?

Lilah se fige.

Tout le monde se tait autour de la table, et les têtes se tournent dans notre direction. Son regard croise nerveusement le mien, elle mordille sa lèvre inférieure.

— En fait, oui. Je suis enceinte.

Il faut une seconde ou deux pour que ces mots se fraient un chemin dans mon esprit.

— Quoi ?!

Je me tourne vers elle, mon cœur battant à tout rompre.

— Attends une minute. Tu es enceinte ?

Elle hoche à nouveau la tête, plus fermement cette fois.

— Je viens juste de l'apprendre.

Un sourire prend vie sur mon visage. Je la soulève et la fais tournoyer dans mes bras avant de la reposer doucement sur le sol.

— Désolé. Merde. Je ne t'ai pas fait mal, hein ?

Elle rit, ses yeux étincelant de mille feux.

— Bien sûr que non.

Je caresse son visage, submergé par le flot d'émotions qui monte en moi.

— Tu es vraiment enceinte, bébé ?

— Je le suis vraiment, affirme-t-elle.

Laiken me tape dans le dos.

— Bienvenue au club, Sanderson.

Knox abat son verre sur la table.

— Vous avez entendu cet homme ! Le futur papa paye une tournée de boissons !

Tout le bar éclate en exclamations. Incapable de m'en empêcher, j'abats mes lèvres contre les siennes.

— Hé ! nous appelle Oliver. N'est-ce pas comme ça que vous avez tous les deux fini avec un bébé à bord ?

Je souris contre ses lèvres et l'embrasse à nouveau.

Parce que oui, c'est exactement ainsi que cela a commencé.

Un baiser.
Un seul contact.
Un moment qui a tout changé.
Et si j'ai de la chance, ce n'est que le début de l'éternité.

SECOND ÉPILOGUE BONUS

HUGH

Je guide Evelyn avec une main légèrement appuyée dans le bas de son dos à travers la terrasse sur le toit du Gold Coast Table.

Elle murmure :

— Je ne comprends toujours pas pourquoi je n'ai pas pu prendre ma propre voiture.

Je me penche, laissant mes lèvres effleurer son oreille.

— Parce que nous allons passer beaucoup plus de temps ensemble. Tu devrais t'y habituer.

Elle se crispe à mon contact, sa colonne vertébrale tendue comme une corde d'arc alors qu'elle tremble silencieusement. Evelyn Kingston a le feu cousu dans ses os. C'est l'une des choses que j'aime chez elle. Même quand j'ai été trop jeune et con pour bien l'apprécier.

L'hôtesse nous conduit à une table d'angle privée avec une vue panoramique sur le lac et la ligne d'horizon. Je fais glisser sa chaise pour elle et j'obtiens un regard noir pour l'effort. Après m'être installé face à elle, je commande sans prendre la peine de jeter un coup d'œil au menu.

— Un verre de cabernet pour la dame, dis-je à la serveuse. Et un bourbon pour moi. Sec.

Dès que la serveuse s'en va, Evelyn me lance un regard suffisamment acéré pour me faire couler le sang.

— Et si je voulais autre chose ?

Le sourire que je lui offre est lent et délibéré.

— Est-ce que c'est le cas ?

Elle ouvre la bouche, puis la referme à nouveau.

— J'ai compris que le cabernet était comme une sorte d'habitude. Chaque fois que nous sommes à un dîner d'affaires, c'est ce que tu commandes. Tu ne t'en rends peut-être pas compte, mais j'y prête attention.

Ça fait des années.

Des décennies.

Ses yeux croisent les miens, j'y aperçois une lueur d'émotions.

De la surprise, peut-être.

Ou un souvenir lointain.

Elle baisse son visage vers le menu.

— Pouvons-nous juste aborder la raison pour laquelle tu m'as forcée à participer à ce dîner, s'il te plaît ? Je ne suis pas intéressée pour jouer à tes petits jeux.

Quand la serveuse réapparaît avec nos boissons, Evelyn avale une longue gorgée de son vin. Je fais comme elle, l'observant attentivement par-dessus le bord de mon verre en cristal.

Elle n'a pas changé.

Pas là où ça compte.

Sa posture est royale. Son calme, impeccable. Mais je la connais suffisamment pour voir la tension dans ses épaules étroites et dans la manière dont ses doigts sont enroulés de manière bien trop serrée autour de la tige de son verre. Elle se prépare pour un combat. Cette femme a toujours apprécié de s'avancer dans la bataille en gardant le menton bien droit.

— Je veux proposer un accord, dis-je, en posant mon verre.

Elle fronce les sourcils.

— De quels genres d'accord parlons-nous ?

— Je te donne 2 % des actions pour que tu en possèdes cinquante, nous rendant égaux, comme cela a toujours censé être le cas.

Elle plisse les yeux.

— Juste comme ça ? Tu vas me les donner ?

Un sourire étire le coin de mes lèvres.

— Pas tout à fait.

J'avale une autre gorgée de mon bourbon, le savourant avant de disposer mes cartes.

— Il y a une condition. Tu emménages avec moi jusqu'à la fin de la saison.

Le rire qu'elle laisse échapper est tranchant et empli d'incrédulité.

— Tu dois te foutre de moi.

— Est-ce que j'ai l'air de plaisanter ?

Elle cligne des yeux. Tout amusement disparaît de son visage.

— Je ne parle pas de chambres séparées et de bavardages polis pendant le déjeuner, continué-je. Tu vivras chez moi. Tu dormiras dans mon lit. Aucun faux-semblant.

Elle me regarde comme si j'avais perdu la tête.

Et peut-être que c'est le cas.

J'ai passé plus de deux décennies à la désirer, souhaitant pouvoir faire machine arrière et changer tout ce que j'ai fait de mal. Ce n'est pas une question de pouvoir. C'est une question de proximité. Une question d'avoir enfin la femme à laquelle je n'ai jamais cessé de penser, assez proche pour pouvoir tenter de l'atteindre à nouveau.

Elle avale le reste de son vin et repose son verre avec un bruit sourd et décisif.

Alors que la serveuse passe, elle lève son verre vide.

— Un autre, s'il vous plaît.

Puis elle murmure :

— Je vais en avoir besoin.

Elle reporte son attention sur moi, avec des yeux perçants et emplis de fureur.

— Pourquoi est-ce que tu fais ça ? Si tu te souviens bien, c'est toi qui m'as quitté. Pas l'inverse.

Je me penche en avant, les coudes sur la table, la voix basse :

— Je n'essaie pas de te punir, Evie.

Elle soupire.

— Ne m'appelle pas comme ça.

— C'est ainsi que je t'ai toujours appelée.

— C'était il y a plus de vingt-cinq ans.

— Je sais exactement depuis combien de temps ça dure.

Le silence s'étire entre nous.

— Ne fais pas ça, murmure-t-elle. Ce que nous avions est terminé. Ça fait longtemps.

Je l'observe.

Je vois la douleur qui vacille derrière sa colère.

L'espoir têtu qu'elle continue d'essayer de tuer en elle-même.

— Je n'y crois pas. Et je ne pense pas que tu y crois toi non plus.

Elle baisse son regard.

— Si je refuse ?

Je récupère mon verre.

— Alors, je te force à te retirer de l'équation.

Elle sursaute, comme si je venais de la frapper.

— Tu es vraiment un salaud, tu le sais ?

— Oui.

La serveuse revient et pose son verre de vin. Evelyn entoure ses doigts autour comme si c'était une bouée de sauvetage. Je m'affale dans mon fauteuil.

— Tu as vingt-quatre heures pour prendre ta décision.

Elle ne me regarde pas.

Mais elle ne dit pas non immédiatement non plus.

Pour le moment, c'est plus que suffisant.

***

Merci d'avoir lu *Rien qu'à toi*. Assurez-vous de découvrir le prochain tome de la saga des *Chicago Railers*.

Pendant que vous attendez, découvrez cette autre romance sportive !

Tout commence par une liste d'envies et un roman d'amour...

J'ai toujours connu Ryder McAdams. Nous sommes voisins et nos familles sont très liées. C'est

aussi l'ami et le coéquipier de mon frère cadet, Maverick.

Mais Ryder et moi ?

Nous n'avons jamais été proches. D'ailleurs, j'ai toujours eu la nette impression qu'il ne m'appréciait

pas beaucoup. Il fait son possible pour m'ignorer.

Et le pire ?

C'est cette électricité qui fait crépiter l'atmosphère chaque fois que nos regards se croisent. Je la

ressens dans tout mon corps, jusqu'au bout des doigts et des orteils. Celui qui a dit qu'on ne

contrôlait pas ses attirances avait bien raison, malheureusement.

J'ai fait de mon mieux pour ne pas y prêter attention.

Nous sommes à la fac de Western depuis trois ans déjà, et nos interactions se limitent au strict nécessaire. Il passe son temps à faire la fête et à s'éclater avec son fan-club de jolies filles. Moi, je

passe la majeure partie de ma vie universitaire à la bibliothèque pour pouvoir m'inscrire dans la fac

de médecine de mon choix.

Mais une nuit d'ivresse change tout, quand Ryder me ramène chez moi et découvre la liste que j'ai

écrite avant ma première année, avec tout ce que je rêvais de faire à la fac.

Vous savez combien de ces choses j'ai réalisées depuis ?

Aucune. Zéro. Rien du tout.

Pour une raison étrange, Ryder décide de prendre les choses en main et de m'aider à tout faire

avant la remise de diplômes.

Tout irait bien s'il n'y avait pas des idées torrides sur ce papier...

Et notamment la recherche du plaisir...

Achetez tout de suite Ma liste d'envies

Tournez la page pour lire un extrait de Ma liste d'envies et Comme un roi !

MA LISTE D'ENVIES

JULIETTE

— J'ai vraiment passé un bon moment ce soir, dit Aaron.

Il me perce du regard avec une intensité qui me donne envie de battre précipitamment en retraite.

Je me force plutôt à sourire.

— Oui, moi aussi.

Ce n'est pas tout à fait un mensonge. J'ai passé un bon moment. Mais ce n'était guère plus que... *bon*. Comme lorsqu'on étudie ensemble à la bibliothèque ou que l'on boit un café à Roasted Bean avant les cours.

Il détourne les yeux et fourre les deux mains dans les poches de son pantalon clair repassé à la perfection.

— J'espère qu'on pourra le refaire.

Il marque un temps d'arrêt avant de reprendre la parole.

— Très bientôt.

Il m'adresse un long regard expressif qui me met presque mal à l'aise.

Mouais... Je ne suis pas certaine que ça arrive dans un futur proche.

Aaron est sympa.

Vraiment sympa.

Super-hyper-sympa.

Seulement, il n'y a aucune étincelle entre nous.

Je recherche cette petite étincelle mystérieuse que tu ressens au fond de ton ventre quand tu es près de la personne ou que tu l'aperçois parmi la foule. C'est le genre d'énergie irrépressible qui grésille dans l'atmosphère, qui la charge en particules jusqu'à ce que remplir tes poumons d'air semble impossible.

Malheureusement, Aaron et moi ne générons pas ce genre d'alchimie.

Il n'y a qu'une seule personne...

Non.

J'inspire profondément et claque la portière de la voiture pour cesser d'y penser.

Ce que je ressens pour ce garçon n'est pas de l'attirance.

C'est de l'irritation.

De la contrariété.

De l'exaspération.

Faites-moi confiance. Si j'avais le temps, je rédigerais une liste tout entière dans le même champ lexical.

Je me reconnecte soudain au monde qui m'entoure et me rends compte qu'Aaron attend patiemment une réponse.

Ah, oui ? Il veut qu'on remette le couvert.

Quand j'ouvre la bouche pour l'éconduire poliment, les mots restent coincés dans ma gorge. Je n'ai vraiment pas envie de lui faire croire des choses, mais en même temps, je ne souhaite pas le blesser. Ce dont j'ai besoin est de trouver l'équilibre parfait. Ce semestre, on a plusieurs cours de prépa médecine en commun. Si je suis malade et que je ne peux pas assister au cours, c'est Aaron qui me permet de rester à flot et qui s'assure que j'ai toutes les notes.

Elles sont généralement codées par couleur et organisées par ordre d'importance.

Si ce soir m'a enseigné une leçon, c'est que je devrais éviter de sortir avec des mecs que je croise au quotidien.

Comme le dirait Carina, ma coloc, « no zob in job ».

Elle a raison.

Il avance de quelques centimètres dans ma direction.

— Si tu es d'accord, j'aimerais qu'on fasse progresser cette relation. Tu me plais, Juliette.

Il m'adresse un bref regard avant que ses yeux d'un brun commun ne se braquent à nouveau sur moi avec un mélange de chaleur et d'intensité.

— Pardonne-moi cette audace, mais je crois qu'on formerait le couple idéal. On a les mêmes aspirations. On a tous les deux envie de poursuivre nos études de médecine et de devenir docteurs. Je n'ai jamais trouvé quelqu'un qui s'inscrit aussi bien dans mon plan quinquennal et décennal. C'est presque comme si on était faits l'un pour l'autre.

Mes yeux s'écarquillent alors qu'un borborygme m'échappe.

Cette audace ?

Son plan quinquennal et décennal ?

On est sortis ensemble précisément trois fois et les probabilités pour qu'il y ait une quatrième occasion sont quasiment nulles.

Ma langue vient humecter mes lèvres desséchées. Je dois lui dire que ceci – quoi qu'il pense que ce soit – ne se produira jamais.

— Aaron...

Il tend l'oreille et se rapproche.

— Oui ?

Ce mot contient tant d'espoirs et d'attentes !

Argh !

Pourquoi cela doit-il être aussi difficile ?

Le problème est que c'est *vraiment* un garçon bien. Et il a absolument raison : on a beaucoup de choses en commun. Voilà pourquoi je m'étais persuadée de lui accorder une deuxième chance.

Puis une troisième.

Dans cette fac, il y a beaucoup de connards qui veulent seulement coucher avec une meuf avant de passer à la suivante. Parfois au cours d'une même soirée. Ils n'ont pas de plan quinquennal ou décennal qui implique une fille en particulier. Ils n'ont même pas de plan qui implique la même fille pendant vingt-quatre heures.

Alors, quand tu tombes sur un mec qui a la mentalité opposée, tu dois prendre le temps de creuser en profondeur et de vraiment le connaître avant de le relâcher dans la nature pour que quelqu'un d'autre mette le grappin dessus.

— J'ai passé un bon moment, moi aussi, dis-je prudemment.

— Ravi de l'entendre.

Ses épaules étriquées se détendent et il exsude le soulagement.

Aaron a un corps nerveux. Ses membres sont longs et minces, un peu comme un coureur. Tout le contraire de certains des joueurs de foot ou de hockey qui se pavanent sur le campus en montrant leurs muscles comme s'ils étaient le cadeau de dieu à l'humanité.

Arg ! J'ai l'impression qu'il y en a partout.

Quand je croise son regard sincère, je fournis un dernier effort désespéré pour me convaincre qu'il est exactement le genre de garçons qui m'attire.

Au plus profond de moi, dans un endroit dont je refuse d'admettre l'existence, je sais que c'est un mensonge.

Carina me dirait aussi que les pires mensonges sont ceux qu'on se raconte à soi-même.

Il faut vraiment qu'elle reste hors de ma tête.

Aaron retire les mains des profondeurs de ses poches avant de les lever vers mon visage. Leur léger tremblement est immanquable. Je me force à demeurer parfaitement immobile et à ne pas esquiver son contact au dernier moment. Et si ça ne vous dit pas tout ce que vous avez besoin de savoir à propos de cette situation, je ne vois pas quoi rajouter.

Il ferme à demi les paupières.

— Je vais t'embrasser, Juliette, marmonne-t-il d'une voix épaisse. J'espère que ça ne te dérange pas.

C'est officiel, il vient de plomber l'ambiance.

D'accord, il n'y en avait déjà guère, mais quand même.

Contrairement aux siens, mes yeux restent grand ouverts alors qu'il se rapproche de moi au ralenti. Réprimant un mouvement de recul, je me prépare à l'impact.

J'ai peut-être tort.

Peut-être qu'Aaron va me surprendre et qu'il embrasse phénoménalement bien. Je me perdrais magiquement dans son étreinte alors que le temps et l'espace cesseraient d'exister.

C'est avec hésitation que ses lèvres se posent sur les miennes. Elles sont sèches et ont la consistance du papier. J'ai l'impression qu'une tante ou un oncle éloigné me fait la bise.

Tout en moi se désespère quand je constate que finalement, je vais être obligée de l'éconduire gentiment, parce que c'est hors de question que je le refasse.

Je donnerais même de l'argent pour ne jamais avoir à le refaire.

Je plaque les paumes contre la poitrine d'Aaron afin de le repousser quand quelqu'un s'éclaircit la gorge. Aaron fait un bond en arrière comme s'il venait de se coller le doigt dans une prise électrique.

Mon regard se tourne vers le mec grand et musclé qui s'est arrêté à côté de nous.

Ryder McAdams.

Mon ventre fait un étrange petit soubresaut que je réprime immédiatement.

Ses yeux bleu foncé m'épinglent pendant un moment qui paraît s'étirer, me coupant le souffle, avant de se poser sur Aaron. Ce n'est que lorsque je suis libérée de son regard pénétrant que l'air emprisonné dans mes poumons s'échappe et que je me rends compte que cinq autres joueurs de hockey gigantesques sont pressés dans le couloir, devant la porte de mon appartement.

Ford Hamilton, Wolf Westerville, Colby McNichols, Riggs Stranton et Hayes Van Doren - tous en dernière année - sont dans l'équipe de hockey des Western Wildcats. Où qu'ils aillent, les fans féminines les suivent. Je jette un regard autour de moi et réalise alors qu'ils sont seuls. C'est étrange de les croiser sans un troupeau dans leur sillage.

Les poules auraient-elles des dents ?

Colby m'adresse un sourire décontracté alors qu'il accroche mon regard.

— Hé, McKinnon. Je vois que quelqu'un a un rencard torride.

Comme Ryder, il est blond et d'une beauté extraordinaire.

Ses fossettes sont mortelles pour toutes les femmes des environs qui ont une étincelle de vie.

Moi y comprise.

La chaleur s'empare de mes joues jusqu'à ce que j'aie l'impression qu'elles ont pris feu. Je n'ai pas besoin que ce hockeyeur craquant aille tout répéter à mon frangin.

Je n'ai pas besoin qu'il me fasse subir un interrogatoire.

Vraiment pas, merci bien.

Peu importe que je sois son aînée de quinze mois. Maverick prend ses responsabilités de frère protecteur au sérieux. Papa le lui a fourré dans le crâne quand il a intégré Western une année après moi.

Avant que je puisse lui décocher une réponse, ils

descendent le couloir vers l'appartement voisin tout en roulant des mécaniques et en plaisantant. C'est là que Ford habite avec Wolf et Madden, alors que Ryder et cinq autres coéquipiers ont une chambre à quelques pâtés de maisons du campus. À la fac, on l'appelle « la maison du hockey ». Ça fait trente ans que la résidence est occupée exclusivement par les hockeyeurs de Western. Ce sont les locataires qui sélectionnent les coéquipiers qui vivront l'année suivante.

C'est une tradition.

C'est la lose.

Heureusement, mon frère habite dans cette maison hors campus. C'est le seul junior qui a été invité à le faire et c'est entièrement dû à Ryder. Ils sont très proches depuis l'école primaire. Je ne me pense sérieusement pas capable de l'avoir eu dans le même bâtiment. Il fourre déjà suffisamment le nez dans mes affaires.

Je ressens des fourmillements soudains quand je me rends compte que Ryder n'a pas suivi ses amis dans le couloir. Son regard est toujours braqué sur Aaron qui semble à deux doigts de se faire pipi dessus.

Je peux le comprendre.

Ryder McAdams sait se montrer intimidant.

Particulièrement lorsqu'il vous fusille du regard.

Ce qu'il est actuellement en train de faire.

Pauvre Aaron ! Par comparaison, il a l'air d'un lycéen efflanqué et sous-développé.

La gêne s'installe.

Mon rencard s'éclaircit la gorge avant de marmonner :

— Je... Je devrais probablement y aller.

Il y a une pause alors qu'il s'incline à nouveau vers moi. Il n'a parcouru que quelques centimètres quand Ryder croise ses bras musclés devant son torse puissant. Aaron s'immobilise et son visage devient blafard.

— Hmm...

Son rire aigu exprime une certaine nervosité.

— Et si on se prenait plutôt dans les bras ?

Quand Ryder plisse les yeux, Aaron déglutit, les muscles de sa gorge se contractant dans le mouvement. Dans le silence du vestibule, le son est assourdissant.

Il tend enfin la main, referme sa paume moite autour de la mienne et la secoue énergiquement à trois reprises avant de la lâcher brusquement. Je n'ai même pas le temps de lui dire au revoir alors qu'il a déjà fait volte-face et se jette vers l'ascenseur comme si les chiens de l'enfer étaient sur ses talons.

Il appuie vigoureusement sur le bouton à plusieurs reprises en nous regardant prudemment par-dessus son épaule. Quand la sonnette retentit, annonçant l'arrivée de la cabine, il se précipite à l'intérieur avant que les portes soient entièrement ouvertes, disparaissant complètement.

Une fois que la cabine en métal se referme, j'adresse un regard noir à Ryder.

— Pourquoi as-tu fait ça ?

Il arque un sourcil épais. Ça suffit à me faire grincer des dents.

— Faire quoi ? Je n'ai pas dit un seul mot.

Touché. Cela étant...

Je lui en veux de m'avoir pourri mon rencard. Il n'avait absolument aucune raison de le faire.

— Tu as fait exprès de rester planté là et de le mettre mal à l'aise.

Pourquoi est-ce que je lui cherche la bagarre ?

Ce n'est pas comme si j'avais eu envie d'embrasser Aaron. Je devrais peut-être même remercier Ryder pour son interruption bienvenue.

Je réprime un ricanement, parce que ça n'arrivera jamais. Impossible !

— Et comment m'y suis-je pris ? En restant là à attendre patiemment que tu fasses les présentations ?

Il me regarde dans les yeux puis incline la tête et gratte ses quelques poils de barbe.

— C'est plutôt bizarre.

Je montre les dents avant de me détourner brusquement et de fouiller dans mon sac à la recherche de ma clé. Dès que mes doigts se referment sur le métal froid, je la retire et l'enfonce dans la serrure avec plus de force qu'il est nécessaire. La porte vibre sur ses gonds alors que je rentre dans l'appartement, me tourne pour regarder Ryder une dernière fois et la claque rapidement à grand bruit.

Achetez tout de suite Ma liste d'envies !

COMME UN ROI

IVY

Mesdames — et quelques Messieurs aussi 😊 —, observons ces magnifiques clichés de Roan King. Surtout ceux de l'entraînement de football. Il est sexy, transpirant, avec un extrashot de magnifique, et c'est exactement comme ça que j'aime mon Roan King. Ne m'en voulez pas de taper ce message avec une seule main... KingOfCampus.com

— Chérie ! hurlé-je à tue-tête en fermant la porte. Je suis à la maison !

Mes paroles sont accueillies par un hurlement alors que Lexie apparaît dans le couloir en lançant son petit corps à pleine vitesse dans ma direction. Elle m'offre environ deux secondes pour poser mes valises en prévision de l'impact. Elle a de la chance que j'aie...

Je perds le souffle lorsque nous tombons à même le sol.

Apparemment, les réflexes n'entrent pas en compte si quelqu'un se dirige vers nous à la vitesse de la lumière. Question de physique, je suppose. Raison pour laquelle je me retrouve étendue sur le dos, avec ma meilleure amie et colocataire étendue sur moi dans notre tout nouvel appartement. Il y a une étincelle presque maniaque qui brille dans ses yeux bruns. Je ne peux m'empêcher de sourire, parce que c'est tellement agréable de contempler son magnifique visage.

Ça fait exactement quinze mois que nous n'avons pas partagé une chambre. En réalité, ça fait quinze mois que nous n'avons pas été sur le même continent. J'ai passé une année à étudier au Conservatoire de Paris. Inutile de dire que c'était aussi incroyable et spectaculaire que ce que l'on peut imaginer. Rien que d'y penser, je ressens une grosse bouffée de nostalgie.

— Bon sang, c'est sexy ! Est-ce que je peux prendre une photo pour l'afficher dans ma chambre ?

Nous pivotons toutes les deux pour regarder le grand et beau garçon qui nous sourit. Ou peut-être que le bon terme serait plutôt « lorgne ». Ses yeux glissent terriblement lentement sur nos corps enlacés comme s'il essayait de graver ce moment dans sa mémoire pour l'éternité. Mais pas de façon perverse... Enfin, de qui suis-je en train de me moquer ? Bien sûr qu'il agit de façon totalement perverse. C'est précisément à cet instant que je me rends compte que ma chère amie, Lexie, a oublié d'enfiler la moitié inférieure de sa tenue.

Elle ne porte rien de plus qu'un string.

Elle ravale son rire en se raclant la gorge. De façon assez impressionnante, sa voix s'élève en l'imitation parfaite d'une mère sermonnant son enfant de trois ans.

— Tu ferais mieux de ne pas prendre de photos, ou tu n'auras plus la possibilité de contempler ce cul avant très longtemps.

Pour souligner ce point, elle se dandine. Son petit ami gémit en réponse.

— S'il te plaît ?

Impossible de manquer son ton plaintif. Ce qui est plutôt

hilarant, parce qu'il mesure plus d'un mètre quatre-vingts et qu'il est très large de torse et d'épaules. C'est clairement un homme. Lexie, bien sûr, m'a parlé via FaceTime de ce petit ami footballeur qu'elle s'est dégotté il y a environ sept mois. Inutile de dire qu'elle n'exagérait pas. Il est carrément sexy.

Si on aime les types du genre imposants et musclés.

Ce que, je ne vais pas mentir, j'apprécie énormément.

— Cette image mentale que tu es en train de graver dans ton esprit devra suffire.

Croisant ses bras musclés sur son torse tout aussi solide, il murmure, dépité :

— Pourquoi dois-tu toujours être si dure en affaires ?

Lexie m'adresse un clin d'œil.

— Tu ne m'aimerais pas autant si ce n'était pas le cas, bébé.

— Vrai, soupire-t-il. Très vrai.

Puisque ma meilleure amie ne montre aucun signe indiquant qu'elle souhaite s'écarter de ma personne, je suis obligée de souligner l'évidence.

— Tu as peut-être envie de me lâcher avant que ton petit ami ne vive un moment embarrassant dans son short.

Je plaisante, bien sûr.

En quelque sorte.

— Vous n'allez pas vous en tirer à si bon compte, ajoute-t-il rapidement, tout en continuant de nous reluquer.

Lexie lève les yeux au ciel.

— Ai-je mentionné à quel point tu as l'air sexy dans ce string ?

Sa voix pue le désir. J'envisage sérieusement de pousser Lexie avant que quelque chose de malheureux, pour ne pas dire maladroit, ne se produise. J'ai envie d'être capable de regarder ce mec dans les yeux à nouveau.

— Bon sang, Lex, et-tu obligée de me molester en portant seulement un string ?

Pas étonnant que son petit ami réagisse ainsi de là où il se trouve.

— Sois heureuse de ne pas être arrivée dix minutes plus tôt. Je ne portais rien du tout.

Je secoue la tête pour refouler cette image mentale.

— Ce n'était pas quelque chose que je devais savoir.

Lexie plaque un gros baiser humide et sonore sur mes lèvres.

— Bon sang, tu m'as manqué, Ivy.

Puis elle fait de son mieux pour m'écraser et me faire crever, avant de rouler gracieusement à mes côtés.

— Je suis heureuse d'être de retour.

Alors que les mots s'échappent naturellement, je me rends compte que je ne parle pas nécessairement d'être de retour auprès de ma famille. Il y a une grande partie de moi qui souhaite pouvoir encore vivre ma vie à Paris. Avec un océan entre mon père et moi, pour que je n'aie pas à m'attarder sur lui et sur la nouvelle famille qu'il s'est créée très rapidement après la mort de maman.

La vie de mon père a continué, tandis que la mienne s'effondrait. Même si ma mère est morte il y a cinq ans, la douleur est toujours aussi cuisante. Rentrer à Barnett signifie que je n'ai plus d'excuse pour ne pas leur rendre visite.

En chassant ces pensées, je me rends compte que je suis toujours étendue sur le sol. Je cligne des yeux à quelques reprises quand un beau visage me contemple, avant de m'adresser un sourire amical. Je ne me donne même pas la peine de me relever immédiatement. Je déclare à la place, de mon intonation la plus formelle :

— Monsieur Sullivan, je présume.

Son sourire s'intensifie, le faisant paraître encore plus séduisant que je ne le trouvais au départ. Lexie n'a eu de cesse de me vanter la beauté de son nouveau mec. Et ce n'est pas comme si je ne la croyais pas, mais c'est évident, en me trouvant juste devant lui, qu'elle n'exagérait pas.

Genre, pas du tout.

Parce que Dylan Sullivan est carrément sexy.

Cheveux blonds, les yeux bruns intenses, mâchoire sculptée et corps athlétique.

Selon ma meilleure amie, il la traite comme une princesse. C'est ainsi que les choses doivent être. Lexie mérite quelqu'un qui apprécie à quel point elle est intelligente, loyale et magnifique. C'est une très bonne amie et j'ai énormément de chance de l'avoir dans ma vie.

— Le seul et unique, réplique-t-il en m'adressant un clin d'œil charmeur pour faire bonne mesure.

Putain, ce mec est terriblement dangereux.

Pourraient-ils être plus adaptés l'un à l'autre ?

— Euh, ton père Dylan Sullivan n'est-il pas le premier de la lignée ?

Il hausse les épaules. Je dois admettre que je suis une personne qui se pâme devant de larges épaules et des bras bien dessinés. Et ceux de Dylan Sullivan le sont parfaitement.

— Chut, tu gâches le moment, bébé.

Ceci étant dit, Dylan me tend la main, que je saisis, avant de me soulever de terre et de me reposer sur mes pieds. Je fais mine de me dépoussiérer en posant mes prunelles sur Lexie. Les larmes inattendues qui scintillent dans ses grands yeux bruns me prennent de court et me font écarquiller les miens de confusion.

— Lex, pourquoi...

Je n'ai pas l'occasion de terminer ma phrase qu'elle se précipite dans ma direction. Ses bras s'enroulent autour de mon corps et me serrent.

— Tu m'as manqué, Ivy girl, chuchote-t-elle férocement à mon oreille. Tellement ! Quinze mois, c'est beaucoup trop long. Ne me laisse plus jamais comme ça.

Je ne suis normalement pas une personne du genre émotive, mais ses paroles sincères m'émeuvent et me poussent à l'enlacer en retour. Elle recule pour sonder mon regard, et admet tranquillement :

— J'avais vraiment peur que tu décides de rester là-bas.

Ce qui prouve que Lexie me connaît très bien. Je décide de ne pas mentionner que j'ai fait de mon mieux pour que cela se produise. Pour finir la fac, trouver un endroit permanent où vivre, un travail, tout ça pour que je puisse reporter mon retour à la maison indéfiniment. Être de retour ici, même si c'est dans un nouvel appartement, me rappelle que ma mère est morte, que mon père a déménagé, et que je n'ai plus d'endroit où retourner.

Aucun endroit qui me donne l'impression d'être à la maison.

— Je suis tellement contente que tu sois enfin de retour.

— Moi aussi.

L'émotion me submerge, les larmes me gagnent. Je serre Lexie dans mes bras une dernière fois, avant de la relâcher.

Elle et moi sommes meilleures amies depuis que sa famille a emménagé dans mon quartier. Notre amitié a survécu au collège et au lycée. Elle est demeurée intacte. Raison pour laquelle nous avons décidé de postuler dans certaines des mêmes universités, afin que nous puissions y loger ensemble. Fort heureusement, Barnett figurait sur nos deux listes. Cette université possède un programme de conception de mode très réputé pour Lexie, et un programme de danse reconnu pour moi.

Il n'y a absolument personne au monde sur qui je puisse compter sinon Lexie Abbott. J'ai un peu honte de ne pas m'en être souvenue avant. En essayant d'échapper à tous mes souvenirs douloureux, j'ai aussi tiré un trait sur les bonnes choses.

Lexie recule jusqu'à se poster directement devant Dylan. Dès qu'elle est assez proche de lui, il enroule ses énormes bras autour d'elle pour la plaquer contre son corps. En paraissant ridiculement satisfait, il pose son menton sur le sommet de sa tête comme s'il l'avait déjà fait une centaine de fois auparavant.

Comme si c'était la chose la plus naturelle au monde pour lui.

Je ne peux m'empêcher d'être ravie que Lexie ait trouvé quelqu'un qui apprécie la femme incroyable qu'elle est.

Ne voulant devenir plus pâle que je ne le suis déjà, je secoue la tête.

— Est-ce que vous fournissez des sacs pour vomir ? Je ne suis ici que depuis dix minutes et vous me rendez déjà malade.

Ils m'adressent tous les deux des sourires de connivence. J'ai envie de lever les yeux au ciel et d'enfoncer mon doigt dans ma gorge comme si je m'apprêtais à me faire vomir.

— Je suppose que tu vas pratiquement vivre ici avec nous ?

Ouais, je vois déjà parfaitement comment les choses vont se passer. Dylan sera notre mascotte non officielle.

— N'ai-je pas mentionné que Dylan vit dans l'appartement à côté du nôtre avec deux gars de l'équipe de football ?

— Non. Tu n'as pas dû le mentionner. Je suppose que ça rend les choses pratiques.

— Tout à fait pratiques, ajoute Dylan avec un sourire narquois dans ma direction.

Cette fois-ci, je ne peux m'empêcher de lever les yeux au ciel.

— C'est laquelle, ma chambre, déjà ?

Dans son exubérance, Lexie s'écarte des bras de son petit ami pour me conduire dans un petit couloir. En la suivant, je me rappelle qu'elle ne porte qu'un string. Certes, elle a un beau cul, mais quand même...

— Peut-être que tu devrais remettre ton short avant de me faire la visite.

Du coin de l'œil, je vois Dylan ouvrir la bouche. Je plonge mon regard dans le sien.

— Tais-toi, l'avertis-je.

En se mordant la lèvre, Lexie étouffe un ricanement et se précipite dans sa chambre. En vingt secondes, elle nous rejoint, vêtue d'un minuscule short blanc. Puis elle ouvre la voie et me mène dans une petite pièce ensoleillée, me faisant sa meilleure imitation de mannequin dans un salon de l'automobile, avec de grands gestes, balayant toutes les commodités merveilleuses que ma chambre a à offrir.

Elle désigne du doigt les énormes fenêtres qui bordent le mur.

— Regarde tous les magnifiques rayons de soleil qui s'y déversent !

Elle ouvre ensuite les portes du placard à deux volets.

— Et cet énorme placard pour tous les vêtements que tu as ramenés de Paris.

Ses bras retombent à ses côtés tandis qu'elle pivote vers moi. Son imitation de modèle d'exposition automobile est oubliée au profit de nouveaux vêtements européens élégants.

— Tu m'as ramené des vêtements, pas vrai ?

Pendant un moment, mes yeux se déplacent dans la pièce, observant tout ce qui se trouve autour de moi. La chambre n'est pas très grande, mais après avoir vécu à Paris, j'ai l'impression qu'elle est énorme. J'ai l'habitude d'occuper environ un tiers de cette surface. Cette chambre me paraît donc très luxueuse. Je ne peux même pas imaginer ce que je vais pouvoir faire de tout cet espace. Mes prunelles tombent sur le matelas énorme plaqué contre le mur le plus éloigné, et mon cœur se gonfle de joie.

Mon Dieu, il est si grand ! Je dors sur un petit lit depuis quinze mois. J'ai littéralement hâte de m'étendre sur cet énorme matelas. Peut-être même m'y rouler un peu. Faire des anges de neige. Sans la neige. J'ai tellement hâte de me glisser dans mes draps ce soir.

J'ai passé un peu plus de huit heures dans un avion avec

une escale de deux heures à Amsterdam. La France a six heures d'avance sur nous. Je ne rêve donc de rien de plus que m'effondrer dans mon lit pour une belle et longue sieste.

Lorsque je ne réponds pas, un filet d'incertitude s'infiltre dans la voix de ma meilleure amie.

— Ivy ?

Son inquiétude palpable me tire de mes pensées.

— Bien sûr que oui. Je t'ai ramené une jupe courte plissée, deux foulards tissés à la main, un chandail en cachemire, un magnifique haut en tricot noir et un pantalon de couleur crème que tu vas apprécier.

Si contempler Lexie étendue sur moi, ne portant rien de plus qu'un petit string en dentelle et un débardeur, est l'idée que se fait Dylan d'un rêve sexy, entendre parler de tous les beaux vêtements que je lui ai ramenés de Paris a le même pouvoir sur ma meilleure amie. Elle a les joues rouges, les pupilles dilatées.

Et oui, il est tout à fait possible que Lexie puisse actuellement vivre un moment embarrassant dans son short. Mais j'espère bien que non.

— J'ai tellement hâte de les voir ! hurle-t-elle de joie.

Les créations de mode, c'est toute la vie de Lexie. Elle était déjà une véritable fashionista en herbe au collège, avant même que je ne me soucie que mon haut soit assorti avec mon pantalon. Grâce à ma meilleure amie, je n'ai pas été un désastre ambulant.

J'ai rassemblé suffisamment d'argent et parcouru quelques boutiques vintage pour lui dénicher des pièces uniques qu'elle ne pouvait pas trouver ici aux États-Unis. J'espère qu'elle les aimera autant que je le pense.

— Qu'en est-il de la lingerie française sexy ? s'enquiert son petit ami.

Puisque Dylan se tient directement derrière elle, elle ne se donne pas la peine de se retourner pour le réprimander. Au lieu de cela, elle enfonce son coude dans son ventre. Il grogne en réponse. Si elle ne l'avait pas fait, je l'aurais certainement fait moi-même.

— Tiens-toi là et sois joli, murmure-t-elle.

Mes lèvres se crispent, parce que c'est clairement ce qu'il est. Lexie m'adresse un petit clin d'œil comme si elle lisait dans mes pensées.

— Ne laisse pas sa beauté te tromper. Il est également intelligent.

Bien sûr que oui.

Parce que les garçons magnifiques et intelligents, ce sont exactement ceux que ma meilleure amie attire. Moi, d'un autre côté, j'ai eu le triste malheur de tomber sur un sportif canon qui m'a assuré qu'il allait rester fidèle à sa petite amie qui faisait ses études à l'étranger, alors qu'en réalité, il a commencé à sortir avec d'autres filles dès l'instant où ladite petite amie a atterri en France.

J'ai eu quatorze mois et demi pour me remettre de Finn Mackenzie. Et je l'ai fait. J'en ai terminé avec lui.

Malheureusement, il m'appelle et m'envoie des messages presque sans relâche depuis une semaine, ce qui signifie qu'il occupe mes pensées bien plus que je ne le voudrais.

Je devrais peut-être avouer à Lexie qu'il a essayé de m'appeler et de m'envoyer des messages. Je n'ai bien entendu pas pris la peine de lui répondre. Je veux dire, vous y croyez, vous ? Il a du culot de revenir vers moi après ce qu'il m'a fait. Est-il assez bête pour croire que nous allons reprendre là où nous nous sommes arrêtés maintenant que je suis de retour à Barnett ?

Apparemment, oui.

Nous étions ensemble depuis environ six mois avant mon départ pour l'Europe. Et oui, je savais que ce serait terriblement difficile de vivre une relation à distance, mais j'étais prête à essayer. Je pensais l'aimer suffisamment. Et qu'il m'aimait sincèrement lui aussi. Malheureusement, je n'étais pas partie depuis plus de deux semaines lorsque Lexie m'a appelée en FaceTime pour m'expliquer ce que Finn avait fait...

Et d'apprendre qu'il s'est tapé mes amies, ça a été la cerise sur le gâteau.

Ma meilleure amie m'a conseillé d'oublier ce connard en sortant avec un tas de mecs français et sexy.

Pour tout dire, j'ai couché avec deux Français presque séduisants, après quoi je me suis noyée dans la danse, raison pour laquelle j'ai été acceptée au Conservatoire de Paris. Après quelques mois, mon chagrin s'est atténué. J'ai arrêté de penser à lui, à mon père, à sa nouvelle femme, à leurs enfants, et je me suis concentrée sur la danse autant que je le pouvais.

Il m'a fallu du temps pour m'adapter, mais après deux mois, je me suis retrouvée avec une toute nouvelle vie étonnante, dans une ville réputée pour son art et sa culture. Je ne comptais pas laisser quoi que ce soit gâcher cette occasion unique. Rapidement, j'ai cessé de penser à Lexie, et au fait de retourner à l'université Barnett, en me demandant si je pouvais vivre là-bas pour le restant de mes jours.

Ou, à tout le moins, pour les prochaines années.

Lorsque j'ai mentionné cette possibilité à mon père, il m'a très clairement fait comprendre qu'il ne paierait pas pour ma vie à Paris. Il m'a dit, en termes non équivoques, qu'il voulait que je revienne à Barnett dès le mois d'août. Sans me laisser décourager par sa directive, ou peut-être à cause de cette dernière, j'ai cherché à obtenir des bourses et des subventions pour continuer à étudier à Paris. Inutile de dire que je n'ai pas réussi, raison pour laquelle je suis de retour à Barnett.

— Alors, est-ce que ça te plaît ?

Mon regard se pose sur Lexie, qui se tient debout face à moi, avec toutes ces attentes qui illuminent son visage. Un petit sourire naît sur mes lèvres, parce que c'est vraiment agréable de la voir après tout ce temps passé loin d'elle.

— C'est absolument parfait.

Ressemblant trait pour trait à la meilleure amie que j'ai laissée derrière moi il y a quinze mois, son beau visage affiche un énorme sourire, avant qu'elle ne se jette sur moi pour la troisième fois depuis mon arrivée.

Achetez tout de suite Comme un roi !

AUTRES TITRES DE JENNIFER SUCEVIC

Chicago Railers

Rien qu'à toi

Série Campus

Le Coureur du campus

L'Idole du campus

L'Idylle du campus

Le Canon du campus

Le Dieu du campus

La Légende du campus

Western Wildcats – Hockey

Ma liste d'envies

Ma liste de règles

Mon bien le plus précieux

Jamais au grand jamais

Le Pire dans tout ça

Mon coup de folie

Double Jeu

Tout et Maintenant

Maintenant ou jamais

Tout ou rien

Barnett Bulldogs

Comme un roi

Comme mon ombre

Comme un détail

Comme jamais

Hawthorne Prep

Le Roi d'Hawthorne Prep

La Reine d'Hawthorne Prep

Claremont Cougars

Impitoyable

Incorrigible: Novella

Aime-moi, déteste-moi

Objectif : Rupture

Des amis, rien de plus

Même pas en rêve

À PROPOS DE L'AUTEUR

Jennifer Sucevic est une auteure de best-sellers au classement de *USA Today* qui a publié dix-neuf romans « New Adult » et « Mature Young Adult ». Son œuvre a été traduite en allemand, en néerlandais et en italien. Jen est titulaire d'une licence en histoire et d'une maîtrise en psychologie de l'éducation, de l'Université du Wisconsin-Milwaukee. Elle a commencé sa carrière en tant que conseillère d'orientation dans un collège, un métier qu'elle a adoré. Elle vit dans le Midwest avec son mari, ses quatre enfants et une ménagerie d'animaux. Si vous souhaitez recevoir des informations régulières concernant les nouvelles parutions, abonnez-vous à sa newsletter - Jennifer Sucevic Newsletter

Ou contactez Jen par e-mail, sur son site web ou sa page Facebook.
sucevicjennifer@gmail.com
Envie de rejoindre son groupe de lecteurs ? C'est possible ici -)
J Sucevic's Book Boyfriends | Facebook
Liens vers ses réseaux sociaux
https://www.tiktok.com/@jennifersucevicauthor
www.jennifersucevic.com